서양의
고전을
읽는다

4

문
학

서양의 고전을 읽는다

4

문학

下

■ 일러두기

– 이 시리즈는 '오늘의 눈으로 고전을 다시 읽자'를 모토로 휴머니스트 창립 5주년을 기념하여 기획한
  것이다. 안광복(중동고 교사), 우찬제(서강대 교수), 이재민(휴머니스트 편집주간), 이종묵(서울대
  교수), 정재서(이화여대 교수), 표정훈(출판 평론가), 한형조(한국학중앙연구원 교수) 등 7인이
  편찬위원을 맡아 고전 및 필진의 선정에서 편집에 이르는 과정을 조율하였다.
– 이 시리즈는 서양과 동양 그리고 한국 등 3종으로 나누었고 문학과 사상 등 모두 14권으로
  구성하였다. 말 그대로 동서고금의 고전 250여 종을 망라하였다. 이 기획의 가장 흥미로운 특징은 각
  분야에서 돋보이는 역량과 필력을 자랑하는 250여 명의 당대 지식인과 작가들이 저자로 참여했다는
  점이다.

"청소년을 위한 고전 입문(入門)"

1

빠르다. 무척 빠르다. 어쩌자고 세상과 문화는 이토록 빠르게 변하는가. 현란한 이미지와 급변하는 스펙터클들의 질주 속에서 우리는 적잖이 현기증을 느낀다. 강한 인상과 자극을 수반하며 새로운 시각적 경험을 제공하는 스펙터클의 놀라운 볼거리, 엄청난 구경거리는 어느덧 이미지 자체를 넘어서 인간 사이의 사회적 관계마저 규율한다. 스펙터클들은 실재의 사막을 넘어 실재를 대체하고 다른 차원에서 실재화된다. 기존의 객관적 상관물이나 콘텍스트 개념을 교란시키면서 그것들은 스펙터클로서의 사회를 형성한다. 그 사회는 TV나 디지털 복합 매체 등을 통해서 빠른 속도로, 찰나적으로, 강렬하게 그리고 점멸하는 환각처럼 대중들을 파고든다. 스펙터클의 발빠른 생산과 소비는 이제 일상이 되었다. 전적으로 그런 것은 아니지만 이벤트, 스펙터클, 해프닝, 매체 이미지 등을 통해 시간

지평은 붕괴되고, 편의점으로 대변되는 인스턴트성에 대한 집착은 가속화된다. 시간성이 뒷걸음질하는 가운데 공간성이 성큼성큼 이 소비 사회를 가로지르는 형국이다. 이미지의 장면적 공간 구성에서 하이퍼 공간, 사이버 공간까지 헤아려보면 우리가 지금 이미지의 공간 천국에서 살고 있음을 쉽게 수긍할 수 있을 터이다.

2

그렇다면 그 공간 천국에서 우리는 과연 행복한가. 시간을 의식하고 역사를 고뇌하던 시절에 비해 고통이 줄어들었던가. 아무리 문화 지형에서 시간성과 역사성이 지워지고 있다고 하더라도 여전히 현실에서는 시간의 문제와 역사의 곤혹이 살아 숨쉬는 게 아닐까. 다만 시간과 공간의 불일치 현상만 가속화되는 게 아닐까. 시간의 줄기를 이탈한 환각적 공간의 이미지들만 출렁대는 가운데 인간의식이 거기에 미혹되고 있는 게 아닐까. 가령 생각해보자. 현실의 시간과 역사에서 도대체 무슨 일이 일어나고 있는가 말이다. 여전히, 아니 더 잔혹한 방식으로 엽기적인 살인 행각이 연이어 일어나고, 이익 집단 사이의 갈등은 심화되고 있다. 많은 나라에서 부의 편중 현상은 더욱 깊은 골을 보이고 있으며, 생태 환경의 위기나 핵무기의 위협 또한 만만치 않다. 요컨대 일찍이 칸트가 주장했던 이상주의 사회에 인류는 전혀 근접하지 못하고 있는 실정이다.

우리가 이미지나 스펙터클이 꾸미는 공간 천국의 몽환에 섣불리 안주할 수 없는 이유는 그 밖에도 많을 것이다. 어쨌거나 공간성에 의해 뒷전으로 밀린 시간성과 역사성이 우리네 잠자는 의식을 부단히 일깨우고 있다. 프루스트식으로 '잃어버린 시간을 찾아서' 나서 든지, 조세희식의 '시간 여행'을 하거나, 이인성식으로 '낯선 시간 속으로' 탐문 여행을 하라고 말이다. 예로부터 문학의 상상력은 개 인의 의식과 무의식, 몸과 혼, 인간과 인간, 공간과 공간, 과거와 현 재와 미래 사이의 심연을 채우고 연결하는 역할을 담당했다. 일찍 이 헬레니즘이 인간을 언어 동물로 정의한 바 있거니와, 문학은 그 이전부터 언어를 통해 인간의 가능성 및 존재의 위엄과 영광을 추 구하려는 창조적 노력의 소산이었다. 『논어』에서도 시를 읽지 않으 면 말할 게 없다고 했다. 문학이 교양 형성의 기본적인 토대로 중시 되었던 사정은 동양이나 서양이나 할 것 없이 비슷했다. 키이츠의 표현을 빌어 에둘러 말하자면, 문학은 오랜 옛적부터 인간 '영혼 형 성의 골짜기'였다. 문학이라는 이름의 영혼 형성의 골짜기에서 인 간은 내면적인 자기완성과 타자와의 교유를 통해 바람직한 시민의 덕성을 갖출 수 있었다. 또 얼굴 없는 존재의 익명성의 늪에서 벗어 나 자기를 발견해 나가는 과정에서 아주 중요한 정신의 환기 장치 구실을 해왔다.

3

디지털 정보화 사회에서, 스펙터클 소비 사회의 한복판에서 종종 길을 잃기 쉬운 우리가 문득 문학의 숲을, 그 영혼 형성의 골짜기를 그리워하는 것은 차라리 당연하다. 문학의 그윽한 숨결, 고전의 향 취가 향수처럼 우리를 이끌 때 우리는 새로운 창조적 삶의 가능성 을 발견하는 기쁨을 누릴 수 있다. 특히 입시를 비롯한 무한 경쟁

상황 및 비속한 문화 상황에서 진정한 성장의 이데아를 갈구하는 청소년들에게 고전의 향기는 매우 의미 있고 유익한 영혼의 양식이 될 수 있다. 아니, 단지 영혼의 양식에서 그치는 것이 아니다. 그것을 바탕으로 각 분야에서 창조적 에너지를 탐색해 나간다면 귀중한 지상의 양식이 될 수도 있는 것이다. 아울러 우리와 역사적 문화적 환경이 다른 서양 문학에서 보이는 삶과 죽음, 사랑과 이별, 평화와 전쟁, 부유와 가난, 희망과 좌절, 기쁨과 슬픔 등 삶의 의미 있는 요소들에 대한 다양한 상상력과 지혜를 통해 우리는 세계화 시대를 선도할 문화적이고도 실질적인 감각과 교양을 터득할 수 있을 것으로 본다.

4

이렇게 서양의 좋은 고전 문학 작품 읽기를 통해 수준 높은 문화적 교양을 함양하여 당당한 세계 시민으로 우리 청소년들이 성장할 수 있기를 기대하는 마음으로 이 책을 엮었다. 청소년의 눈높이에 맞추어 고전들을 각각의 대표독자들이 먼저 읽고, 영혼과 지혜의 대화를 나누고자 했다. 대표독자들과 새로운 세대의 독자들이 진정한 인간 영혼 형성의 골짜기에서 만나, 우리 모두 아름답고 진실하고 행복한 존재들일 수 있기를 소망했다.

전체를 8장으로 나누고, 넓은 범주의 문학 주제나 스타일을 고려하여 우선 상·하권으로 분리하였다. 하편에 해당하는 이 책에서는, 현실의 풍경과 그에 대면한 인간 욕망의 프리즘(셰익스피어·스탕달·발자크·디킨스·피츠제럴드), 고통스런 척박한 현실 혹은 민중의 고난 상황에서 새로운 전망을 모색하려 한 낮은 땅 높은 이야기(만초니·에밀 졸라·파블로 네루다·프란츠 파농), 여성성에 대한 서사적 탐색(브론테·울프·로렌스), 새로운 가능세계에 대한 탐문 열정을 바탕으로 다양한 허구적 실험을 펼친 문학(보카치오·스위프트·보르헤스·마르케스·피어시그) 등 네 가지 범주로 구성하였다. 물론 어떤 작품이 특정 주제만을 환기하는 것은 아니나, 독자들이 서양 고전의 세계에 접근하는 다소 편안한 길을 마련하기 위해 그렇게 했다. 그러므로 해당 주제 경로에서 독자들은 무수히 많이 여러 길로 난 새로운 트임을 확인하게 될 것이다. 상·하권에 수록된 34편 이외에도 서양 문학을 대표하는 여러 작품들이 기획에 포함되었지만, 청탁과 원고 수거 과정에서 부득이 빠지게 되었다. 그 부분들을 포함하여 많은 부분들을 새로운 세대의 독자들이 채워 넣어야 할 것이다. 바쁜 와중에도 귀한 원고를 건네주신 대표독자 여러분께 진심으로 감사의 말씀을 올린다.

끝으로 이 책은 어디까지나 서양 고전의 세계로 가는 초입에 놓인 안내 표지판에 불과함을 밝혀야겠다. 눈 밝은 젊은 독자들이 해당 고전들을 직접 찾아 읽으면서, 예의 영혼 형성의 골짜기에서 누릴 수 있는 최대치의 행복한 독서 체험을 향유할 수 있었으면 한다. 넓고도 깊은 고전의 숲에서라면, 우리 잠시 길을 잃는다 해도 얼마든지 좋으리라. 새 세상, 새 우주를 꿈꿀 수 있을 터이기 때문이다.

2006년 5월
편찬위원을 대신하여 우찬제

차례

I 현실과 욕망

장교	…왜냐하면 용감한 맥베스가 (명성에 걸맞게)
	운명을 무시하고 피비린 살상으로
	김이 서린 칼 휘둘러 용맹의 총아처럼
	길을 뚫고 나아가 몹쓸 놈과 맞섰고
	… 그자의 모가지를 우리의 성벽 위에 꽂아놓았으니까요.
덩컨	오, 용감한 사촌이여! 훌륭한 신사로다!

윌리엄 셰익스피어(1564~1616)

대부분의 사람들은 세계에서 가장 위대한 고전작가로 윌리엄 셰익스피어(William Shakespeare)를 꼽는 데 주저하지 않는다. 그러나 아이러니컬하게도 그의 위대성에 비해 그의 생애는 잘 알려져 있지 않다. 기록에 의하면, 셰익스피어는 1564년 4월 26일 스트랫포드 온 에이븐(Stratford-on-Avon)의 한 교회에서 세례를 받고 1582년 이웃 마을의 앤 하사웨이(Anne Hathaway)라는 8살 손위의 여인과 결혼하여 장녀 수잰너(Susannah)와 쥬디스(Judith), 햄넷(Hamnet)의 남매 쌍둥이를 두고, 1616년 4월 26일 52세에 죽었다고 한다.

그의 부친 쟌(John)은 능력 있는 상인으로 상당히 부유한 편이었지만, 셰익스피어가 문법학교(Grammar School)에 입학하여 라틴어와 그리스어를 배우는 도중에 가세가 기울고 말았다. 그래서 그는 결국 초등학교 5학년정도의 교육밖에 받지 못했다. 그는 결혼을 하자마자 런던으로 나가, 로드 챔벌린 캄퍼니(Lord Chamberlain Company)라는 극단에 가입하여 배우로 활동하다가 곧 극작가로 변신했다. 그로부터 약 20년 동안 런던에 살면서 일년에 대개 2편의 극을 쓰고 재테크에도 능하여 상당한 재산을 모았다. 그 후 1610년경 고향에 은퇴하여 대저택에서 명망 있고 부유한 사람으로 편안한 여생을 보낸 그는 모두 37편의 극작품과 154편의 소네트(Sonnet), 2편의 장편 서사시, 67편의 기타 시를 남긴 것으로 알려져 있다.

01

권력의 야망에 걸린 죄와 벌의 비극
셰익스피어의 『맥베스』

박성환 | 부산외국어대학교 영어과 교수

셰익스피어의 현대성

일반적으로 셰익스피어의 대표적 비극작품이라면 『햄릿(*Hamlet*)』, 『오셀로(*Othello*)』, 『리어 왕(*King Lear*)』, 『맥베스(*Macbeth*)』의 4대 비극이 가장 잘 알려져 있다. 이들 중 그 어느 것도 위대한 고전에 들지 않는 것이 없지만, 필자는 특히 『맥베스』를 중요하게 생각한다. 그 이유는 비교적 짧은 비극이지만 이 작품에 셰익스피어의 고전적 특성과 현대성이 가장 잘 드러나 있기 때문이다. 셰익스피어 시대의 세계뿐만 아니라 모든 시대와 모든 세계에 적용될 수 있는 보편적인 요소와 그 가치 그리고 셰익스피어적인 특징이 가장 잘 드러나 있는 작품인 것이다.

중세 기독교 시대에 몰락했던 영국의 연극은 엘리자베스 시대[1]

에 와서 다시 크게 융성한다. 엘리자베스 여왕은 혼란스런 국정을 안정시키고 국력을 비축하여, 1588년 당시 유럽의 해상을 지배했던 스페인의 '무적함대'를 쳐부숨으로써 제해권을 장악하는 등 국력을 크게 신장시켰다. 또한 유럽 대륙의 르네상스 기운이 유입되어 문화의 꽃을 활짝 피우게 됨으로써 대륙과 떨어진 섬나라로서 침체되어 있던 영국이 단연 일등 국가로 부상한 시기이기도 했다. 셰익스피어 같은 위대한 극작가가 태어나게 되는 것은 그의 개인적인 천재성뿐 아니라, 당시 영국 사회가 위대한 극작가를 배출할 수 있는 충분히 좋은 사회적 토양을 갖추고 있었기 때문이라고 하겠다.

셰익스피어의 작품들이 고전의 반열에 드는 이유는 '현대성'에서 찾을 수 있다. 여기에서 현대성이라 함은 현대적 사고방식, 즉 르네상스 이후의 사고방식을 일컫는다. 종래의 하느님중심의 교권주의 사상에서 오는 인간성 말살과, 그로 인하여 암흑천지가 된 중세에서 탈피하여 인간 자신을 본위로 삼고 인간을 최고의 가치로 생각하는 휴머니즘(인본주의)적 사고방식을 말한다. 인간의 자유의지와 인간의 상상력을 강조한 셰익스피어의 연극은 당대의 영국이라는 시간과 공간, 즉 시대와 국경을 초월하여 인간의 사고양식 내지 인간의 감수성과 정서에 세련성을 부여하고 있다.

---

1) 엘리자베스 I세 여왕이 등극한 1558년에서 제임스 I세가 승하한 1625년에 이르는 기간을 가리킨다. 일반적으로 이 시기를 다른 말로 '르네상스 시대' 또는 '셰익스피어 시대'라고도 한다.

그는 작중인물의 성격을 창조하는 힘이 가히 천재적이어서 그의 작품들은 왕에서부터 하인에 이르기까지 각계각층의 인물들이 총 망라되어 있다. 당시 연극 공연은 상류 계층과 평민들이 한 극장 안에서 같이 관람하였다고 하는데, 이는 곧 당시 영국의 연극은 소수의 특권층뿐만 아니라 사회 전 계층이 모두 참여하는 시민 사회적 엔터테인먼트였다는 사실을 뒷받침해준다.

셰익스피어가 위대한 이유로 한 가지 더 꼽을 수 있는 것은 그가 구사한 언어의 수효와 그 효능 및 묘미에 있다. 그가 구사한 언어는 역대 어느 시인, 작가보다도 많아 약 1만 5천어에 달한다. 그는 극작가가 되기 전에 이미 154편의 소네트와 2편의 장편 서사시를 썼으며 그의 비극 작품 대부분의 대사도 시로 되어있다. 유려한 언어로 모든 것을 손쉽게 형상화하는, 담담하고도 찬란한 언어로 표현한 상상력은 경탄을 자아내며 시어(詩語) 속에 담긴 음악적 리듬과 소리는 고도의 정서적 감동을 불러일으킨다. 그 효능과 묘미는 특히 'pun[2]' 이라는 일종의 말 재롱에서 잘 드러난다. 영어가 모국어가 아닌 우리로서는 그의 시어에서 우러나오는 깊은 맛을 느낄 수 없다는 것이 아쉬울 따름이다.

---

2) 소리는 같으나 뜻이 다른 말 - 동음이의어 - 을 가지고 말 재롱을 부리는 기법으로 셰익스피어는 그의 극에서 이를 재치 있게 잘 구사한다. 예를 들면 어떤 남자가 여자사공의 '배(船)'를 타면서 "당신의 '배(服)'를 탔으니 내가 당신 남편이요" 하였다. 건너편 언덕에 배가 닿자 내리는 그 남자에게 여자사공이 "내 배에서 나온 내 아들아 잘 가거라" 하였다. 이 때 선박인 '배'와 사람의 '배'가 소리가 같은 것을 가지고 말 재롱을 부리는 것, 이러한 기법을 펀(pun)이라 한다.

셰익스피어의 비극과 『맥베스』

셰익스피어 연구가 브래들리(A. C. Bradley)[3]는 셰익스피어의 비극을 "높은 지위에 있는 사람을 죽음으로 이끄는 특별한 불행 내지 '격변(convulsion)'의 이야기"라고 정의한다. 주인공에게 '격변'을 일으키는 원인은 도덕적 '악(惡)'이라 단정할 수 있다. 악이 주인공의 의식질서를 파괴함으로써 일어나는 혼돈과 격동이 불행을 자아내는 '격변'이다. 그 격변을 극복하기 위한 몸부림이 주인공들의 투쟁으로 나타난다. 그것은 내면적인 동시에 외면적인 투쟁이다.

셰익스피어 비극의 주인공들은 맥베스 외에는 모두 선인(善人)이라 할 수 있다. 맥베스도 악행을 저지르기는 하지만 그 본연의 인간성은 선하다는 것은 부인할 수 없다. 셰익스피어의 비극은 이렇게 선한 주인공들이 비참한 죽음을 맞는 것으로 결말이 난다는 데 그 본질이 있다. 브래들리는 이와 같이 악인과 선인을 불문하고 비극의 구렁텅이에 빠뜨리는 궁극적인 힘을 '도덕적 질서'라 규정하였다. 악의 성질은 오만, 탐욕, 시기, 분노 등 부정적·비생명적이며 파괴적인 반면에 선(善)은 관용, 사려분별, 정의, 자비 등의 속성을 가진다. 그런데 이와 같은 악의 속성을 가진 인간이 선한 사람을 억누르게 되면, 그때는 악인(惡人) 자신을 파괴할 뿐만 아니라 주변

---

3) 브래들리(1851~1935)는 옥스퍼드대학의 시학 교수로서, 자신이 셰익스피어의 작품에 대해 강의한 내용을 『셰익스피어 비극(*Shakespearean Tragedy*)』이란 단행본으로 발간하는 등 유명한 셰익스피어 연구가이다.

의 선한 다른 사람도 파멸시키게 된다. 이렇듯 악인이 필연적으로 자멸하게 되는 것은 복수 또는 응징을 당해서라기보다는 자신의 음모에 걸려서이다. 맥베스의 경우에도 겉보기에는 응징을 당한 것 같지만, 마지막 순간이 오기 전에 이미 내면적으로 수없이 많은 고통을 겪었기 때문에 응징의 칼을 받을 때는 오히려 구원받는 것 같은 느낌이 든다.

셰익스피어 비극들에서 선인이 악인과 관련되는 경우는 두 가지가 있다. 첫째, 선한 인간이 어떤 성격적 결함 때문에 악의 유혹을 받아 악을 행하게 되는 경우인데, 맥베스와 오셀로가 여기에 해당한다. 오셀로는 질투와 분노, 맥베스는 야망과 탐욕이라는 악의 속성 때문에 악을 행하게 된다. 둘째는 햄릿, 오필리어(Ophelia), 데스데모나(Desdemona), 코딜리어(Cordelia) 등[4]의 경우처럼 순정하고 순결하며 선한 성격을 가졌지만, 우연히 악인과 밀접한 관계에 처하게 되는 경우이다. 그들은 아무런 잘못이 없는데도 불행에 휩쓸려 들어가며, 마치 종양의 곪은 부위를 도려낼 때 성한 살도 도려내지는 것과 같다.

모든 사회는 질서에 대한 관념이 있기 마련인데, 셰익스피어의 비극 역시도 당대 영국 사회의 질서의 개념과 관련되어 있음을 알

---

4) 오필리어는 『햄릿』에서 햄릿을 사랑한 여인인데 정신이상으로 물에 빠져 죽는다. 그리고 데스데모나는 『오셀로』에서 무어인 장군 오셀로의 아내로서 자신의 질투심 때문에 남편에게 교살된다. 또한 코딜리어는 『리어왕』에 나오는 늙은 리어왕의 막내딸이며 부친을 구하려다 오히려 사로잡혀 죽음을 당한다.

수 있다. 그래서 질서를 어지럽히는 어떤 힘이 다가올 때 그 사회의 구성원들은 위협을 느낀다. 그리고 질서가 일단 깨어지면 자연의 섭리는 변화를 일으키고 인간은 생리적 변조[5]를 맞게 되며, 그 붕괴의 양상이 급박하고 강렬할수록 사회의 변혁 또한 크게 일어날 가능성이 크다. 『맥베스』역시 바로 이와 같은 질서의 파괴로 인해 일어나는 사회적 격변을 그린 작품이다.

　　당시, 질서 체계에 대한 이러한 관념은 우주의 큰 세계 (macrocosm)와 인간의 작은 세계(microcosm)[6]가 상호 조응한 다는 관념에 따른 것이었다. 따라서 살인은 대자연의 섭리와 질서에 반하는 죄이고 특히 왕을 시해하는 짓은 하느님이 지명한 지도자를 살해하는 것이라 여겼다. 엘리자베스 여왕 시대에는 반역음모의 유언비어가 횡행했는데, 『맥베스』에도 이러한 시대적 상황들이 담겨 있다. 질서가 무너질 때 거기서 일어나는 일체의 부조화가 곧 비극적 사태를 유발시키는 것이요, 비극적 파멸은 무너진 질서를 다시 정상으로 돌리는 대가로 생기는 진통이라는 생각이 셰익스피어의 비극의 기본 사상이라 할 수 있기 때문이다. 특히 비극에서 질

---

5)　이 시대에는 사람의 신체는 blood(혈액), phlegm(점액), choler(황담즙), melancholy(흑담즙)로 구성되어 있다하고 이를 4체액(cardinal humors)이라 하였다. 이런 체액의 배합 형편에 따라서 사람의 체질이나 성질이 정해지게 되며 이 배합의 비율이 균형을 이루지 못하면 생리적으로 조화를 이루지 못한다고 하였다.

6)　셰익스피어는, 우주는 거대한 질서에 따라 운행된다고 보았다. 그 우주의 질서는 미시적 세계인 인간의 질서와도 서로 조응하게 되는데, 여기서 우주의 거대한 질서체계를 큰 세계 (macrocosm), 그에 상응하는 인간의 질서체계를 작은 세계(microcosm)라 불렀다.

서의 파괴와 회복이라는 명제는 매우 뚜렷하게 드러난다. 『맥베스』에서는 바로 주인공이 악을 행함으로써 일시적으로 질서를 파괴하는 듯 보이지만, 결국에는 스스로 파탄에 빠지는 동시에 질서가 회복된다. 여기서 질서회복이란 외면적인 것이나 단순히 선과 악이라는 이분법적 대립구도에서 선이 악을 이긴다는 것이 아니라, 고차원적 의미의 도덕의 회복 또는 질서의 재정립을 말한다.

맹목적인 운명에 의해서가 아니라, 질서는 파괴되더라도 반드시 회복될 수밖에 없다고 하는 필연적인 가정 때문에 관객은 비극의 결말에 대해서 의아해 하거나 반감을 가지는 일이 없다. 즉 셰익스피어의 비극들은 감정의 질서화 — 정화(淨化) — 를 실현할 뿐만 아니라, 한 걸음 더 나아가 도덕의 재무장을 모색하고 있다. 불완전한 인간이 완전한 질서에 순종하는 과정을 극화한 것이라 할 수 있기 때문이다. 이처럼 셰익스피어의 작품들은 선과 악의 이항대립을 초극하여 인간완성이라는, 보다 차원 높은 경지를 제시한다.

셰익스피어 비극의 위대성 가운데 또 하나는 비극적 종말이 어김없이 필연성을 지니고 있다는 점이다. 비극의 작용이란 낮은 도덕적 가치의 차원에서 높은 도덕적 가치의 세계로 승화해가는 데 있다. 그와 같은 비극적 종말은 악의 존재를 관객의 의식에 훨씬 더 리얼하게 각인시킨다. 인간은 크나큰 불행에 직면하게 될 때, 자기의 진정한 행복은 어디에 뿌리를 두고 있는지를 알게 된다. 행복의 근원적 조건을 확신한다면 어떤 고난에 처하게 되더라도 그것을 극복할 수 있는 힘이 생긴다. 이것이 곧 비극을 보고 나서 느끼는 감정의 정화(淨化), 즉 아리스토텔레스가 말한 카타르시스(Catharsis)의 작용이다.

비극 『맥베스』

르네상스 시기에 대륙으로부터 새로운 문물과 사상이 영국에 물밀듯이 유입되는데, 그에 따라 새로운 어휘도 많이 수입되고 또 만들어진다. 그래서 엘리자베스 시대의 연극은 말을 중시하는 풍조가 있었다. 그리고 르네상스의 시대적 경향 때문에 중세부터 있어온 선과 악의 개념 및 그 투쟁의 양상을 더욱 생생하게 전개시킬 수 있었는데, 『맥베스』는 당시의 영국인들이 공유했던 이런 경험을 바탕에 둔 것이라 하겠다.

『맥베스』는 스코틀랜드의 역사에서 취재한 작품이다. 주인공 맥베스는 국왕 덩컨(Duncan)의 사촌으로 귀족이며, 반란군을 진압하는 등 많은 전투에서 공적을 쌓은 훌륭한 장군이다. 인간성이 풍부하지만 연약한 성격에다 강렬한 시적 감수성을 지닌 그는 어느 날, 장차 스코틀랜드의 왕이 되리라는 마녀들의 예언을 듣고 엉뚱한 야망을 품는다. 그의 아내 역시 그에게 왕이 되라고 부추긴다. 그는 덩컨 왕을 시해하고 왕위에 오르지만, 점점 많은 사람을 죽이는 폭군으로 전락한다. 그러나 맥베스 부부는 죄의식과 양심의 가책으로 공포와 불면의 나날을 보낸다. 마침내 부인은 몽유병의 발작으로 절벽에서 떨어져 죽고, 맥베스도 왕자 맬컴(Malcolm)과 함께 잉글랜드 지원군의 도움을 받아 쳐들어 온 맥더프(Macduff)의 칼을 맞고 죽는다. 권력의 욕망이 비극적 종말을 불러온 것이다. 이제 정당한 왕위계승자인 왕자 맬컴이 왕위에 오르고 스코틀랜드는 질서가 회복되어 안정을 되찾는 등 모든 비정상적인 것들이 바로 잡혀 제자리를 찾게 된다.

『맥베스』는 셰익스피어의 작품 중에서 비교적 짧은 작품이며, 사건이 신속하게 집약적으로 전개되는 특성이 있다. 작품의 구성을 보면 부차적 사건(sub-plot)이 없고 플롯은 오로지 주인공 맥베스에게 집중되고 있어서 처음부터 끝까지 관객의 주의는 맥베스에게 초점이 맞추어져 있다. 그러나 극은 주인공 한 사람에 대한 분석 이상의 그 무엇을 제공해 주는 것 같은 느낌을 준다. 그것은 셰익스피어가 오늘날의 클로즈업과 원거리 촬영에서 볼 수 있는 영화적 기법을 써서 주인공 맥베스의 행동에 폭넓은 시점을 제공해주기 때문이다. 또한 맥베스의 왕위 찬탈 과정에서 보는 것처럼 마녀들의 예언이 곧장 현실로 이루어지는 등 사건이 속도감 있게 집약적으로 전개되어 관객에게 강렬하고 즉각적인 호소력을 가지고 있다.

대부분의 셰익스피어 비극의 구조는 3부로 되어 있다. 제1부는 극의 갈등을 일으킬 사건을 설명하는 부분인데, 제시부분(Exposition)이라 할 수 있다. 여기서는 짧은 소동과 혼잡이 일어나고 주인공은 화제에만 올라 관객을 긴장시킨다. 제2부는 갈등의 시초·전개·기복을 취급하는데 이것을 갈등부분(Conflict)이라 한다. 여기에서는 사건이 생장하고 절정(Climax)을 지나 전환점에 달한다. 제3부는 갈등의 결말이다. 여기에 이르면 흔히 전쟁이 벌어지고 사건이 자연스런 파국적 결말을 맞게 된다. 이것을 대단원(Catastrophe)이라 한다. 『맥베스』는 이러한 전형적인 셰익스피어 비극의 구조로 이루어져 있다.

연극이 시작하는 첫 장면에서 번개와 벼락이 치는 궂은 날 저녁에 등장하는 세 마녀는 어둠의 세계와 정상적인 세계를 서로 뒤바꾸어 놓는다. 안개가 자욱한 광야와 껌껌한 동굴 앞에서 맥베스 앞에 나타난 세 마녀는 도덕적 모호성과 혼란을 예고하고 있다. 셰익스피어 시대의 사람들은 일반적으로 마녀의 존재와 그들의 힘을 믿었기 때문에 이들 세 마녀를 악마의 대리자로 해석한다. 그러나 현대 관객들에게는 우리 곁을 맴도는 인간의 본원적 욕망과 공포가 투영된 상징으로 해석될 수 있다.

제2장에는 충직한 장군 맥베스의 덕성과 영웅적인 면모가 묘사되고 있다. 이 장면에서 관객은 맥베스에게 관심과 호의를 품게 되고 그럼으로써 바로 자기 자신을 맥베스와 동일시하기에 이른다. 그러다가 관객은 맥베스가 마녀들의 예언을 들은 후 왕이 되려고 야망을 불태우는 것을 보면서 인간이 얼마나 쉽게 죄의 유혹에 빠질 수 있는지를 알게 된다.

왕이 될 것이라는 마녀들의 예언이 적힌 맥베스의 편지를 읽은 맥베스 부인(Lady Macbeth)은 벌써 덩컨 왕을 시해할 마음의 준비를 한다. 그녀는 남편이 주저하는 빛을 보이자 아녀자처럼 군다고 비난하며, 마음이 너무 나약하여 야망을 이룰 수 없다고 단정한다. 이처럼 전통적인 관념상 남녀의 역할이 전도된 것 또한 질서의 교란, 즉 악의 현시이다. 마치 성서의 창세기 3장에서 뱀의 달콤한 유혹에 빠진 아내 하와가 남편 아담에게 선악과를 권하는 대목을 연상시키는 대목이다. 그런 면에서 본다면, 맥베스 부부는 아내의 말

세익스피어 가 몸담았던 글로브 극장의 그림.

에 잘 설득되는 현대의 남편과 드세진 아내의 조상이기도 하다.

덩컨 왕의 시해 직후에 등장한 맥베스의 모습은 극도로 흥분된 상태인데, 살인에 따르는 죄의식과 긴장감은 관객에게 그대로 전이된다. 대낮에 어둠이 세상을 뒤덮고 매가 올빼미에게 채어 죽으며 왕의 말이 마구간을 뛰쳐나와 사람에게 덤벼들었다는 등의 자연계의 질서 혼란은 곧 인간사회의 질서 교란과 서로 병치되고 있다. 게다가 맥베스는 왕위에 오른 후 마음의 안정을 잃어버린 채 점점 폭군의 징조를 보이기 시작한다. 그는 동료장군 뱅코우(Banquo)의 후손이 왕이 되리라는 마녀들의 예언이 있자 자객을 보내 뱅코우를 살해하는 일도 서슴지 않는다. 어느 날 중신들을 초대하여 만찬을 베푼 자리에 뱅코우의 유령이 나타나는데 그 유령은 다른 사람에게는 보이지 않고 맥베스에게만 보인다. 이는 맥베스의 사악함을 상기시켜주는 동시에 그가 저지른 범죄가 발각될까봐 전전긍긍하는 공포심을 외형화한 것이다. 그는 궁지를 벗어날 길을 찾지 못한 채 가혹한 폭군이 되어가고 그만큼 반대 세력이 늘어만 간다.

4막 1장에서 맥베스가 자신의 장래에 대하여 묻자, 마녀들은 세 유령을 보내 그의 물음에 상징적으로 답한다. "맥더프를 조심하라"는 제1유령의 '무장한 머리'는 죽음을 맞는 맥베스를 예언하고, "여자의 몸에서 태어난 자는 그 누구도 맥베스를 해치지 못할 것"이라는 '피투성이 아이'는 어릴 때의 맥더프를 상징하며, "버남(Burnam)숲이 던시네인(Dunsinane) 성 앞에 올 때까지 맥베스는 안전하리라"고 말한 '손에 나무를 든 왕관 쓴 아이'는 궁극적으로 젊은 맬컴 왕자가 던시네인 성까지 쳐들어 올 것이라는 것을 의미한다. 세 마녀의 예언은 문자 그대로의 뜻과 그 속에 담긴 본 뜻이 다르다. 그러나 맥베스는 이처럼 모호한 언어를 농하고 있는 악마의 예언에 자신의 운명을 맡기고 싶은 유혹을 떨칠 수가 없다. 마음에 드는 달콤한 예언만을 받아들이고 불리한 것은 관심도 두지 않는다. 이처럼 무슨 일이든 자기에게 유리하게만 생각하고자 하는 것은 인간의 본성으로, 점쟁이에게 점치러 가서 언제나 좋은 예언만을 골라 그것에 매달리는 것은 모든 사람에게 공통된 현상이다. 여기의 세 마녀는 인간의 욕망이 투사된 상징이며, 그에 대응하는 맥베스의 행동은 욕망의 달콤한 유혹을 물리치기 어려운 인간 심리를 보여준 것이라 할 수 있겠다.

망명지인 잉글랜드의 왕궁에서 맥더프는 자기 가족이 맥베스에게 몰살당했다는 소식을 듣고 맬컴 왕자에게 맥베스를 제거하여 폭압정치를 종식시켜야 한다고 주장한다. 즉, 맥베스에게 최후의 공격을 가하기 전에 먼저 도덕적인 평가를 내리고 있음을 보여준다. 한 쪽에는 맥더프와 왕자 맬컴, 다른 한 쪽에는 맥베스, 이들 두 부류의 등장인물은 각각 선과 악을 대표하고 있으며 선이 악을 제압함으로써 궁극적으로 밝은 미래가 놓여지리라는 기대를 갖게 해주는 것이다.

결국 맥베스 부부는 비극적인 최후를 맞지만, 관객에게는 연민의 정을 불러일으킨다. 맥베스는 정치적으로 고립되어가며, 양심의 가책 때문에 몽유병에 걸린 부인은, "아직도 피비린내가 난다. 아라비아의 모든 향수로도 이 작은 손 하나를 향기롭게 할 수 없겠구나"하고 끊임없이 손을 문지르면서 독백을 읊조린다. 맥베스는 부인이 절벽에서 떨어져 죽었다는 소식에 완전히 기세가 꺾이게 되고, 버남 숲이 움직여 온다는 보고를 듣고는 마녀들의 예언이 자기에게 기만적이었다는 것을 깨닫는다. 그리고 인생은 아무 의미도 없는 백치의 이야기에 지나지 않는 허무한 그림자라는 독백을 한다. 수수께끼 같은 마녀의 예언, "버남 숲이 던시네인 성까지 이동해 온다"는 것은 맬컴의 반란군이 버남 숲의 나뭇가지를 꺾어 위장한 모습이고, 여자의 몸에서 태어나지 않은 자는 맥더프를 지칭하는데, 이는 맥더프가 어머니의 몸에서 보통의 인간처럼 태어난 것이 아니라 제왕절개로 태어났다는 것이다. 언어의 모호성에 의존한 극적 아이러니(dramatic irony)를 보여주는 것이라 하겠다.

맺는 말
셰익스피어 비극의 주인공들 가운데 햄릿과 맥베스는 비범한 상상력을 가졌다는 점에서 공통점이 있다. 그러나 두 인물은 매우 상반되는 성격도 가지고 있는데, 햄릿은 자기 내면에서 충동을 해소해 버리지만, 맥베스는 충동이 일자 곧 행동에 나선다.

이런 관점에서 맥베스의 성격을 살펴보자. 첫째, 그는 보통 인간보다 스케일이 큰 인물이지만 누구나가 곧 이해하고 찬양할 수 있는 자질인 용기와 명예심을 가지고 있다. 둘째, 그는 보통 인간보다 뛰어나지만 그것은 종류의 차이가 아니라 정도의 차이이다. 셋째, 그는 보통 인간에 비해 탁월한 상상력을 가지고 있다. 그런데 맥베스에게서 상상력은 양극적으로 작용하기 때문에 외부의 영향인 초자연적 암시에 쉽게 감응하는 동시에 내부에 잠재해 있는 양심에 대해서도 예민하다. 이런 인물은 달콤한 유혹에 빠지게 되면 스케일 큰 인물에 걸맞는 급격한 비극적 파멸에 이른다.

『맥베스』에서 마녀들과 맥베스 부인의 존재는 필수불가결한 존재지만 현대의 독자나 관객이 마녀의 존재를 믿기에는 곤란한 측면이 있다. 그러나 마녀들의 역할을, 한 인간의 내부에서 일어나는 심리적 갈등으로 본다면, 모든 인간의 내심에 존재하는 악의 속성이 현현된 것으로 볼 수 있다. 그리고 맥베스 부인의 경우에는, 오늘날에도 부귀영화를 위하여 남편에게 부정한 수단을 강요하는 아내가 존재하는 만큼이나 실재적이다.

뱅코우의 살해와 그 유령이 나타나는 3막 4장 이후로 맥베스는 완전히 폭군으로 변하여 닥치는 대로 사람을 죽이는데, 표면적으로 보면 그것은 내면에 깃든 악의 속성이 더욱 강하게 표출되고 있음을 뜻하지만, 그럴수록 사람들은 그를 버리고 도망간다. 그 때문에 맥베스는 점점 생기를 잃고 허무와 염세에 빠진다.

　작품 전체에 드리워진 어두운 분위기는 비극적 공포를 조성하는 효과를 자아내는데, 마녀들의 등장과 주인공의 살인, 질서의 파괴에 잇따르는 필연적인 결과들이 그러한 어두운 분위기를 이끌고 있다. 그리고 맥베스 부부의 고뇌에 찬 행동은 연민의 정을 느끼게 한다. 인간성이 풍부한 고귀한 인간이 불가항력적인 유혹에 끌리어 죄를 범하고 고뇌하는 모습을 보여주기 때문이다.『맥베스』는 고귀한 한 인간의 죄와 벌을 통하여 모든 인간이 그 내면에 공유하고 있는 보편적인 인간의 모습을 인상적으로 그리고 있다.『맥베스』가 고전의 반열에 드는 이유도 이와 같이 시공을 초월하여 모든 사람들에게 깊은 인상을 남기기 때문이다.

더 생각해볼 문제들

1. 맥베스는 분명 악한이다. 첫 장면에서 그가 왕이 되리라는 세 마녀의 예언대로 덩컨 왕을 시해할 생각을 할 때 이미 그의 내면의 탐욕이 드러난다. 그는 왕의 시체가 발견되었을 때도 거침없이 거짓말을 늘어놓는다. 덩컨 왕의 시해로부터 맥더프와의 최후의 결투에 이르기까지 그의 악행은 점점 더 늘어나며, 뱅코우와 맥더프의 처자를 살해하는 대목에서는 그의 잔인성이 매우 두드러지게 나타난다. 그러나 관객은 맥베스를 단순한 악한으로 보지 않는데 그 이유는 무엇일까?

   상상력이 강하고 암시에 민감한 맥베스는 죄를 범하려는 자신의 충동을 스스로 분석·검토하면서 갈등하는 모습을 보여준다. 특히 의식하는 자아와 행동하는 자아가 일치하지 않을 때, 그는 여러 가지 잡념에 시달리는 등 심리적 분열상을 드러내기도 한다. 이와 같이 맥베스의 역할은 기괴한 악의 희화(戲畵)가 아니라, 악행을 저지른 위대한 한 인간이 심리적으로 붕괴되어가는 과정을 보여주는 데 그 의미가 있다. 따라서 관객은, 야망의 압박과 유혹에 반응하는 그의 내면을 들여다볼 수 있기 때문에 그에게서 연민의 정도 느끼게 되는 것이다.

2. 셰익스피어 시대의 관객은 일반적으로 마녀의 존재를 믿었기 때문에 당시에는 세 마녀를 악마의 대리자로 해석하였다. 그러나 현대의 관객은 이미 마녀의 존재를 믿지 않는다. 그렇다면 마녀의 역할이란 오늘날에는 아무런 의미가 없는 것이 아닐까?

   마녀의 모습은 극중에서도 추상적으로 나타난다. 즉 암시적인 존재일 뿐 극의 진행과는 무관한 역할을 한다고 볼 수도 있는 것이다. 그들의 예언은 모호한 말장난으로 되어 있다. '여자의 몸에서 태어나지 않은 자'와 '버남 숲의 이동'이라는 수수께끼 같은 말은 맥베스의 허영심을 폭로하는 말에 불과할 뿐 현실의 논리가 아닌 것이다. 따라서 현대의 관객에게 세 마녀의 존재는 인간의 본원적 욕망이 투사된 상징으로서 의미가 있는 것이다.

3. 맥베스 부인은 남편이 아녀자 같이 겁 많고 양심의 가책에 괴로워하는 것을 보고 야단치는 강심장의 여인이다. 야심 앞에 머뭇거리기보다는 차라리 젖 먹이 아이도 떼어놓고 남편의 머리라도 쥐어박겠다고 할 정도다. 맥베스가 죄의식 때문에 공포에 질려 깜짝깜짝 놀라는 태도를 부녀자의 심약한 기질과 비슷한 것이라 볼 수는 없지만, 전통적인 관념으로 본다면 여인들을 연상시키는 정서적 감각을 암시하는 면이 있다. 이처럼 대조적인 성격으로 나타낸 것은 어떤 의미일까?

맥베스 부부의 성적 기질이 뒤죽박죽이 되어 있음은 자연계 및 인간사회의 질서 교란을 암시하며 관객은 이러한 상황이 궁극적으로는 반전될 것을 예상하게 된다. 그렇다면 양성간의 평등이 보편화된 오늘날에도 이러한 극의 표현 양식이 호소력이 있겠는가 생각해보자.

추천할 만한 텍스트

『맥베스』, 셰익스피어 지음, 최종철 역, 민음사, 2004.

박성환

부산외국어대학교 영어과 명예교수.

경희대학교 대학원에서 영미희곡을 전공하여 석사 및 박사 학위를 취득하였다. 저서로는 셰익스피어의 전 작품에 나오는 좋은 명언들을 주제별로 분류해 놓은 『셰익스피어의 위대한 문장들』(2000)이 있다.

"전에 우리가 베르지의 숲 속을 함께

거닐고 있었을 때 저는 몹시 행복할 수 있었는데,

격심한 야심에 끌려 제 마음은 공상의 나라를 헤맸지요.

이 아름다운 팔이 바로 제 입술 곁에 있었는데도,

저는 제 가슴에 이 팔을 꼭 껴안을 생각은 않고

미래에 마음을 빼앗기고 있었지요.

저는 거대한 행운을 쌓아 올리기 위해 지탱해야 할

수많은 마음의 갈등에 사로잡혀 있었어요….

당신이 이 감옥에 찾아와 주지 않으셨다면

저는 행복이란 걸 모르고 죽었을 겁니다."

스탕달 (1783~1842)

프랑스 동남부의 도시 그르노블 태생인 스탕달은 본명이 앙리 벨르(Henri Beyle)이며, 스탕달은 그가 사용했던
많은 가명과 필명 가운데 하나다. 일찍이 어머니를 여의는 등 불우한 가정환경에서 성장한 그는, 1800년 군인이
되어 소위 계급장을 달고 이탈리아 전선에 뛰어 든 이후 나폴레옹 제정의 관료로서 출세가도를 달리지만, 1814
년 나폴레옹의 몰락과 함께 관료로서 성공을 바라던 꿈 또한 접어야 했다. 그 후 7년 동안 이탈리아의 밀라노에
머물면서 『이탈리아 회화사』, 『연애론』 등의 책을 집필했고 1830년에는 『적과 흑』을 발표했다. 그 해 프랑스에서
일어난 7월 혁명으로 새 정부가 들어서자 이탈리아 주재 프랑스 영사가 되어 말단직이나마 다시 관료가 되었고
1839년에는 『파르마의 수도원』을 완성했다.

한 수려한 청춘의 초상
스탕달의 『적과 흑』

이동렬 | 서울대학교 불어불문학과 교수

현대적 작가 스탕달

어떠한 명작도 그 자체로서 고정된 불변의 의미와 가치를 지니는 것은 아닐 것이다. 문학 작품은 독자의 감성과의 만남을 통해서만 구체적인 의미와 가치를 획득하게 된다. 따라서 하나의 작품은 독자에 따라서, 또 동일한 독자라 하더라도 읽는 시기와 상황에 따라서 각각 상이한 수많은 방식으로 읽힐 수밖에 없을 것이다. 그리고 문학작품의 독서가 갖는 흥미는 내용이나 의미에 앞서 무엇보다도 글을 읽는 흥미이다. 어떤 작품이 고전으로 지칭될 만한 명작으로 남을 수 있는 것은 우선적으로 그것이 좋은 글로 쓰인 작품이기 때문일 것이다. 어느 경우에나 책을 읽는 재미에 빠져들지 않고서 그 책에 대해 얘기하는 것은 허위의식이기 쉽다. 스탕달(Stendhal)의

『적과 흑(*Le Rouge et le Noir*)』[1] 역시 면밀한 독서를 통해 독자의 감성과 직접 닿음으로써만 가치가 발현될 수 있는 작품임에 틀림없다.

　본명이 앙리 벨르(Henri Beyle)인 스탕달은 그가 사용했던 많은 가명과 필명 가운데 하나다. 인간 앙리 벨르의 생애는 그 자체로서 특별히 찬란하거나 흥미로웠던 것으로는 보이지 않는다. 통상적인 의미로서의 그의 일생은 그렇게 성공적인 것이었다고 할 수 없으며, 행복의 추구를 인생의 목표로 생각한 사람이었음에도 불구하고 그의 삶은 유별나게 행복한 것도 아니었던 듯싶다. 이 특이한 감성의 소유자는 가족적 환경과 불화를 빚었고, 자신이 살았던 시대 전체와 대체로 갈등상태에 놓여 있었다. 한때 나폴레옹 제정의 관료로서 상당한 출세의 가능성을 꿈꾸었으나, 그런 성공의 전망도 나폴레옹의 몰락으로 중도에 끊겨 버렸다. "수많은 세월과 사건 후에도 나에게 기억되는 것은 사랑했던 여인의 미소뿐이다"고 말년에 와서 술회했던, 이 지칠 줄 모르는 행복의 추구자에게 가장 중요한 것은 여인과의 사랑이었지만, 그의 생애에 떠오르는 많은 여인의 이름 중 그 누구도 그에게 지속적인 행복한 애정생활을 가져다 주지는 못했다.

---

1)　색채의 명칭으로 작품 제목을 삼는 것은 스탕달 시대의 한 유행이었다. 스탕달은 '적(赤)과 흑(黑)'이란 제목이 무엇을 뜻하는지 아무런 언급도 하지 않았기 때문에 이에 관해서는 후세 연구자들이 내린 여러 가지 해석이 있을 뿐이다. 그 중 적색은 군인 신분의 상징이고 흑색은 사제 신분의 상징이라는 해석이 가장 유력하지만, 또한 적색이 주인공의 공화주의를 뜻하고 흑색이 성직자 계급을 가리킨다는 등 여러 가지 해석도 공존하고 있다.

작가로서도 불우한 편이었던 스탕달의 작품들은 동시대인들의 몰이해의 희생이 되어 생존시에는 물론 사후에도 상당한 기간동안 특별한 주목을 받지 못한 채 묻혀 있었다. 동시대인들의 우둔함에는 일찍부터 절망한 채 오직 미래의 독자들에게만 기대를 걸었던 스탕달 자신의 예상대로 그의 작품들은 19세기 후반에 이르러서야 재발견되고 재평가되기 시작했으며, 20세기에 와서는 프랑스뿐만 아니라 전 세계적으로 뛰어난 가치를 인정받기에 이르렀다. 스탕달은 특이한 감성과 개성의 소유자로서 현대인의 취향에 호소력 있는 작품을 써냄으로써 현대로 올수록 점점 더 많은 사랑을 받게 된 희귀한 19세기의 소설가라고 할 수 있다. 오늘날에는 발자크, 플로베르, 졸라 등과 더불어 스탕달이 19세기 프랑스의 대표적 소설가의 한 사람이라는 사실을 부인하는 사람은 아무도 없을 것이다.

정치적 연대기

소설은 세상을 비추는 거울이라고 스탕달은 자신의 소설관을 피력하고 있다. 『적과 흑』은 저자의 이러한 견해를 반영하는 소설이다. '1830년의 연대기'라는 작품의 부제가 의미하는 바와 같이 그리고 오늘날의 많은 스탕달 연구자들이 강조하고 있는 바와 같이 『적과 흑』은 1830년 7월 혁명 직전인 프랑스 왕정복고[2] 시기의 정치적 연대기다. 이 작품을 통해 스탕달은 당시 불안정의 증상을 드러내는 왕정복고라는 반동체제 말기의 여러 양상을 포착하여 그 의미를 밝히고 또 그것에 신랄한 비판을 가한다. 스탕달이 당대의 정치현실을 문제 삼는 방식은 대단히 직접적이다. 스탕달은 소설 작품 속에 정치 얘기가 개입하는 데 대해 대단히 거북스러운 느낌을 가지고 있어서, 소설 속에 끼어드는 정치는 "연주회 도중에 들리는 권총 소리" 같다거나, "정치란 문학의 목에 매단 돌"과 같다는 식의 얘기를 자신의 작품에서 하고 있다. 그럼에도 불구하고 소설은 시대 현실을 반영하는 거울이 되어야 한다는 확고한 입장에서 왕정복고기의 정치현실을 형상화하고 있는 소설이 『적과 흑』이다.

'소설은 거울'이라는 스탕달의 리얼리즘 문학 선언은 현실 도피적인 낭만주의 문학의 전성기에 나온 것으로서 그것 자체가 이미 하나의 큰 진전을 나타낸다고 할 수 있다. 그러나 스탕달의 소설관이 현실의 복사를 의미하는 사실주의적 수법의 강조나, 단순한 반영론을 의미하는 것은 아니다. 『적과 흑』에 제시된 현실은 작자의 관점에 의해 선택된 현실이며 작자의 역사, 사회관의 매개에 의해 설명되고 해석된 현실이다. 스탕달은 작품 속에 작자의 육성으로까지 개입하여 어떤 사태에 대해 설명하고 때로는 가치 판단을 내리는 일조차 주저하지 않는다. 어느 작품이나 다 그렇겠지만 특히 『적과 흑』은 작자의 비전을 고려하지 않고서는 해석이 불가능한 작품이다.

일견 스탕달의 정치·사회적 입장은 다양하고 변화가 심한 편이

---

2) 1814년 나폴레옹 제정이 몰락한 후 외국에 망명해 있던 부르봉 왕가가 귀환하여 복구한 왕조로서, 루이 18세와 샤를르 10세가 국왕으로 재위하였고 1830년 7월 혁명으로 붕괴한 정치체제를 말한다. 『적과 흑』은 보수적이고 반동적인 성격의 왕정복고 말기를 시대 배경으로 한 소설이다.

어서 그를 특정 정치 계열에 위치시키기가 힘들어 보인다. 그러나 딜레탕트의 회의주의적 외관에도 불구하고 스탕달은 근본적으로 18세기 계몽사상가들의 충실한 제자로 남는다. 자유와 평등의 설교자인 위대한 계몽주의자들을 찬양하는 스탕달은 그들의 가르침에 따라 역사와 인간을 바라보는 작가이다. 그는 주저 없이 특권에 반대하여 평등의 편에 서며, 때때로 회의주의적 태도를 드러내기는 하지만 근본적으로는 자유주의적이고 진보적인 태도를 견지한다. 계몽사상가들의 예상대로 역사가 진전될 것을 확신하는 사람으로서 그는 반동적 질서의 붕괴를 확신한다. 『적과 흑』의 사회 묘사는 이러한 작자의 성향과 신념에 비춰진 사회 묘사이다.

프랑스 대혁명과 나폴레옹 시대를 거친 후에 복귀한 부르봉 왕조의 왕정복고 체제는 혁명의 물결에 의해 이미 낡은 유산이 되어버린 가치와 현상을 복원하려는 반동적 속성을 가지고 있었다. 이 체제는 특권을 옹호하고 특권 의식에 의해 사회를 재조직하여 혁명 이전의 상태로 되돌리려고 획책한 시대착오적인 우둔한 인사들에 의해 장악되어 있었던 것이다. 『적과 흑』에 그려진 사회는 진보적 작가 스탕달, "민중을 사랑하고 민중의 압제자들을 증오한" 작가 스탕달이 본 복고적 속성의 사회였던 만큼 그는 가차 없는 단죄의 신랄한 어조를 유지하고 있다. '1830년의 연대기'로서의 『적과 흑』의 이러한 성격은 그 자체가 하나의 소설적 흥미를 이루는 동시에, 소설 인물들의 운명을 비롯한 소설의 모든 측면과 긴밀히 연관된 구조를 이루고 있다.

야망 그리고 좌절

『적과 흑』은 왕정복고 체제의 반동적 질서에 부딪쳐 싸우다가 산화하는 한 젊은이의 삶을 형상화한 소설이다. 전통적인 소설들이 대체로 어떤 인물의 이야기로 이루어져 있기는 하지만, 이 소설만큼 한 주인공에게 모든 것이 집중되어 있는 구조를 보여주는 소설도 드물 것이다. 『적과 흑』은 시종일관 다른 모든 인물들을 압도하며 항상 소설 전개의 중심에 위치하는 인상적인 주인공 쥘리엥 소렐 (Julien Sorel)의 이야기를 하고 있다. 이런 의미에서 『적과 흑』은 주인공 쥘리엥의 전기와 같은 성격의 소설이며, 이 작품에 관한 논의의 대부분도 주인공을 둘러싼 논의일 수밖에 없다.

소설 주인공 중에 쥘리엥 소렐만큼 많은 논란과 오해의 대상이 되었던 인물도 없을 것이다. 19세기 비평은 이 인물을 비난하고 폄하하는 코멘트로 가득 차 있다. 19세기 비평가들의 눈에 이 인물은 출세를 위해서라면 수단 방법을 가리지 않는 마키아벨리적 인물로 비쳤던 것이다. 하층 계급 출신의 가난한 젊은이가 부유한 귀족 계급의 뛰어난 여자를 둘이나 유혹하지 않았던가! 그는 자신을 헌신적으로 사랑한 숭고한 귀족 부인을, 출세를 방해했다는 이유로 권총으로 저격해서 자칫 목숨을 뺏을 뻔한 패륜아가 아니었던가! 쥘리엥 소렐을 천박한 유혹자로 모는 견해는 끈질긴 생명력을 지녀서, 오늘날까지도 유리한 조건의 여성을 이용해 성공에 이르는 남자를 보면 쥘리엥 소렐 같은 인간이라고 수군거리는 소리를 듣는다.

반면에, 현대 비평은 쥘리엥 소렐에 대한 변호가 주조를 이루는 것 같다. 야망을 품었으되 천박한 실현 수단은 결코 사용할 수 없는 인물, 부와 권력을 운위하되 금전문제에 있어서는 그 어떤 귀공자보다도 엄격한 청렴성을 보여주는 인물, 진부한 사회와는 어울리지 않는 순수하고 너무나 시적인 인물로 변호되고, 마침내는 추한 사회에 희생당하는 무고한 젊은 반항의 신으로까지 미화되는 현상을 볼 수 있다. 이처럼 한 소설 인물을 둘러싸고 벌어진 문학 전문가들 사이의 극히 대조적인 평가는 작품을 읽는 방식이 얼마나 다양할 수 있는가를 보여주는 좋은 예가 될 수도 있을 것이다. 주인공 쥘리엥 소렐을 어떻게 볼 것인가 하는 문제는 곧 작품 『적과 흑』을 어떻게 읽을 것인가 하는 문제와 직결된다.

쥘리엥 소렐은 확고한 계급의식과 의식적인 계급투쟁의 개념을 문학 속에 끌어들인 최초의 소설 주인공이라고 할 수 있다. 그는 베리에르(Verrières)라는 시골 소도시에서 목수의 셋째 아들로 태어난다. 격심한 육체노동을 요구하는 집안 환경과는 어울리지 않는 섬세하고 연약한 체질을 타고난 그는 돈만 아는 무식하고 우악스런 아버지와 형들로부터 구박을 받으며 자란다. 총명하며 비상한 기억력을 지닌 쥘리엥은 우연히 약간의 교육을 받게 됨으로써 집안 환경과 더욱더 유리된다. 독자의 눈에 처음 출현할 때부터 쥘리엥은 사회의 상층으로 뛰어오르겠다는 확고한 사회적 상향 의지를 지닌 인물로 부각되는데, 그것이 그의 개성을 규정하는 가장 두드러진 특징이라고 할 수 있다.

쥘리엥의 사회적 상향 의지는 프랑스 대혁명과 나폴레옹 시대가 빚어낸 사회 구조의 변화를 반영한다. 대혁명이 확립한, 법 앞에서는 만인이 평등하다는 현대 시민사회의 원리 그리고 나폴레옹 시대가 보여준 급격한 사회적 유동성의 예가 재능 있는 젊은이들로 하여금 대담한 신분 이동의 꿈을 꿀 수 있게 해준 것이다. 열렬한 나폴레옹 숭배자인 쥘리엥에게 나폴레옹은 "미미하고 재산도 없던 일개 중위"에서 유럽의 제왕으로 비상한, 무한한 사회적 상향의 전형으로만 비친다. 『적과 흑』은 나폴레옹의 예에 고무되어 불굴의 사회적 상향 의지를 갖게 된 젊은이가 사회적 유동성을 막으려는 왕정복고 시대의 폐쇄적 질서에 부딪혀 가는 이야기다. 그 젊은이는, 사회가 개인의 능력이야 어떻든 목수의 아들인 하층민 출신에게는 더 이상 기회를 허용하지 않으려는 닫힌 사회임을 발견한다. 사회를 향한 그의 분노와 반항은 거기에서 연유한다.

쥘리엥의 삶과 죽음은 개인적 우월성과 사회적 기득권 사이에 벌어지는 갈등과 모순의 드라마다. 자신의 우월한 능력을 확신하는 그는 상류층 인사들과 동등한 무기로 싸울 수 없음을 애석해 한다. 이 인물에 대한 상류 계급 인사들의 의심과 경계와 노여움은 능력에 대한 기득권의 두려움과 분노를 표시하는 것으로서, 스탕달은 이 인물을 통해 역사 발전의 법칙이랄 수 있는 특권과 능력 사이의 싸움을 보여주고 있다. 쥘리엥의 죽음은 기득권을 넘본 틈입자에 대한 사회적 처단이라는 강한 암시를 담고 있는 것으로 보인다. 단두대에 목이 잘려 최후를 맞는 쥘리엥 소렐은 보다 공정하고 정의로운 사회 질서에 대한 강한 염원을 불러일으키면서 무대에서 사라져 가는 주인공이다.

소설은 본질적으로 개인과 세계의 갈등 관계를 표현한다는 견해는 경청할 만한 가치가 있어 보인다. 소설 주인공의 영혼과, 물질적 가치관에 의해 지배되는 현대세계 사이에는 공통의 척도가 있을 수 없기 때문에 소설 주인공의 모험은 애초부터 실패로 운명 지워진 모험이라는 것이다. 소설은 역사적 현실에 의해 돌이킬 수 없게 갈라진 가치관의 차원과 생존의 차원을 화해시키기 위한 개인의 부단한 노력을 보여주기 때문에 소설 속에서는 구체적 현실과 가치관의 추구를 항상 괴리의 상태에서 보게 된다는 것이다. 쥘리엥 소렐의 모험은 이와 같은 소설의 틀에 부합된다고 할 수 있지만, 그것을 더 직접적이고 극적으로 보여주는 예가 될 것이다.

젊음의 시

반항하는 하층민 쥘리엥 소렐은 매력이 있다. 부당한 사회를 향한 그의 분노와 항변은 대체로 독자의 공감을 불러일으킨다. 그의 야망, 범용한 부르주아들의 세상에서 위대한 영웅의 경지를 꿈꾸는 그의 터무니없는 야망은 이상주의를 고취시킨다. 그리고 야망의 꿈을 쫓는 과정에서 그가 보여주는 기교와 대담성은 독자의 경탄을 불러일으키기에 충분하다. 그러나 그 모든 것에도 불구하고 쥘리엥 소렐의 주된 매력은 젊음의 매력이다. 청춘의 신선함, 그것이 이 주인공이 발산하는 매력의 원천인 것이다. 이 점에 관해서는 프랑스 사회주의 운동의 한 선구자로서 인민전선 정부의 수반을 지낸 정치가인 동시에 스탕달 연구자였던 레옹 블룸(Léon Blum)의 글 한 대목을 인용해 보는 것이 좋을 것 같다.

　이 인물의 영원한 매력, 그의 독특한 진실성, 그의 시는 작가가 이

인물을 젊은이로서 포착한 데서 기인한다. 청년기의 모든 경신(輕信)의 경향과 까다로운 요구가 아직 그대로 남아 있는 시기, 타인에 대한 경계가 시니시즘에서라기보다 경험의 미숙성에서 기인하는 시기, 계산이나 술책도 다 영혼의 다치기 쉬운 연약함을 감싸고 있으며 악의조차도 정열의 표지인 시기, 자아에 대한 초기 의식과 세상과의 적대적인 첫 접촉으로부터 생겨난 갈망도 아직 청춘의 신선한 순수성에 침투되어 있고 청춘의 열정을 띠고 있으며 위대함과 아름다움에 대한 청춘의 감격의 빛을 지니고 있는 시기에 이 인물은 포착되는 것이다.

그를 마키아벨리적 위선자로 몰았던 비평가들은, 젊기 때문에 그가 빈번히 저지르는 실수와 어리석음을 간과하고 있는 것이다. 비평가들과 달리 작가 에밀 졸라는 일찍부터 쥘리엥 소렐의 시적 속성을 간과하여 이렇게 말하고 있다.

쥘리엥은 근본적으로 세상에서 가장 고귀하고 무사무욕하며, 민감하고 관대한 인물이다. 그가 파멸하는 것은 상상력의 과잉 때문이다. 그는 너무 시적인 것이다. 그런데 스탕달은 그에게 성공에 필요한 유일한 도구로서 위선을 행하도록 강요한다. 하지만 작자는 이 인물을 위선의 허풍쟁이로 만들어 놓을 뿐이어서, 그가 어쩌다 멋진 위선이라도 부리게 되면 우리는 기뻐할 것이다.

에밀 졸라의 평가처럼 쥘리엥 소렐은 섬세하고 예민한 감수성을 지닌 고상한 영혼의 젊은이다. 『적과 흑』은 이 수려한 청년의 약 4년에 걸친 삶과 사랑을 그린 소설이다. 그는 반항하는 하층민답게 자기 나름의 사회적 투쟁을 전개하지만, 그러나 실상 그가 보낸 시간의 대부분은 사랑에 바쳐져 있다. 소설 지면의 가장 많은 부분도 사랑얘기에 할애되어 있으며 누가 뭐라 해도 이 소설의 가장 큰 흥미는 사랑 이야기의 전개로부터 나온다. 요컨대 『적과 흑』은 재미있는 연애소설인 것이다. 쥘리엥의 젊은이로서의 매력이 한껏 뿜어져 나오는 것도 그의 사랑의 전개과정을 통해서이다. 이 젊은 주인공은 대조적 유형의 인상적인 두 귀족 여인인 마담 드 레날(Madame de Rénal)과 마틸드 드 라 몰(Mathilde de La Mole)을 만나 사랑을 나누며 연애의 우여곡절을 겪는다. 이 연애과정을 스탕달은 뛰어난 심리학자의 안목을 가지고 그려 보여줌으로써 자신의 작품을 프랑스 문학사상 찬연히 빛나는 심리분석소설의 하나로 만드는 데 성공하고 있다.

작자 스탕달은 하층민 출신의 야심가 주인공을 때로는 엄격한 비판의 눈길로 추적하고 있다. 그는 반항아 쥘리엥의 천재성에 대한 찬미에도 불구하고, 또한 "모욕당하고, 고립되고, 무지하고 호기심이 많으며 오만으로 가득 찬 어린 농부"이기도 한 하층민 출신 주인공의 천박한 어떤 속성에 대해서는 결코 공감을 표하지 않는다. 그러나 스탕달은 작품의 말미에 이르러 젊은이다운 순수성을 잃지 않은 자신의 주인공에게 아무 유보 없는 애정을 표시하기에 이른다. "쥘리엥은 아직 젊은 나이였다. 내가 보기에 그는 한 그루의 수려한 수목인 것이다"고 스탕달은 쓰고 있는 것이다. 그는 자신의 주인공을 그런 젊음의 한가운데에서, 가장 행복했던 사랑의 순간을 회상하며 죽어가게 함으로써 『적과 흑』을 잊지 못할 청춘의 시로 만드는 데 성공하고 있다.

삶과 행복

『적과 흑』이 독자에게 마지막으로 얘기하고자 하는 것은 행복의 문제가 아닐까 싶다. 이 소설은 아주 역설적인 행복의 모습을 보여준다. 행복한 삶에 대한 모든 구도가 다 무너졌다고 생각하는 순간 행복은 전혀 예기치 못한 방식으로 찾아오는 것이다.

주인공 쥘리엥 소렐이 그처럼 맹렬하게 추구해 왔던 모든 것, 즉 명성과 부(富), 사회적 지위 그리고 파리의 아름다운 귀족 처녀를 다 손에 넣게 되는 지점에서 소설은 갑자기 급전직하의 전환을 거쳐 비극적 결말을 향해 치닫는다. 야심가답지 않게 쥘리엥은 그 모든 것을 한 번의 돌풍으로 날려버리는 것이다. 더 이상 사회적 야망에는 아무 미련이 없는 젊은 주인공은 감옥에 갇혀 죽음을 기다리면서 뜻밖에 행복을 발견한다. 다정다감했던 레날 부인의 진정한 사랑, 그것만이 쥘리엥의 행복이었던 것이다. 그녀와 함께 아름다운 숲 속을 거닐었던 행복했던 시절의 추억 속에서 그는 독자 곁을 떠난다. 쥘리엥은 자신의 본질과 화해하고 죽는 주인공이다. 젊은 시절에 『적과 흑』을 읽은, 이제는 나이를 많이 먹은 독자들에게 쥘리엥 소렐은 야망으로 불탔던, 그러나 오직 사랑에서 행복을 발견하고 뜻하지 않게 일찍 세상을 떠난 젊은 날의 그리운 옛 친구 같은 인물로 남아 있을지도 모른다.

더 생각해볼 문제들

1. 『적과 흑』의 주인공 쥘리엥 소렐을 불문학에 나타난 출세 지향적 유형의 소설 인물들과 비교해 보자. 즉, 발자크의 소설집 『인간극』의 여러 작품에 출현하는 라스티냑, 모파상의 소설 『벨아미』의 주인공 같은 인물은 불문학이 산출해낸 대표적인 출세주의자들이라고 할 수 있다. 이들과 쥘리엥 소렐을 비교하여 그의 독특한 개성을 부각시켜 보고 그 차이점에 대해 생각해 보자.

2. 스탕달의 소설 『적과 흑』은 낭만주의 운동의 한가운데에서 출현한 작품이지만, 리얼리즘의 선구적 소설로 평가된다. 따라서 상당 부분 낭만주의적 요소를 포함하고 있는데, 그 점에 대해서 생각해 보자.

3. 스탕달의 소설은, 대조적 유형의 두 여주인공이 출현하여 한 남자 주인공의 사랑을 다투는 구조를 보여주는데, 『적과 흑』의 두 여주인공인 마담 드 레날과 마틸드 드 라 몰을 비교함으로써 스탕달의 여성관과 연애관을 추론해 보자.

추천할 만한 텍스트

『적과 흑』, 스탕달 지음, 이동렬 역, 민음사, 2004.

이동렬

서울대학교 불어불문학과 교수.

서울대학교와 동 대학원에서 불문학을 전공하고 프랑스 몽펠리에 대학교에서 문학 박사 학위를 취득했다. 공주사범대학, 한국외국어대학교의 교수를 역임한 바 있다.

저서로 『스탕달 소설 연구』, 『문학과 사회묘사』, 『프루스트와 현대 프랑스 소설』 등이 있으며 옮긴 책으로 『좁은 문』, 『소설과 사회』, 『말도로르의 노래』 등이 있다.

부인은 그에게 용기를 내어 아버지의 성(姓)을 버리고
뤼방프레라는 어머니의 친정 성을 쓰도록 하라고 권고했다.
… 부인은 서로 잇닿아 있는 사회 계층 하나하나를 열거하고
이 약삭빠른 조치를 취함으로써 얼마나 여러 단계를
단숨에 뛰어 넘는 셈인가를 시인에게 깨우쳐 주었다.
… 이날 저녁내 바르즈통 부인의 재기는 크게 발휘되어
부인이 말하는 바의 뤼시앙의 편견이라는 것을 산산이 깨트려버렸다.
부인의 말에 의하면 천재에게는 형제도 자매도 아버지도
어머니도 없다는 것이다. 위대한 일을 이룩해 놓아야 하는 때문에
천재는 누가 보아도 분명한 에고이즘을 강요받고 있으며
자기의 위대함을 위해 모든 것을 희생해야 되는 것이다.

오노레 드 발자크(1799~1850)

발자크의 아버지 베르나르-프랑스와는 51세에 19세의 안-샤르로트 살랑비에와 1797년 결혼하여 1799년 투르
에서 오노레를 낳았다. 오노레는 아버지의 영향으로 법률 공부를 했으나 그가 원하는 것은 문학이어서 소르본느
대학에서 문학 강의를 듣는다. 1822년부터 문학작품을 발표하기 시작한 이후 연상의 귀족부인들과 사귀기 시작
하여 평생 동안 수많은 여성 편력을 갖는다. 그 가운데 가장 유명한 여성이 그의 열렬한 독자인 러시아 귀족 한스
카 백작부인으로서 1833년부터 만나기 시작하여 1850년 3월 드디어 그녀와 결혼하기에 이르지만, 건강이 악화
된 그는 그해 8월 세상을 뜬다.

03

'인간 희극'과 인생 유전의 전형들
발자크의 『잃어버린 환상』

김치수 | 문학평론가, 이화여자대학교 명예교수

프랑스가 낳은 위대한 작가

오노레 드 발자크(Honore de Balzac)는 그의 거대한 작품 세계에 의해 프랑스 문학을 대표하는 작가이다. 이탈리아에 단테가 있고 스페인에 세르반테스가 있고 영국에 셰익스피어가 있으며 러시아에 톨스토이가 있는 것처럼 프랑스에는 발자크가 있다고 말할 정도로 프랑스의 대표적인 작가다. 그는 누구보다도 정력적으로 작품을 쓴 작가로서 그의 삶과 문학 사이의 관계를 정립시키는 데 성공했다고 말할 수 있을 정도로 자신의 삶을 문학 속에 수용했다.

'노동'과 '경탄' 그리고 '의욕', 이 세 가지 단어가 발자크의 일생을 요약할 수 있는 키워드다. 가장 활동적일 때 그는 책상 앞에 열여덟 시간 혹은 스무 시간을 앉아 글을 썼다. 그는 돈이 필요해서 글을 썼는데, 때로는 인쇄소를 차렸다가 빚더미에 앉은 적도 있고 때로는 귀족 부인과 살림을 차리기 위해 저택을 샀다가 빚더미에 앉기도 했다. 그때마다 그는 소설을 썼고 인세로 그 빚을 모두 갚기도 했다. 파리 16구에 있는 발자크 문학관에는 발자크가 빚쟁이를 피해 도망가기 위해 만들어 놓은 뒷문이 지금도 보존되어 있다. 그래서 발자크는 "예술이란 뇌로 하는 것이지 가슴으로 하는 것이 아니다. … 실행하는 것이 문제가 되는 순간에 너무 생생하게 느낀다는 것은 능력에 대한 감각의 반란이다"고 말한다. 낭만주의 출신으로서 사실주의 소설을 쓰는 작가다운 말이다.

'인간희극'의 구성

발자크는 처음부터 '인간희극(La Comedie humaine)'을 계획해서 그 많은 작품을 쓴 것이 아니라 1829년부터 쓰기 시작한 작품들을 1833년 '인간희극'이라는 제목으로 묶기로 계획한 다음, 이듬해부터 그 이전에 쓴 작품으로부터 그 이후 1848년까지 20년 동안에 쓴 작품을 '인간희극' 속에 재구성한다. 모두 85편에 이르는 '인간희극'은 발자크가 계획만 하고 쓰지 못한 작품 60편을 제외한다고 하더라도 그 유례를 찾아볼 수 없이 방대한 작품이다. 이 작품은 모두 3부로 구성되어 있다.[1] 현전하는 작품들 이외에도 발자크는 각 부에 61편의 작품을 계획하지만, 완성하지 못하고 51년의 생애를 마친다.

『잃어버린 환상(*Les Illusions Perdues*)』의 줄거리

제1부 『두 시인』은 앙굴렘이라는 시골에 사는 두 사람의 이야기이다. 한 사람은 아버지로부터 물려받은 오래된 인쇄소를 경영하는 다비드 세샤르로 자신의 중학교 동창생인 뤼시앙 샤르동을 절망에서 구해주기 위해 인쇄소의 총감독으로 삼는다. 그는 새로운 종이 제조법을 발견하여 값싼 종이를 공급함으로써 활자문화의 발전에 기여하고자 하는 성실한 인쇄업자이다. 다른 한 사람은 나중에 다비드의 처남이 되는 뤼시앙 샤르동으로서 미남에 시적 재치가 넘치는 청년이다. 1821년 5월 뤼시앙 샤르동은 전형적인 시골 부인인 루이즈 드 바르즈통 부인으로부터 사랑을 받는다. 바르즈통 부인 집에서 야회가 있던 저녁 뤼시앙은 속이 좁고 우스꽝스럽고 무식한 다른 초대객들로부터 증오의 대상이 된다. 뤼시앙의 누이동생 에브는 9월에 다비드와 결혼할 계획이다. 뤼시앙은 『샤를르 9세의 궁

---

1) 제1부 풍속연구

　① 사생활 전경 : 『베아트리스 혹은 강요된 사랑』, 『30대 여인』, 『고리오 영감』, 『결혼 계약』 등 28편.

　② 지방생활 전경 : 『골짜기의 백합』, 『외제니 그랑데』, 『잃어버린 환상』 등 11편.

　③ 파리생활 전경 : 『세자르 비로토』, 『화류계 여자들의 영화와 비참』 등 12편.

　④ 정치생활 전경 : 『공포 시대의 삽화』, 『암흑 사건』 등 4편.

　⑤ 군대생활 전경 : 『반혁명 왕당파 당원들』, 『사막의 정렬』 등 3편.

　⑥ 전원생활 전경 : 『농부』, 『시골 의사』, 『마을의 사제』 등 6편.

　제2부 철학적 연구 : 『줄어드는 가죽』, 『알려지지 않은 걸작』, 『절대의 탐구』, 『루이 랑베르』, 『세리피타』 등 19편.

　제3부 분석적 연구 : 『결혼 생리학』 등 2편.

사』라는 역사소설과『데이지 꽃』이라는 제목의 시집에 매달려 열심히 작업한다. 그는 자신의 재능으로 문학적 성공을 거두고 자신의 아름다운 외모와 젊음으로 귀족 여자의 환심을 사서 출세하고자 하는 인물이다. 루이즈와 뤼시앙은 앙굴렘이라는 시골 사회의 감시를 피해서 파리로 사랑의 도피를 한다.

'파리에 온 시골의 위대한 인물'이라는 제2부에서 파리에 온 바르즈통 부인은 파리 사교계의 멋쟁이들에 이끌려서 젊은 시인 뤼시앙을 멀리하고 사교계 인사를 따라나선다. 뤼시앙은 루이즈의 아름다움이 파리에서는 촌스런 미모에 지나지 않으며 특히 그녀의 사촌인 데스파르 후작부인의 눈부신 모습 앞에서 빛을 잃는다는 것을 발견한다. 파리의 젊은 멋쟁이들로부터 경멸을 당한 뤼시앙은 파리의 작은 방에서 가난과 복수심에 시달리며 문학작품에만 전념한다. 뤼시앙은 도서관에서 다니엘 다르테즈라는 장래가 촉망되는 작가를 만난다. 다니엘 다르테즈는 과학과 철학과 문학에 매료되어 있는 젊은이들의 모임인 '세나클'에 뤼시앙을 받아들이고 격려하여 용기를 북돋는다. 얼마 후 만난 신문기자 루스토가 뤼시앙에게 신인 작가들이 부딪치게 되는 말할 수 없는 어려움을 설명하는 말을 듣고 가난과 모멸감에 사로잡힌 뤼시앙은 어려운 작가의 길을 버리고 저널리즘에 뛰어든다. 주의주장도 원칙도 없는 신문기자가 된 그는 인기에 영합하여 수많은 타협적이고 경솔하며 변덕스런 기사를 씀으로서 사교적인 저널리스트가 된다. 그는 자신이 존경하고 좋아하는 친구 다니엘 다르테즈의 작품을 신랄하게 공격하는 글을 쓸 수밖에 없는 처지에 이른다. 그는 사교계에서는 눈에 띄었으나 많은 사람으로부터 질투를 받는다. 그는 무절제한 생활로 빚을 지게 되고 여배우 코랄리와 동거한다. 새로운 창작극에서 관객의 호응을 받지 못한 코랄리는 병에 걸려 죽게 된다. 루스토와 사이가 나빠진데다 다르테즈로부터는 경멸을 받는 등 모든 사람들로부터 버림을 받은 뤼시앙은 깊은 비탄에 빠진다. 그는 젊은 여배우의 장례를 치르는 비용을 벌기 위해 외설스런 시를 쓴다.

제3부 〈발명가의 고뇌〉에서 뤼시앙은 앙굴렘으로 돌아오지만 그의 어머니와 누이동생으로부터 불신을 받는다. 새로운 종이제조법과 인쇄술에 전념해온 다비드 세샤르는 그의 경쟁자인 쿠엥테 형제들의 공작에 의해 파산에 이르게 된다. 집달리들의 소환을 받은 그는 에브의 한 친구 집에 몸을 숨긴다. 뤼시앙은 다비드를 도와주려고 시도했으나 경쟁관계에 있는 인쇄업자에게 속아서 다비드의 숨은 장소를 알려주는 결과를 가져온다. 다비드가 체포된 데 대하여 책임을 느낀 뤼시앙은 누이동생에게 자살하겠다는 편지를 남기고 떠난다. 그는 샤랑트 주 근처에서 카를로스 에레라 사제라고 하는 한 여행객을 만나는데 그 사람은, 자신이 인도하는 대로 따라오면 기쁨이 넘치는 삶을 살게 되리라는 약속을 한다. 뤼시앙은 그 사제의 제안에 굴복한다.

앙굴렘에 사는 다비드는 난관을 극복하고 행복한 평정을 되찾는다. 7월 혁명은 사회적 명사들을 고위직에 발탁한다. 뤼시앙의 파리 귀환은 '인간희극' 제1부 〈풍속 연구〉 3. 『파리생활 정경』에 나온다.

『잃어버린 환상』의 중요한 장면들

발자크는 제1부 서두에서 인쇄술에 관한 이야기를 길게 늘어놓으면서, 다비드가 그의 아버지로부터 물려받은 인쇄소가 얼마나 낡고 보잘 것 없는 것인지 보여줌으로써 다비드의 큰 뜻에 비해 그의 앞날이 고달프고 험난할 것을 예고한다. 그리고 다비드가 개발하고자 하는 종이 제조법이 얼마나 혁명적인 것인지 설명하면서도 그의 천재적 발명이 받아들여지지 않는 그 사회의 모순을 신랄하게 비판한다. 소설에서 사건의 줄거리에만 매달리는 사람에게는 장황하고 지루하게 느껴지기 쉬운 서두 부분에서 우리는 인쇄 기술과 종이 제조 기술의 역사에 관한 발자크의 해박한 지식에 감탄하게 된다. 뿐만 아니라 인쇄술의 발달과 종이 제조 기술의 발달이 앞으로 올 인류의 역사와 문명에 엄청난 영향을 미칠 것을 예고하고 있는 점은 작가의 천재적인 안목을 보여주는 대목이다.

두 번째로 주목할 만한 장면은 뤼시앙이 파리에서 바르즈통 부인으로부터 버림을 받고 난 뒤 혼자서 가난과 외로움 속에 문학에 전념하다가 다니엘 다르테즈에 의해 세나클에 받아들여지는 장면이다. 그는 자신의 습작을 천재 소설가 다르테즈에게 보여주고 그로부터 혹평을 받는다. 다르테즈는 뤼시앙의 소설을 읽고 당시의 인기작가 월터 스콧의 아류가 되지 않으려면 그와 다른 수법을 사용해야 한다는 것과, 하나의 주제를 다룰 때에는 측면에서도 다루고 뒷면에서도 다룸으로써 소설의 구상에 변화를 주어야 한다고 주장한다. 프랑스 역사를 소재로 삼을 때도 개개의 왕조에 대해 적어도 한권 이상의 작품, 많을 때는 4, 5권의 작품으로 써야 하며, 이미 알려진 사실을 이야기할 것이 아니라 시대의 정신을 그릴 수 있어야 한다면서 그의 『샤를르 9세의 궁사』를 비판한다. 소설은 그 시대의 의상, 가구, 가옥, 실내 장식, 개인 생활 등을 세밀하고 정확하게 묘사할 때 역사적 구체성을 띨 수 있고 삶의 생동감이 나타날 수 있다는 소설론을 듣기도 한다. ─ 이것은 발자크가 다르테즈를 통해서 자신의 소설관을 피력하고 있는 것이다.

세 번째로 주목할 장면은 새로 등장한 저널리즘이 원칙이나 이념의 혼란에 휩쓸릴 때 어떤 피해를 가져올 수 있는지 보여주는 장면이다. 발자크 자신 신문에 발표되는 비평에 대해서 평생동안 불평을 가지고 있었다. 프랑스 비평의 아버지라 불리우는 생트 뵈브에게서도 인정받지 못했기 때문에 발자크는 자기 작품에만 매달리는 고독한 생활을 했다. 발자크는 자신의 작품에 대한 공격을 일삼던 비평가 쥘 자넹(Jules Janin)을 모델로 해서 『잃어버린 환상』에 에티엔느 루스토라는 비평가를 등장시켜 비열하고 저속한 비평을 쓰는 기자의 대명사가 되게 하고 뤼시앙을 한때 그에 버금가는 인물로 만든다. 뤼시앙이 돈에 팔려서 왕당파와 공화파 신문을 왔다갔다 하는 것은 초기 저널리즘의 병폐를 꿰뚫어본 발자크의 현실 풍자의 한 측면이다.

네 번째 주목할 장면은 뤼시앙이 예리한 필봉을 휘둘러 파리 사교계의 저명인사가 되었을 때는 모든 사람들이 그의 환심을 사고자 했지만, 그가 저널리즘으로부터 배척당하고 여배우 코랄리마저 병으로 죽게 되자 가장 비참한 경지에 처하게 되는 장면이다. 그는 코랄리의 시체 옆에서 외잡스런 시를 써서 그녀를 매장하기 위한 돈을 벌고, 코랄리의 하녀가 부끄러운 짓으로 번 돈을 받아 고향으로 가는 여비를 삼기에 이른다.

다섯 번째로 주목할 장면은 위대한 발명가를 꿈꾸는 진실한 다비드 세샤르가 전형적인 자본주의의 경쟁을 구현하는 쿠엥테 형제의 함정에 빠져 파산에 이르는 장면이다. 다비드가 고안한 새로운 인쇄술이나 발명한 종이 제조 기술은 현실화되기 이전에 발명가에게 시련을 안겨 준다. 다비드가 파산을 하고 체포된 것은 모든 창작가를 받아들이지 못하는 당대 사회의 모습을 웅변적으로 보여주며 동시에 오늘날의 모든 분야의 선구자들이 걷게 되는 가시밭길을 상징적으로 보여준다.

『사라진 환상』의 새로운 해석

서양 소설에서 나타나는 현상 가운데 하나를 든다면 그것은 남자 주인공이 여자를 통해서 출세하고자 한다는 것이다. 이 작품에서 뤼시앙이 바르즈통 부인을 통해서 자신의 문학적 재능을 발휘하고 성공을 거두고자 하는 것이나 스탕달의 『적과 흑』에서 주인공 쥘리앙 소렐이 레날 부인이나 마틸드를 통해서 신분 상승에 성공을 거두고자 하는 것은 여자를 통해서 출세하고자 하는 결정적인 증거이다. 마르트 로베르는 그러한 현상이 프로이트의 『신경증 환자의 가족소설』에 기원을 두고 있다고 주장한다.

프로이트에 의하면 어린 아이는 세상에 태어나서 제일 먼저 만나는 자신의 부모를 전지전능한 존재로 생각하다가 다른 아이에게도 부모가 존재한다는 것을 알게 되면 자신의 부모를 다른 아이의 부모와 비교하게 된다. 자신의 부모보다 다른 아이의 부모가 더 능력이 있다는 것을 알게 되면 어린 아이는 자신의 가족에 대한 새로운 소설을 쓰기 시작한다. 그것은 지금의 부모가 자신을 낳아준 진짜 부모가 아니라 자신을 주어다 기른 가짜 부모라는 생각이다. 자신을 낳은 진짜 부모는 왕족이나 귀족인데 가족의 금기를 어기고 낳은 아이를 양육할 수 없게 되자 배에 태워서 버리든 길바닥에다 버리든 버린다. 이 버려진 아이를 주어다 기른 것이 지금의 부모이기 때문에 자신을 그 버려진 아이로 생각한 주인공은 스스로를 업둥이로 생각한다. 이 단계를 '업둥이 단계'라고 마르트 로베르는 명명한다. 아이가 더 커서 부모 사이에 있는 성적 역할을 구분하게 되면 아이는 왕족이나 귀족이었던 어머니가 가족의 금기를 어기고 금지된 사랑을 통해서 아이를 낳고 집안에서 아이와 함께 추방되었다고 생각하기에 이른다. 이 경우 아이는 지금의 아버지가 진짜 아버지가 아닌 반면에 어머니는 진짜 어머니로 생각한다. 이 단계를 마르트 로베르는 '사생아 단계'라고 부른다.

『잃어버린 환상』에서 뤼시앙 샤르동은 바르즈통 부인과 함께 사랑의 도피행각으로 파리에 갔을 때 바르즈통 부인으로부터 샤르동이라는 아버지 쪽 평민의 성 대신에 드 뤼방프레라는 어머니 쪽 귀족 성을 사용하자는 제안을 받고 이를 받아들인다. 그때부터 뤼시앙은 뤼시앙 샤르동 대신에 뤼시앙 드 뤼방프레로 불린다. 실제로 그의 아버지와 어머니가 결혼하게 된 내력은, 프랑스 혁명 당시 혁명군에 가담한 그의 아버지 샤르동이 처형 직전에 처해 있던 귀족인 그의 어머니 드 뤼방프레 양의 미모에 반해서 그녀가 임신했다

로댕의 조각작품 『발자크』. 로댕은 발자크의 작품들을 매우 좋아했다.

는 거짓말을 함으로써 그녀의 생명의 은인이 된 데 있다. 따라서 뤼시앙이 바르즈통 부인을 통해서 신분 상승에 이르고자 한 것이나 그녀의 권고를 받아들여서 아버지의 성 대신에 어머니의 성을 사용한 것은 그가 여자를 통해서 성공하고자 하는 가족 소설의 한 전형을 보여 준다. 특히 아버지의 성을 버리고 어머니의 성을 사용하는 것은 아버지를 부인하는 사생아 단계를 그대로 실천하는 전형적인 아버지 죽이기에 해당한다.

이처럼 가족 소설을 다시 쓰는 것은 소설이 허구이지만 인간의 원초적 욕망의 표현이라는 것을 입증한다. 그것은 자신이 살고 있는 현실에 만족하지 못하는 인간이 자신의 삶을 극복하고자 하는 꿈을 꾸는 것이다. 그 꿈은 소설이라는 거짓말을 만들어내는 형태로 꾸어진다. 소설이란 허구이기 때문에 모든 것이 허용된 세계이다. 거짓말이 허용된 세계가 소설이라면 그것을 통해서 인간의 감추어진 욕망을 읽을 수 있다.

『인간희극』의 새로움

인간희극 전체에는 약 3천여 명의 인물이 등장한다. 개개의 인물은 여러 작품에 나오는데 그들이 나오는 작품에는 그들의 나이와 처지에 맞는 상황과 이야기가 전개된다. 그것을 '인물의 순환'이라는 기법이라 명명한다. 이 기법에 의한 작중인물의 반복적인 등장의 원리는 당초에는 절약의 원리에서 출발했으나 결과적으로는 소설 작업의 성격 자체를 근본적으로 변혁시켜 놓는다. 동일한 인물이 여러 소설의 장면에 비연속적으로 반복 등장하는 것은 20세기에 와서는 많은 소설가들의 작품에서 흔히 볼 수 있는 현상이 된다. 누보로망의 대표적인 작가 미셸 뷔토르는 이렇게 극찬한다.

> 발자크의 세계에서 주요 인물들을 보면 그들의 모험은 각각 서로 다른 장면을 통해서, 마치 다니엘 다르테즈가 말한 것처럼, 측면에서 또는 뒷면에서 제시되어 있다는 것을 알게 된다. 말라르메가 꿈꾸었으나 서정시에서 실현하지 못했던 그 '책'의 훌륭한 견본을 발자크는 소설에서 보여주고 있다.

실제로 발자크 이전의 소설에서는 이야기의 시간이 단선적으로 진행된 반면에, 발자크 이후의 소설에서는 시간이 여러 층으로 구성되어 복선적인 진행을 보인다. 어떤 사건이 현재형으로 진행되다가 중단된 채 그 이전의 과거 사건이 진행되는데, 그 두 가지 사건 사이에 또 다른 사건이 끼어듦으로써 이야기의 시간은 무한하게 세분된다.

이러한 현대적 소설 기법은 발자크에게서 시작된 것이다. 동일한 작중인물의 반복적인 등장은 소설과 현실 사이의 관계라는 문제에 새로운 해결책을 가져온 수법이다. 여기에서 한걸음 더 나아가 발자크는 허구의 소설 세계에 실제 존재했던 역사적 인물을 등장시키는 수법을 창안한다. 예를 들면 나폴레옹 보나파르트나 루이 14세 등 역사적인 인물을 등장시켜서 역사의 어느 시대를 묘사하고자 한다면 그것은 대단히 경제적인 소설 기법일 것이겠지만 작가에게는 불리한 수법이다. 왜냐하면 독자들도 역사적 인물들의 특징을 잘 알고 있기 때문이다. 발자크는 역사적 인물을 그대로 등장시키는 것이 아니라 그 인물을 연상시키는 허구의 인물을 다른 허구의 인물들 가운데 삽입시키는 탁월한 수법을 만들어낸다. 예를 들면『잃어버린 환상』에 나오는 카날리스라는 시인은 당대의 시인 라마르틴느를 연상시킨다. 이러한 인물의 삽입은 사건 자체의 독창적 묘사와 상통한다. 당대의 현실을 묘사하기 위해 과거의 이야기를 제시하고 일상적 생활을 그리기 위해 환상적 세계를 제시하는 발자크의 사실주의 기법은 19세기의 반영이론을 뛰어넘는 현대적 사실주의 이론에 부합하는 기법이다.

더 생각해볼 문제들

1950년대 누보로망 이후 발자크는 낡은 소설가로 취급된다. 그러나 미셸 뷔토르는 『새로운 소설을 찾아서』의 「발자크와 현실」이라는 글에서 발자크를 가장 현대적인 작가로 평가한다. 그의 글을 통해서 발자크의 현대성을 찾아볼 필요가 있다. 『사라진 환상』은 『고리오 영감』과 함께 발자크의 대표적인 소설이다. 두 소설에 나오는 라스티냐크라는 인물을 비교해보면 발자크의 인간에 대한 이해의 깊이를 측정해 볼 수 있다. 뤼시앙이 자살하려다 만난 에레라 사제는 발자크의 작중인물 가운데 가장 교활한 보트랭이라는 인물이다. 그를 가장 순진한 뤼시앙과 만나게 한 발자크의 소설 기법에 관해서 생각해 보자.

추천할 만한 텍스트

『잃어버린 환상』, 오노레 드 발자크 지음, 이 철 옮김, 서울대학교 출판부, 1999.

김치수(金治洙)

이화여자대학교 명예교수.

서울대학교 문리대 불어불문학과 및 동 대학원(석사)을 졸업하고 프랑스 프로방스 대학 불문과에서 박사 학위를 받았다.

현대문학상(평론분문), 팔봉비평문학상을 수상한 바 있으며, 저서로 『문학의 목소리』(2006), 『삶의 허상과 소설의 진실』(2000), 『공감의 비평을 위하여』(1992), 『문학과 비평의 구조』(1982), 『박경리와 이청준』(1981), 『문학사회학을 위하여』(1979), 『한국소설의 공간』(1796), 『현대 한국문학의 이론』(1972) 등이 있다. 그리고 번역서로는 『낭만적 거짓과 소설적 진실』(르네 지라르), 『기원의 소설, 소설의 기원』(마르트 로베르), 『새로운 소설을 찾아서』(미셸 뷔토르), 『누보로망을 위하여』(로브그리예), 『나나』(졸라), 『대장 몬느』(알랭 푸르니에) 등이 있다.

나는 당황했다. 별 생각 없이 그냥 불쑥 말을
내뱉고 말았던 것이기 때문이다. 하지만 이제 피할 수 없는
일이었다. 그래서 나는 대답했다. "해비셤 양의 집에 있는
아름다운 소녀가 그랬어. 그녀는 이 세상 누구보다도 아름다운 숙녀야.
나는 그녀를 몹시 사모해. 내가 신사가 되고 싶은 것은 바로 그녀 때문이야."
이 얼빠진 고백을 한 다음 나는 손에 쥐고 있던 풀잎을 강물에 던져대기
시작했다. 마치 그 풀잎 조각들을 따라 나도 강물로 뛰어들 생각이라도
하듯이 말이다. "신사가 되고 싶은 이유가 그녀에 대한 앙심 때문이니,
아니면 그녀의 사랑을 얻기 위해서니?" 비디는
잠시 가만히 있다가 조용히 나에게 물었다.

찰스 디킨즈 (1812~1870)

19세기의 영국을 대표하는 소설가로 셰익스피어에 버금가는 인기를 누렸다. 영국의 남부 해안 도시인 포츠머쓰
에서 하급 공무원의 아들로 태어난 디킨즈는, 빚을 지고 감옥에까지 간 아버지 때문에 어려서부터 공장 노동을 하
기도 하는 등 별로 유복하지는 못한 유년기를 보냈다. 열다섯 살 때 법률 사무소 직원으로 사회생활을 시작한 뒤
주경야독을 통해 1832년 20세에 신문사 기자가 되는 데 성공한다. 이때부터 틈틈이 작품을 쓰며 작가의 꿈을 키
우던 중 1836년에 『피크윅 문서』를 발표함으로써 일약 유명작가의 반열에 오른다.
이후로 30년을 넘는 기간동안 당대의 최고 작가로 활동하면서 독특한 해학과 다채로운 인물 창조를 특징으로 하
는 풍성한 소설 세계를 펼쳐 보인다. 전체적으로 풍자적 희극성과 감상주의적 휴머니즘이 풍성하게 어우러진 그
의 작품들은 후기로 가면서 사회 비판의 성격을 강하게 띤다. 『올리버 트위스트』, 『데이비드 코퍼필드』, 『리틀 도
릿』, 『위대한 유산』 등을 비롯하여 14권의 장편 소설이 있으며 유명한 『크리스마스 캐럴』을 비롯한 다수의 중단
편 소설과 여러 산문 작품을 남겼다.

04

신 분 상 승 의 욕 망 과 사 랑
디킨즈의 『위대한 유산』

이인규 | 국민대학교 영어영문학과 교수

『위대한 유산』과 나

『위대한 유산(*Great Expectations*)』은 19세기 영국을 대표하는 소설가 찰스 디킨즈(Charles Dickens)가 1861년에 완성한 소설이다. 디킨즈는 『올리버 트위스트』, 『크리스마스 캐럴』, 『두 도시 이야기』, 『데이빗 코퍼필드』 같은 작품들로도 우리에게 잘 알려져 있는데, 그의 후기작인 이 『위대한 유산』은 디킨즈의 소설들 중에서도 작가적 솜씨가 특히 훌륭하게 발휘된 대표작이다. 이 소설은 디킨즈 특유의 따뜻한 해학과 사회 풍자 그리고 인간성에 대한 깊은 통찰 등이 잘 녹아 있을 뿐만 아니라, 훌륭한 문학 작품에 필요한 형식적 완결성과 내용의 보편성까지 갖춰져 있는 걸작이다. 디킨즈의 많은 작품들 가운데 『위대한 유산』 이상으로 대중성과 예술성 그리고 보편성을 탁월하게 성취한 경우는 없다고 해도 과언이 아닐 것이다.

필자는 이 소설을 꽤 여러 번 읽었다. 생각해보니 이 작품보다 더 여러 번 읽은 소설은 아마 없는 것 같다. 물론 필요에 의해 어쩔 수 없이 읽게 된 경우도 적지 않다. 하지만 어떤 경위로 읽게 되었든, 그때마다 필자는 언제나 새롭게 이야기에 빠져들면서 즐거운 독서의 경험을 맛보곤 했으며, 따라서 언제나 새로운 감동을 받으며 마지막 책장을 덮곤 했다. 고전의 반열에 드는 작품의 한 특징이 반복해서 읽을 때마다 새로운 감동을 얻을 수 있다는 점이라고 한다면 디킨즈의 『위대한 유산』은 적어도 필자에게는 고전이라는 '위대한 유산'의 목록에 끼기에 조금도 의심의 여지가 없는 작품이다.

작품의 형식적 성격과 희극성

『위대한 유산』은 형식적인 면에서 볼 때 매우 잘 짜여진 소설이다. 3부로 구성되어 있는 이 소설은 주인공 핍의 시골에서의 어린 시절, 청년기 런던에서의 신사 생활 그리고 성년이 된 후 은인과의 만남을 계기로 정신적 각성에 이르기까지의 시기를 단계적으로 그리고 있다. 이 세 단계는 내용상으로 핍이 순수함과 타락한 세상에서의 경험을 거쳐 결국 정신적이고 도덕적으로 성장해 간다는 일종의 변증법적 구조[1]를 형성한다. 각 단계는 거의 동일한 분량으로 이루

---

1) 헤겔이 주장한 변증법적 발전 원칙, 즉 정-반-합의 전개를 보이는 구조를 가리킨다.

어져 있는데, 전체 59장 가운데 1부가 1장에서 19장, 2부가 20장에서 39장 그리고 마지막 3부가 40장에서 59장까지로 되어 있다. 따라서 전체적으로 이 소설은 거의 완벽할 정도의 치밀한 구조를 지닌 작품이라고 할 수 있다.

이러한 구조는 매우 주도면밀하게 구성된 줄거리와 효과적인 서술방식을 통해 좀더 견고하게 지탱된다. 먼저, 이 작품의 줄거리를 구성하는 핍의 이야기는 신사가 되고자 하는 신분 상승의 욕망과 이를 통한 사랑의 실현이라는 상당히 대중적인 주제를 담고 있다. 그런데 이 대중적인 주제는 독특한 성격의 인물들 및 그들 사이의 유기적으로 얽힌 인간관계 그리고 사건들의 인과적이고 극적인 전개 등을 통해 흥미를 더하고 있는 것이다.

가령, 핍이 어린 시절에 죄수 매그위치와 우연히 만났던 경험은 일종의 '정신적 외상'(trauma)[2]으로 남아 그의 성장 과정의 중요한 고비마다 그 기억과 흔적이 되살아나거나 영향력을 끼침으로써 작품의 중심 사건으로서 지속적인 역할을 하고 있다. 그리고 이 경험에는 해비셤 그리고 에스텔러 등과의 만남이 겹쳐지는데, 이 또한 궁극적으로는 죄수 매그위치와 연결된 것으로 드러남으로써 핍의 이야기에 한층 복합적인 긴장과 극적 갈등을 부여한다. 물론 이러한 복합적인 긴장과 극적 갈등은 핍의 은인의 정체와 관련된 추리 소설적 요소, 해비셤의 세계가 자아내는 기괴한 공포 분위기, 감

---

2) 심리학적 용어로서, 한 개인의 정신에 지워지지 않는 상처로 남아 그 사람의 행동과 심리에 지속적으로 중대한 영향을 끼치는 정신적 또는 정서적 충격을 말한다.

시와 탈출 또는 체포 등과 같은 범죄 소설적 긴장감 등을 통해 그 효과와 의미가 증폭되고 심화된다.

　그리고 이 작품은 이미 성년이 된 주인공 핍의 일인칭 시점으로 씌어져 있는데, 그가 어린 시절에서부터 점차 성장해 나온 과정을 회고하는 방식으로 이야기가 전개된다. 그런데 이러한 일인칭 화자의 회고적 서술방식은 경험의 직접성과 반성적 어조 그리고 희극적 요소의 적절한 배합과 통제를 통해 작품에 유기적인 완결성과 전체적인 통일성을 부여하고 있다. 사실 이 작품을 읽을 때 독자의 관심이 쉽게 이야기에 집중되는 동시에 주인공에 대한 공감이 자연스럽게 우러나오는 것은 무엇보다 바로 일인칭 화자의 서술 방식에서 비롯된 바 크다.

　한편, 『위대한 유산』은 그 희극적 내용을 통해서도 흥미를 더해 준다. 이 작품에서는, 핍의 성장 이야기가 죄의식과 계급적 열등감 그리고 좌절된 사랑 등을 그 주요 내용으로 하고 있기 때문에 전체적으로 어두운 분위기가 지배적이다. 하지만 디킨즈 특유의 해학(humor)과 희극적 창조성으로 말미암아 그와 같은 분위기는 심심치 않게 변화를 겪는다. 이 희극성은 핍의 매부인 조우 가저리, 교구 집사였다가 배우가 되는 웝슬, 위선적인 종묘상 펌블추크, 양복점 주인 트랩과 그 점원 소년 그리고 재거스의 사무원 웨믹 같은 인물들을 통해 나타나는데, 그 대표적인 예가 웨믹의 결혼식 장면이다. 그리고 펌블추크의 경우처럼 때때로 강력한 풍자를 동반하기도 한다. 가령, 유산 상속 예정자가 되어 읍내에 나타난 핍에게, 언제 그를 돼지만도 못한 존재로 취급했었냐는 듯이 연신 굽실거리면서

악수를 청하는 펌블추크의 비열하고 위선에 찬 모습은 이 작품에서
가장 인상적인 장면 가운데 하나일 것이다.

신분 상승의 욕망

자신의 천한 신분을 부끄러워하면서 신사가 되고 싶은 꿈을 간직한
채 부잣집 양녀를 짝사랑하던 하층 계급의 시골 소년 핍은 익명의
은인 덕분으로 갑자기 런던의 신사가 된다. 그리고 사랑하던 여자
와도 가깝게 지내게 된다. 하지만 그는 점차 상류 계급의 사치와 낭
비 그리고 속물적 가치관에 젖어들면서 도덕적으로 타락해 간다.
그러던 어느 날 그가 과거에 도와준 적이 있는 죄수가 나타나 자신
이 바로 그의 익명의 은인이라고 말한다. 핍은 충격에 휩싸이지만
점차 죄수에 대한 혐오감을 극복하게 되면서 죄수의 탈출을 돕는
다. 그러나 탈출은 실패로 돌아가고 죄수는 사망하며 그에게서 받
은 재산 또한 몰수되고 사랑하던 여자도 다른 남자와 결혼해버리는
지경에 이른다. 하지만 이러한 역경 속에서 핍은 깨달음을 얻어 잃
었던 인간성을 되찾고 인생에 대한 성찰을 얻게 된다.

이와 같이 이 작품은 주인공의 성장 과정을 그린 일종의 '빌둥
스로만(Bildungsroman)'[3]으로서, 신분 상승의 욕망과 사랑 그
리고 인간성의 문제를 그 중심 주제로 다루고 있다. 그리고 이 주
제들은 결국 인간이라면 누구나 세상을 살아가면서 부닥치는 보편

---

3) 주인공이 유년기로부터 여러 가지 경험을 거쳐 정신적인 성장에 이르는 과정을 다루는 소설
에 대한 독일어 명칭으로 보통 '교양소설'이라고 번역된다.

적인 문제들이다. 『위대한 유산』이 19세기 영국이라는 시공을 초월하여 21세기 한국의 독자들에게 호소력 있게 읽히면서 감동을 안겨줄 수 있는 주된 이유는 바로 이와 같은 보편적인 주제에 있다고 하겠다.

핍의 신분 상승의 욕망은 사실 작가 디킨즈가 살았던 빅토리아 여왕 시대[4]의 독자들에게는 오늘날보다 훨씬 각별한 의미를 지니는 주제였다. 19세기 영국 사회는 산업혁명의 결과 중산 계급이 물질적인 부의 축적을 바탕으로 급속히 성장하여 정치·경제적으로 사회의 주도권을 새롭게 장악해나간 사회였다. 따라서 세습 재산이나 혈통에 의해 사회적 신분이 미리 결정되었던 귀족 중심의 계급 질서가 이제는 각 개인의 능력과 노력을 통해 사회적으로 신분 상승이 가능해진 유동적 계급 구조로 바뀌게 되었다. 그리고 새로이 부상한 중산 계급은 이러한 변화를 적극적으로 받아들였다.

『위대한 유산』이 창작되기 직전인 1859년에 새뮤얼 스마일즈(Samuel Smiles)라는 작가가 개인의 노력을 통한 사회적 성공과 신분 상승을 고취하는 내용의 『자조(Self-Help)』라는 작품을 냈는데, 이 작품이 당시 커다란 인기를 얻었다는 사실은 바로 그러한 사정을 말해주는 한 예이다. 이런 점에서 신사가 되고자 하는 하층 계급 소년의 이야기를 다룬 『위대한 유산』은 빅토리아 시대 영국의 중산 계급에 널리 퍼져 있던 사회적 욕망에 대한 역사적 반영으로

---

4) 빅토리아 여왕 - 1837년부터 1901년까지 재위 - 이 다스리던 시기를 지칭하는 말로, 이 무렵 영국은 산업 발달과 식민지 지배를 통해 세계 최강의 제국이 된다.

서 그 일차적인 의미가 있다고 할 것이다.

한편, 새롭게 정치, 경제 및 사회의 중심이 된 빅토리아 시대 영국의 중산 계급은 과거의 귀족 계급에 대응해서 스스로의 계급적 정체성을 확립해야 할 필요가 있었다. 그리고 그 결과로 나온 것이 바로 빅토리아 시대 중산 계급의 이상적 인간상으로서의 '신사' 개념이다. 신사라는 개념은 귀족 계급의 자질에 중산 계급의 덕목을 결합한 것이라고 할 수 있다. 즉, 노동할 필요가 없을 만큼 일정 수준 이상의 수입이나 재산이 있는 사람으로서 적당한 교육을 받고 세련된 교양과 예의범절을 갖추고 있으며 명예를 소중히 여기며 존경할 만한 도덕성과 인격을 지니고 있는 사람을 지칭하는 말이었다. 오늘날 '영국 신사'라는 말이 연상시키는 이미지는 바로 이 빅토리아 시대의 신사 개념에서 비롯된 것이다.

하지만 이와 같이 물질과 정신의 두 가지 요소를 결합한 일종의 이상적인 인간상으로서의 신사 개념은 빅토리아 시대의 현실 사회에서 점차 그 정신적 요소가 거의 무시된 채 오직 물질적 요소인 재산과 신분 그리고 외양 등만 중시되는 쪽으로 변질되고 만다. 즉, 자본주의 체제가 확고해지면서 빅토리아조 영국 사회에서는 한 인간의 도덕성이나 인격보다는 물질적 능력이나 옷차림새 또는 세련된 매너 같은 외적 요소가 신사로 인정받는 결정적인 기준이 되었고, 그렇게 해서 보편적 인간상을 지향했던 본래의 이상적인 개념이 중산 계급의 편협하고 배타적인 계급적 속물 의식으로 왜곡되고 말았던 것이다. 『위대한 유산』에서 '신사'가 된 주인공의 무의미한 생활상과 속물적인 의식은 바로 그 시대에 일어난 이런 변질된 신사 개념을 반영하는 것으로, 이를 통해 디킨즈는 당대 현실에 대한 비판을 가하면서 진정한 신사란 과연 어떤 존재인가 하는 질문을 던지고 있는 셈이다.

그러나 『위대한 유산』이 고전으로서 오늘날 여전히 우리에게 의미 있게 읽힐 수 있는 것은, 앞에서도 말했듯이 이 작품이 19세기 빅토리아 시대의 영국이라는 특수한 역사적 시기와 지리적 공간을 넘어 인간의 본질적인 욕망 및 그에 따른 갈등을 다룸으로써 보편성을 획득하고 있기 때문이다. 핍의 신분 상승에 대한 욕망은 결국 좀더 나은 삶의 조건을 향한 것으로서 어느 시대 어느 사회에서나 존재한다. 그리고 핍이 소망하고 또 성취하게 되는 신분인 '신사'와 관련된 내용도 단순한 시대적, 계급적 성격을 넘어 결국 어떤 인간이 될 것인가 하는 문제, 즉 가치관과 인간성의 문제로 귀결된다. 게다가 에스텔러에 대한 핍의 사랑이야기는 말할 필요도 없이 동서고금을 통해 인간의 영원한 관심사이자 주제가 아닐 수 없다. 그밖에도 핍이 품고 있던 행운에 대한 막연한 기대 또한 보편적 성격을 띠는 것인데, 현재의 처지에 만족하지 못할 때 인간이면 누구나 품기 마련인 낭만적 환상이나 꿈과 같은 이 행운에의 기대는 흔히 동화 등을 통해 표현되곤 하는 인간의 원형적 욕망의 일종이기 때문이다.

그렇다면 『위대한 유산』은 신분 상승의 욕망을 구체적으로 어떻게 다루고 있는가? 작품 속에서는 핍이 품고 있던 신분 상승의 욕망 자체는 부정적으로 그려져 있지 않다. 에스텔러에 대한 연정에서 비롯된 핍의 계급적 수치감과 신사 계급에의 열망은 민감한 사춘기 소년에게 자연스레 일어날 수 있는 반응이자 감정으로서, 작가는 그 미묘한 심리적 양상을 압축적이면서도 매우 실감나게 소설 속에 형상화하고 있다. 따라서 독자는 핍의 수치감과 욕망에 깊은 공감과 강한 동질감을 느끼게 되는데, 이것은 곧 핍처럼 자기 삶의 조건을 좀더 나은 것으로 만들고자 하는 의식이나 욕망 자체는 작가의 비판 대상이 아니라는 것을 의미한다. 다만 그 욕망이 개인의 정직한 노력이나 능력 발휘가 아니라 어떤 뜻밖의 행운이나 부정한 방식에 의해 실현될 때, 그것은 정당하지 못한 것일 뿐 아니라 결국에는 당사자에게 바람직하지 못한 영향을 끼친다는 것이 작가의 인식이며, 이것은 작품 속에서 핍의 행적을 통해 분명하게 표현되고 있다.

한편, 신분 상승에 대한 핍의 욕망 문제와는 달리 그 욕망의 지향점인 '신사'의 문제는 이 작품의 핵심적인 주제로서 작가의 비판적 인식과 성찰을 통해 한층 깊이 있게 다뤄진다. '신사'라는 호칭은 앞에서도 언급했듯이, 빅토리아 시대의 중산 계급이 희구했던 이상적 인간상, 즉 물질적 여유와 정신적 소양 그리고 도덕적 품성을 고루 갖춘 인간상을 지칭한 것이었으며, 좀더 나아가 인간의 보편적인 이상형으로까지 확대해 적용할 수 있는 긍정적 개념을 지니고 있었다. 그런데 핍이 소위 '신사'가 되어 보여준 행동과 태도는 이와는 거리가 멀다. 그는 부자의 상속 예정자로 정해지는 순간부터 곧 동네 사람들을 천하고 불쌍하게 여기면서 자신을 인간적으로 우월한 존재로 생각하기 시작한다. 특히 런던으로 자신을 찾아온 조우를 부끄러워하면서 냉대할 뿐만 아니라 고향에 내려와서도 조우의 집에 머무르지 않는다. 게다가 그는 하릴없이 사교계나 드나들면서 그저 사치와 낭비를 일삼는다. 즉, 과거의 소박함과 순수함, 진실성을 상실한 채 물질과 외양만을 중시하는 세련된 속물로 급속하게 전락하고 만 것이다. 다시 나타난 매그위치에 대해 핍이 품는 강한 혐오감도 바로 사람을 신분과 외모로 판단하는 그의 속물 의식에서 비롯된 바 크다.

핍이 보여주는 이런 행태는 작품 속에서 가령 펌블추크나 트랩 같은 사람이 핍에게 행하는 아첨 등을 통해 사회적으로 조장되고 있다. 게다가 콤피슨이나 드러믈 같은 사람이 신사의 외적 조건을 갖췄다는 것만으로 행세하고 이득을 얻는 현실에 비추어 볼 때, 핍이 가진 속물적 가치관은 한 개인의 문제라기보다 사회 전체에 널리 퍼진 도덕적 현상이라고 할 수 있다. 즉, 핍이 살고 있는 사회는 신사의 자격이 물질이나 그럴듯한 외양으로 결정되고 따라서 그것만 갖추고 있으면 누구나 언제든지 신사로 인정받고 행세할 수 있는 사회인 것이다. 이런 사회에서 신사는 곧 속물에 다름 아니며 속물이 곧 신사이다. 그리고 주인공 핍은 바로 이러한 사회의 타락한 가치관에 영합하여 그 자신이 속물이자 신사로 점차 변해가는 것이다. 『위대한 유산』이 당대 현실, 즉 신사라는 개념이 그 본래의 긍정적 요소를 잃어버리고 오직 물질과 외양에만 바탕을 둔 편협한 속물적 신분 개념으로 전락해버린 상황에 대한 디킨즈의 통렬한 비판으로 읽힐 수 있는 가장 큰 근거는 바로 여기에 있다고 하겠다.

핍은 매그위치와의 재회를 계기로 자신의 잘못을 깨닫고 점차 도덕성을 회복해 간다. 이 각성과 변화의 과정은 매그위치의 탈출을 도와주는 모습 그리고 또 탈출에 실패한 매그위치가 재판을 받고 병으로 사망할 때까지 그 곁을 지켜주는 모습을 통해 섬세하면서 감동적으로 묘사되고 있다. 핍은 자신이 부끄럽게 여겼던 조우는 물론이고 혐오스럽게 여겼던 죄수 매그위치까지도 사실은 자신보다 오히려 나은 인간이라는 각성에 이른다. 이것은 곧 물질과 외양에 기초한 당대 사회의 신사상이 진정한 인간성을 배제한 껍데기에 불과하다는 성찰의 결과이다. 그리고 이러한 성찰은 열병에서 깨어난 그가 배은망덕했던 자신을 간호해준 조우에 대해 "그리스도의 가르침을 실천한 고결한 인간(gentle Christian man)"이라고 칭하면서 하느님의 축복을 비는 대목에서 그 절정에 이른다.

신사(gentleman)라는 단어를 구성하는 'gentle'과 'man'을 의도적으로 서로 떨어뜨려 놓은 이 어법은, 곧 핍이 '신사'의 이상을 버리고 '고결한 인간'의 이상을 취하게 되었다는 사실을 절묘한 함축으로 표현하고 있다. 신사라기보다는 조우와 같이 진실한 마음을 지니고 인간적 사랑을 실천하는 '고결한 인간(gentle man)'이 되는 것이야말로 진정한 인간다움의 기준이라는 깨달음을 그 '신사'라는 단어의 해체를 통해 극적으로 선언하고 있는 셈이다. "마음에 있어서 진정한 신사가 아닌 사람은 누구도 행동에 있어서 진정한 신사가 되지 못한다"는, 핍의 친구 허버트의 아버지 매쓔 포킷의 소박하면서도 진실한 말이 더욱 설득력 있게 들려오는 것은 바로 이와 같은 핍의 각성과 그에 대한 우리의 공감이 있기 때문일 것이다.

사랑의 문제

핍의 성장 이야기에서 신사와 인간성의 문제 못지않게 중요한 비중을 차지하고 있는 주제는 바로 사랑이다. 사실 『위대한 유산』이 주는 감동의 상당 부분은 에스텔러에 대한 핍의 가슴 아픈 사랑 이야기에서 비롯된다고 해도 별로 틀리지 않을 것이다. 핍의 에스텔러에 대한 사랑 이야기는 사랑의 여러 가지 미묘한 특징과 본질을 구체적이면서도 실감나게 잘 형상화하고 있다. 핍이 자신을 경멸하는 아름다운 부잣집 소녀 에스텔러에게 느끼는 수치감과 연모의 감정은 사춘기 소년에게 싹트는 묘한 사랑의 감정과 열등감을 잘 예시하고 있으며, 공주를 구하는 기사 같은 존재로 자신을 상상하면서 에스텔러에 대해 낭만적 이상화와 기대감에 빠지는 모습 또한 청년기 사랑이 보이는 낭만적 성격을 잘 보여준다. 특히 에스텔러의 냉정함 때문에 겪는 핍의 질투와 번민과 고뇌 그리고 그럴수록 더욱 에스텔러에게 빠져드는 어쩔 수 없는 그의 감정 등은 비이성적이고 불가항력적이며 맹목적이기까지 한 사랑의 복잡 미묘한 심리를 사실적인 경험으로 설득력 있게 전달해준다. 사실 디킨즈의 작품 가운데 『위대한 유산』만큼 사랑의 절실한 감정을 진지하고 구체적인 감동으로 묘사하는 경우는 아마 없을 것이다.

핍의 사랑 이야기에서 인상적인 부분을 하나 예로 든다면, 에스텔러가 드러믈과 결혼하기로 했다는 사실을 안 핍이 그녀에게 간절한 충고를 하면서 변함없는 사랑의 고백을 하고 돌아서는 장면이다. 이 장면은 사람에 따라서는 좀 연극적이거나 감상적인 것으로 보일 수도 있겠지만 적어도 필자의 경우에는, 사랑의 고뇌와 좌절을 경험해본 사람만이 쓸 수 있고 또 그러한 경험을 한 사람이라면 결코 무심하게 읽을 수 없는 감동적인 대목으로 다가온다. 그러나 혹시 이 고통스러운 장면에서 별로 감흥을 느끼지 못한 독자라 할지라도 소설의 마지막 장면, 즉 폐허가 된 새티스 하우스의 정원에서 우연히 다시 만난 두 사람이 서로의 고통과 성장을 공감하면서 달이 떠오르고 안개가 걷히는 가운데 손을 잡고 걸어 나가는 장면에서만큼은 그 시적인 아름다움과 상징적인 분위기가 자아내는 감동에 무감할 수 없을 것이다. 좀 과장한다면, 결코 짧지 않은 『위대한 유산』의 독서는 이 마지막 장면의 시적 감동만으로도 충분히 보상을 받는다고 할 수 있겠다.

끝으로 『위대한 유산』에서는 소설적 흥미와 매력에 있어서 조우를 비롯해 해비셤이나 매그위치, 재거스나 웨믹 또는 올릭 같은 조연급 인물들이 주인공 핍 못지않게 큰 역할을 한다는 점을 지적하고자 한다. 이 인물들은 하나같이 그 나름의 독특한 개성이나 기괴한 사연 또는 파행적인 삶의 방식 등을 통해 독자의 상상력과 관심을 강력하게 자극하고 유발한다. 이 작품이 한 개인의 성장 이야기를 넘어 '인생 비평'으로서 폭넓은 사회적 함의와 심리적 복합성 그리고 상징적 깊이를 띠는 훌륭한 소설이 될 수 있는 것은 바로 이들의 역할이 크다고 하겠다.

더 생각해볼 문제들

1. 이 작품의 원제명인 'Great Expectations'란 말의 정확한 뜻은 '큰 재산을 물려받을 가능성이나 기대'이다. 그렇다면 『위대한 유산』이라는 우리말 제목은 과연 얼마나 타당한 것이며 또 어떤 의미를 가질 수 있는가?

   핍은 그가 물려받을 예정이었던 거액의 재산을 잃는다. 하지만 그 대신 그는 인간성의 회복과 도덕적인 깨달음을 얻는다. 따라서 그는 매그위치와의 관계를 통해 물질적인 '거액의' 유산 대신 인간성에 대한 '위대한' 정신적 유산을 물려받은 셈이라고 할 수 있다.

2. 『위대한 유산』은 19세기 영국의 정치 현실이나 역사적 상황이 구체적인 배경으로 반영되어 있는 작품은 아니다. 하지만 이 소설이 발표될 당시 영국은 산업혁명과 식민지 개척을 통해 세계 최강의 제국으로 올라서서 유례없는 번영을 구가하고 있었다. 이 작품에 반영된 영국의 제국주의의 흔적을 찾는다면 어떤 것이 있을까?

   아무리 보편적인 감동을 주는 문학 작품이라 할지라도, 그것이 서구의 고전인 이상 거기에는 작가의 의도와 상관없이 서구 중심적인 사고가 반영되어 있기 쉽다. 『위대한 유산』도 제국주의적 사유의 흔적을 통해 그러한 서구적 관점을 드러낸다. 가령, 매그위치가 유배되었다가 부자가 되는 곳은 영국의 유배용 식민지로 이용되었던 오스트레일리아이다. 한편 핍과 허버트는 이집트에서 식민지 무역업을 통해 돈을 번다. 제국주의적 침탈이 이루어지는 식민지 지배에 대해 작가는 비판적 의식이 전혀 없이 그저 당연한 것으로 여기고 있다.

3. 한 개인의 성장 과정을 다룬 이 소설은 심리적 차원에서 상당한 깊이와 통찰을 보여주는 작품이다. 소설의 어떤 부분을 그런 예로 들 수 있을까?

   작품 속에서 핍은 누나를 비롯하여 타인들로부터 자주 부당한 학대와 좌절을 겪는다. 이 부당한 학대와 좌절은 핍의 내면에 은밀한 분노와 공격 욕구를 낳는데, 이 분노와 공격성은 비록 의식의 차원에서는 억압되지만 그 대신 소설 속의 다른 인물이나 상징 등을 통해 간접적인 방식으로 표출된다. 가령, 핍은 어린 시절 그를 부당하게 학대하는 누나에 대해 깊은 반감과 증오를 느끼지 않을 수 없다. 하지만 그는 그것을 표현하지 못한 채 의식 세계 저 밑에 억압해버린다. 그러나 이 억압된 욕구는 소설 속에서 핍과 대조적이면서도 유사성을 갖는 인물인 악당 올릭을 통해 대리적으로 해소되고 있다. 올릭이 핍의 누나에게 가한 살인적 공격의 도구가 바로 핍이 도와준 죄수의 쇠고랑이라는 점은 올릭의 가해가 핍의 억눌린 욕망을 대행한 것이라는 의미를 띤다. 핍이 쓰러진 누나를 보고 마치 자신이 범인이라도 된 것처럼 강한 죄의식을 느끼는 이유는 바로 자신과 올릭의 심리적 공범성에 대한 그의 무의식적 자각 때문이다. 이런 점에서 올릭은 핍의 감춰진 분노와 욕망을 대변하는 일종의 '제 2의 자아' 또는 '분신'이라고 할 수 있다.

추천할 만한 텍스트

국내에 나온 『위대한 유산』의 번역본으로는 삼성출판사에서 1975년에 나온 최옥영의 번역, 덕성문화사에서 1988년에 나온 김재천의 번역, 혜원출판사에서 1993년에 나온 김태희의 번역, 그리고 문학과현실사에서 1996년에 나온 박성철의 번역 등이 있다. 하지만 이 번역본들 모두 번역상의 심각한 결함을 지니고 있어 그 어느 것도 추천할 만하지 못하다. 다만 앞으로 민음사에서 이 작품에 대한 새로운 번역을 출간할 예정인데, 이것이 추천할 만한 번역본이 될 수 있기를 희망한다.

이인규 국민대학교 영어영문학과 교수.

서울대학교 영어영문학과를 졸업하고 동 대학원에서 영문학 석사 및 박사 학위를 취득했다. 미국 인디애너 대학교와 버지니어 대학교에서 방문교수로 연구 활동을 한 바 있으며, 역서로 『채털리 부인의 연인』(2003)과 『라셀라스』(2005)가 있다.

지난해 가을 동부(東部)에서 돌아왔을 때, 나는 말하자면

이 세계가 제복을 입고 영원히 '도덕적인 차렷' 자세를 취하고

있기를 바랐다. 나는 이제 더 이상 특권을 지닌 시선으로 인간의 마음을

소란스럽게 답사하고 싶지 않았던 것이다. 오직 이 책에 이름을 준

사람인 개츠비만이 나의 이런 반응에서 벗어나는 예외적인 존재였다.

개츠비는 내가 숨기지 않고 경멸해마지 않는 모든 것을 대변하는

그런 인물이었다. … 마치 1만 마일 밖에서 일어나는 지진을

감지하는 복잡한 기계 중 하나와 연결되어 있는 것처럼

삶의 약속에 대한 어떤 높은 감수성을 지니고 있었다.

F. 스콧 피츠제럴드 (1896~1940)

본명은 프랜시스 스콧 키 피츠제럴드로 미국 미네소타 주 세인트폴에서 태어나 프린스턴 대학을 다녔으나, 1917년 제1차 세계대전에 참전하는 바람에 4학년 때 학업을 포기하였다. 대학에 재학 중이던 1920년에 첫 소설 『낙원의 이쪽』을 출간하여 문단의 관심을 받았으며 또한 '재즈 시대'의 대변자로 각광을 받았다. 같은 해에 젤더 세이어와 결혼하여 뉴욕, 파리, 리비에라 해안, 로마 등을 오가며 사치스럽게 살았다. 거트루드 스타인, 어니스트 헤밍웨이, 존 도우스 패소우스, 토머스 울프 등과 마찬가지로 유럽에서 주로 작가 활동을 하는 이른바 미국의 '국외 탈출 작가'가 되었던 것이다.

피츠제럴드는 1925년 『위대한 개츠비』를 출간하여 일약 미국 문단의 총아로 인정받았다. 그러나 1930년부터 아내가 정신질환으로 병원에 입원하고 자신의 음주벽 때문에 한동안 작품 활동을 제대로 할 수 없었던 적도 있었지만 이러한 와중에도 그는 『밤은 부드러워』와 『아름답고 저주받은 사람』을 출간하였다. 그리고 이 무렵 『새터데이 이브닝 포스트』를 비롯한 잡지에 모두 160여 편에 이르는 단편 소설과 중편 소설을 발표하여 관심을 끌었다. 그 후 『마지막 거물』을 집필하던 중 1940년 마흔네 살의 젊은 나이에 할리우드에서 심장마비로 사망하였다.

05

이 상 과 현 실 사 이
피츠제럴드의 『위대한 개츠비』

김욱동 | 서강대학교 영문학과 명예교수

'잃어버린 세대'의 작가

서구 역사를 통하여 제1차 세계대전만큼 서구인의 의식에 그토록 깊은 영향을 끼친 전쟁도 찾아볼 수 없을 것이다. 서구인들은 2천 여 년 동안 쌓아온 서구 문명을 잿더미로 만든 이 전쟁을 겪으며 이루 말할 수 없는 환멸과 절망을 느꼈다. 수많은 사람들이 삶의 방향 감각을 잃어버린 채 부평초처럼 방황하였다. 일찍이 어니스트 헤밍웨이는 제1차 세계대전을 겪은 전후 세대를 두고 '잃어버린 세대'라고 불렀다. 그의 말대로 1920년대의 젊은이들은 전통적인 가치관을 거부하며 길을 잃고 방황하는 세대와 다름없었다.

그러나 제1차 세계대전이 끝난 뒤 10여 년 동안 경제적으로는 전에 볼 수 없던 호황을 누렸다. 특히 미국은 그 어느 때보다도 경제적으로 눈부신 성장을 이루어 상류 계층에게는 재산 증식을 위한 최고의 시대였다. 한 통계 자료에 따르면 1922년부터 1929년 사이 주식의 수익 증가율이 무려 108퍼센트에 이르렀다고 한다. 기업은 이익이 76퍼센트 증가하였으며, 개인의 수입도 33퍼센트나 늘어났다. 물론 이러한 경제적 붐은 마침내 1929년 월스트리트의 증권 시장이 몰락하면서 경제 대공황으로 이어지게 된다.

이 시기는 비단 경제만이 아니고 문학과 예술에서도 찬란한 꽃을 피운 때였다. 미국 문학으로 좁혀 말하자면 너새니얼 호손과 허먼 멜빌 그리고 에드거 앨런 포 등이 활약한 19세기 중엽의 '미국의 문예부흥'에 버금가는 문학의 황금기였다. 그리하여 어떤 문학 비평가는 이 시기를 미국 문학의 '제2의 개화기'라고 부르기도 하였다. 이 무렵 방금 앞에서 언급한 어니스트 헤밍웨이를 비롯하여 윌리엄 포크너, 스콧 피츠제럴드 같은 소설가들, 에즈러 파운드와 엘리엇 같은 시인들, 그리고 유진 오닐 같은 극작가들의 활동은 그야말로 눈부실 정도였다.

이 가운데에서도 스콧 피츠제럴드(F. Scott Fitzgerald)의 활동은 특히 눈여겨볼 만하다. 어느 누구보다도 그는 1920년대의 미국 사회를 설득력 있게 표현하였다는 평가를 받고 있기 때문이다. 1920년대의 미국 사회를 흔히 '재즈 시대'라고 부른다. 역사상 그 유례를 찾을 수 없는 세계대전을 겪은 뒤 서구 문명에 깊은 회의를 보이면서 젊은이들이 재즈 음악에 심취하였기 때문에 붙여진 이름이다. 이 '재즈 시대'와 관련하여 피츠제럴드는 한 작품에서 "그것은 기적의 시대였고, 예술의 시대, 과도의 시대, 풍자의 시대였다"고 밝힌 바 있다. 피츠제럴드를 두고 흔히 '재즈 시대의 왕자'라고 일컫는 것도 무리는 아닌 듯하다.

'재즈 시대'하면 곧 머리에 떠오르는 작품이 『위대한 개츠비(*The Great Gatsby*)』(1925)인데 피츠제럴드의 작품 가운데에서 가장 대표적인 작품으로 꼽힌다. 『낙원의 이쪽』(1920), 『아름답고 저주받은 사람』(1922), 『밤은 부드러워』(1934), 『마지막 거물』(1941) 같은 장편소설과 무려 160편에 이르는 단편 소설을 썼지만 그의 작품 가운데 이 소설처럼 전 세계적으로 널리 읽혀 온 작품은 없다. 1924년 한 출판사 편집자에게 보낸 편지에서 피츠제럴드는 이 작품과 관련하여 "마침내 참으로 내 작품이라고 할 그 무엇을 썼다"고 자신만만하게 털어놓고 있다. 흔히 모더니즘의 대부로 일컫는 엘리엇은 이 소설에 대하여 "헨리 제임스 이후 미국 소설이 내디딘 첫 걸음"이라고 칭찬을 아끼지 않았다.

'현대 고전'의 반열에 올라와 있는 『위대한 개츠비』는 미국의 중·고등학교와 대학에서는 말할 것도 없고 일반 독자들로부터도 융숭한 대접을 받고 있다. 이 소설은 미국에서만 해마다 30만 권 이상 팔리고 있으며, 외국에서 팔리는 것까지 계산에 넣는다면 그 수는 참으로 엄청나다. 더구나 '위대한 미국 소설'을 말할 때마다 이 작품이 약방의 감초처럼 자주 입에 오르내린다. 몇 해 전 미국의 명문 출판사 랜덤 하우스의 편집위원회는 20세기에 영어로 씌어진 가장 위대한 소설을 선정한 적이 있다. 제임스 조이스의 『율리시스』(1922)가 첫 번째로 꼽혔고 『위대한 개츠비』는 두 번째로 꼽혔다. 그러니까 20세기에 출간된 미국 소설로는 이 작품이 단연 첫 손가락에 꼽힌 셈이다. 실제로 이 소설을 빼놓고 현대 미국 소설을 이야기하기란 이제 아주 어렵게 되었다. 한 비평가는 이 작품을 두고 아예 '미국 문학의 영원한 기념비'니 '국보급의 작품'이니 하고 부르기도 한다.

자서전으로서의 『위대한 개츠비』

피츠제럴드의 작품이 흔히 그러하듯이 『위대한 개츠비』에도 작가가 살아온 고단한 삶의 궤적이 깊이 아로새겨져 있다. 어떤 의미에서 이 작품은 작가의 정신 편력을 기록해 놓은 자서전이나 전기로 읽어도 무리가 없다. 무엇보다도 작가가 가장 중요하게 생각하는 사랑과 젊음, 재산과 그것이 가져다주는 안일과 여유는 이 작품이 다루고 있는 중요한 주제 가운데 하나이다. 작가는 짧다면 짧은 40여 년의 생애에 걸쳐 물질적 성공을 이룩하기 위하여 온갖 노력을 아끼지 않았는데, 작가의 이러한 태도는 이 소설의 주인공 제이 개츠비에게서 그대로 나타난다. 작가와 개츠비가 물질적 성공에 큰 기대를 걸고 있었던 만큼 그들이 느끼는 실망과 좌절도 무척 컸다. 그리고 개츠비가 간직하고 있던 물질적 성공과 무한한 꿈과 이상을 상징한다고 할 데이지 뷰캐넌은 여러모로 작가의 아내 젤더 세이어와 비슷하다.

『위대한 개츠비』는 마치 시대 의상처럼 제1차 세계대전 직후 미국의 사회상을 고스란히 간직하고 있다. 이 무렵 경제 성장의 그늘에는 도덕적 타락과 부패가 독버섯처럼 자라고 있었다. 데이지의 남편으로 제이 개츠비와 연적 관계에 있는 톰 뷰캐넌과 개츠비가 타고 다니는 번쩍거리는 고급 승용차, 개츠비가 주말마다 벌이는 사치스런 파티, 마치 '불빛을 쫓은 부나비처럼' 환락과 쾌락을 찾아 헤매는 젊은이들, 톰과 데이지가 보여주는 도덕적 혼란과 무질서와 무책임은 바로 전쟁이 끝난 뒤 방향 감각을 상실한 채 방황하던 젊은이의 가치관이나 삶의 방식을 잘 보여준다. 피츠제럴드의 한 단편 소설의 제목 그대로 이 무렵의 미국은 말하자면 '현대판 바빌론'이라고 할 수 있다. 톰의 저택이나 개츠비의 파티처럼 겉으로는 우아하고 고상하며 화려하지만 막상 한 꺼풀만 베껴놓고 보면 탐욕과 이기와 정신적 공허감이 도사리고 있다.

『위대한 개츠비』에서 도덕적 타락은 이 소설의 화자이면서 동시에 작중인물로 등장하는 닉 캐러웨이를 제외한 거의 모든 작중인물에게서 쉽게 찾아볼 수 있다. 도덕적 타락과 부패 그리고 무책임성은 톰 뷰캐넌과 데이지를 비롯하여 개츠비의 친구요 후견인으로 조직 폭력계의 대부인 마이어 울프심과, 데이지의 친구이며 프로 골프선수인 조던 베이커에게서 드러난다. 쾌락과 안일만을 좇는 톰과 데이지는 여러모로 도덕적 마비 상태에 있다고 할 수 있다. 울프심은 1919년 월드 시리즈를 조작할 만큼 막강한 힘을 행사하는 조직 폭력의 거물이다. 닉과 잠시 사귀는 조던은 골프 시합에서 부정한 방법으로 경기를 하는 등 닉의 말대로 "구제할 수 없을 만큼 정직하지 못한" 인물로 밝혀진다.

한편, 『위대한 개츠비』는 시간적 배경 못지않게 공간적 배경도 자못 큰 의미를 지닌다. 이 작품은 뉴욕 근교인 롱아일랜드의 마을 두 곳을 지리적 배경으로 삼는다. 그런데 이 두 지역은 단순히 지리적 배경에 그치지 않고 삶의 방식이나 가치관을 잘 보여준다. 대서양 쪽에 좀더 멀리 자리 잡고 있는 이스트에그는 톰과 같이 재산을 세습 받은 부유한 귀족들이 살고 있는 곳인 반면, 뉴욕 시 쪽에 좀 더 가까운 웨스트에그는 개츠비처럼 갑자기 떼돈을 번 신흥 부자들이 사는 곳이다.

이스트에그와 웨스트에그의 대조는 더 나아가 미국 동부 지역과 중서부 지역의 가치관의 차이로 이어진다. 뉴욕을 중심으로 한 동부 사람들은 흔히 도덕적으로 타락하고 퇴폐적인 모습을 보여준다. 동부 사람들은 물질적 부(富)와 함께 세련미와 교양을 갖추고 있지만 도덕적·윤리적으로는 거의 무정부 상태에 빠져 있으며 부주의하고 무책임한 행동을 일삼는다. 한편 닉 캐러웨이가 대변하는 중서부 지방 사람들은 비록 물질적으로는 풍요롭지 못할망정 아직 타락하지 않은 도덕적 순수성과 청교도주의의 가치관을 지니고 있다. 또한 닉의 집안 식구들에게서도 볼 수 있듯이 가족 간의 유대 관계나 결속이 아직도 끈끈하게 남아 있다. 동부의 물질적 가치관과 중서부의 정신적 가치관은 어쩔 수 없이 서로 충돌할 수밖에 없으며, 제이 개츠비의 파멸은 바로 이러한 충돌이 빚어낸 결과로 볼 수 있다.

'구원적 환상'

『위대한 개츠비』가 특정한 역사적 시간과 지리적 공간에 국한된 문제만을 다루고 있다면 아마 해묵은 달력처럼 지금은 빛바랜 작품이 되었을 것이다. 이 작품에서 피츠제럴드는 무엇보다도 환상과 이상의 중요성을 가장 핵심적인 주제로 다룬다. 개츠비의 삶을 통하여 작가는 이상이나 환상에 바로 삶의 비결이 있으며 오직 이러한 이상이나 환상만이 부조리하고 무의미한 삶에 의미와 질서를 부여해 줄 수 있다는 사실을 보여준다. 제이 개츠비에게 부조리한 세계에서 삶을 영위할 만한 가치가 있는 것으로 만들어주는 것은 오직 그 둘 뿐이다. 그런데 그 이상과 환상은 데이지의 모습으로 나타난다. 작품 첫 부분에서 닉은, 개츠비가 데이지의 선착장에 켜 있는 초록색 불빛을 응시하는 모습을 목격한다. 개츠비에게 이 초록색 불빛은 그의 삶에 의미와 질서를 부여해 주는 낭만적 환상이요 이상이다. 이 점에서 그는 질퍽하고 누추한 대지보다는 천상의 아름다운 별을 쫓는 인물이다.

개츠비의 꿈과 환상은 지나간 시간을 다시 돌려놓으려고 하는 데에서 잘 드러난다. 옛 그리스의 한 철인은 인간은 두 번 다시 같은 강물에 발을 담글 수 없다고 말하였지만 개츠비는 같은 강물에 두 번 발을 담그려고 한다. 데이지가 톰과 함께 개츠비의 파티에 참석한 날 밤 개츠비는 닉에게 시계 바퀴를 5년 전의 과거로 다시 돌려놓을 것이라고 밝힌다.

"나 같으면 그녀에게서 너무나 많은 것을 요구하지는 않을 겁니다." 내가 불쑥 말했다. "과거는 반복할 수 없지 않습니까."
"과거를 반복할 수 없다고요?" 그는 믿어지지 않는다는 듯이 큰 소리로 말했다. "물론 반복할 수 있고말고요!"
그는 마치 과거가 손이 닿지 않는 곳에 자기 집 그늘진 구석에 숨어 있기라도 한 듯 주위를 두리번거렸다.
"전 모든 것을 옛날과 꼭 마찬가지로 돌려놓을 생각입니다." 그가

　환상과 이상에 젖어 있는 개츠비는 지나간 과거를 다시 돌이킬 수 없다는 닉 캐러웨이의 말이 좀처럼 믿어지지 않는다. 이렇게 과거를 반복할 수 있다고 굳게 믿고 있다는 점에서 개츠비는 낭만적 이상주의자로 보아 크게 틀리지 않는다. 닉이 그를 적잖이 경멸하면서도 깊이 동정할 뿐만 아니라 유대감을 느끼는 까닭도 바로 여기에 있다. 개츠비는 "삶의 약속에 대한 높은 감수성"과 "희망에 대한 탁월할 재능"을 지니고 있다. 비록 그의 이상은 도덕적으로 타락한 것일는지 모르지만 그 꿈을 성취시키기 위한 헌신적 노력은 톰과 데이지를 비롯한 다른 작중인물들의 이기적이고 무책한 행동과 비교해 볼 때 차라리 숭고하게까지 느껴진다.

개츠비의 이상과 '미국의 꿈'

개츠비가 지니고 있는 꿈이나 환상은 개인적 차원을 뛰어넘어 좀 더 넓게 국가적 의미를 지닌다. 다시 말해서 그의 꿈과 이상은 상징적으로 '미국의 꿈'으로 이어진다. 제이 개츠비를 장례 지낸 뒤 닉 캐러웨이는 동부 생활에 환멸을 느끼고 고향으로 돌아가기로 결심한다. 고향으로 떠나가기에 앞서 마지막으로 개츠비의 집 앞 해변에 앉아 3백여 년 전 부푼 가슴을 안고 미국 땅에 처음 도착한 네덜란드 상인들의 눈에 비췄을 "신세계의 싱그러운 초록빛 가슴"을 떠올린다.

　뉴욕에 식민지를 개척한 네덜란드 상인들에게서 잘 드러나듯이 사람들은 '미국의 꿈'을 자칫 물질적인 것으로 보기 쉽다. 심지어는 뉴잉글랜드에 정착한 청교도들마저 정신적인 것 못지않게 물질적인 것에 깊은 관심을 보였다. 실제로 청교도들 사이에는 부자는 하나님의 축복을 받았기 때문에 부자가 되었고 가난한 사람은 하나님의 저주를 받았기 때문에 가난하게 되었다는 생각이 널리 퍼져 있었다. 막스 베버를 비롯한 몇몇 사회학자들은 미국이 그렇게 빠른 시간 안에 자본주의 국가로 성장한 밑바닥에는 이러한 가치관이 자리 잡고 있다고 지적하기도 한다.

물질적 성공과 관련한 '미국의 꿈'은 청교도 정신이 점점 빛을 잃게 되면서 더욱 박차를 가하게 된다. 근면하고 성실하고 정직하면 미국에서는 누구나 물질적으로 성공할 수 있다는 믿음이 신앙처럼 널리 퍼져 있었다. 물론 이러한 세속적·물질적 성공 신화가 그동안 미국 사회를 움직여 온 원동력 역할을 하였다. 그러나 물질적 성공은 어디까지나 변질된 '미국의 꿈'이거나 기껏해야 그 꿈의 작은 한 모습에 지나지 않는다. 참다운 '미국의 꿈'은 뭐니뭐니 해도 다분히 정신적인 것이었다.

이 소설의 주인공 제이 개츠비는 바로 변질된 '미국의 꿈'을 상징적으로 보여준다. 데이지의 사랑을 되찾으려는 그의 꿈은 참으로 순수하고 낭만적인 동시에 이상적이다. 비록 톰에게 데이지를 빼앗기고 말았지만 그는 지금이라도 그 잃어버린 시간을 되찾을 수 있다는 믿음을 버리지 않고 있다. 그러나 문제는 개츠비가 데이지를 되찾기 위하여 어떠한 수단과 방법을 사용하느냐에 있다. 그는 금주법이 시행되던 시기에 불법으로 밀주를 판매하고 훔친 채권을 불법으로 거래하거나 도박을 통하여 막대한 재산을 모은다. 전쟁이 끝난 뒤 그가 빈털터리에서 그렇게 짧은 기간에 엄청난 재산을 모을 수 있었던 것도 울프심 같은 조직 폭력배와 손을 잡았기 때문이다. 낭만적 이상주의에 가려 자칫 놓쳐 버리기 쉽지만 개츠비가 실정법을 어긴 엄연한 범법자라는 사실을 잊어서는 안 된다. 개츠비의 이상주의가 물질주의를 그 수단으로 삼으면서 변질되고 타락한 것처럼, 청교도들이 가슴에 품고 있던 '미국의 꿈'도 물질주의와 손을 잡으면서 점점 변질되고 타락할 수밖에 없었다. 네덜란드 상인들의 가슴을 설레게 한 그 신대륙의 '초록색' 땅이 불과 몇 백 년이 지나지 않아 쓰레기 계곡의 '잿빛' 황무지로 변하고 말았던 것이다.

피츠제럴드는 언젠가 미국에 어떤 멋진 일이 일어날 것이라는 데 큰 희망을 걸고 있지만, 그러한 일은 결코 일어나지 않을 것이라 하면서 미국은 '결코 뜨지 않는 달'이라고 말한 적이 있다. 또한 미국의 삶에서는 오직 제1막만이 있을 뿐 제2막은 없다고 밝힌 적도 있다. '미국의 꿈'에 대한 작가의 태도를 단적으로 읽을 수 있는 대목이다. 개츠비는 '미국의 꿈'이라는 결코 뜨지 않는 달을 기다리다가 좌절을 겪었고, 삶의 연극에서 미처 제2막이 시작하기도 전에 마침내 종말을 맞이하였다. 마찬가지로 청교도들이나 건국 초기의 지도자들이 꿈꾸던 희망은 아직도 미완 상태로 남아 있다고 할 수 있다.

산문시로서의 소설
『위대한 개츠비』는 주제뿐만 아니라 그 형식과 기법에서도 눈길을 끈다. 피츠제럴드는 이 작품에서 시인을 무색하게 할 정도로 상징과 이미지를 즐겨 구사한다. 어떤 장면에서는 그가 묘사하는 대상이 너무나 구체적이어서 직접 눈으로 보고 귀로 들으며 코로 냄새를 맡는다는 느낌이 들 정도이다. 세계 문학사를 샅샅이 뒤져보아도 이 소설처럼 그렇게 서정적인 작품을 찾아보기란 쉽지 않다.

더구나 피츠제럴드는 서술 시점이나 관점에서도 실험을 꾀한다. 일인칭 서술 화법을 구사하되 전통적인 화법과는 조금 다르게 사용한다. 보통 일인칭 화법에서 사건이 주로 서술자의 입을 통하여 독자들에게 전달된다면, 피츠제럴드의 일인칭 화법에서 사건은 주로 글을 통하여 독자들에게 전달된다. 다시 말해서 청각적 특성보다는 시각적 특성이 강한 소설이라고 할 수 있다.

또한 닉 캐러웨이는 서술자이면서 동시에 작중인물로서 역할을 한다. 한편으로는 방관자나 목격자처럼 개츠비와 관련한 사건을 옆에서 지켜보면서 독자들에게 전달하고, 다른 한편으로는 작중인물로서 사건에 직접 개입하기도 한다. 작가의 말대로 닉은 '이야기의 안과 밖'을 자유롭게 드나들며 스토리를 독자들에게 전달한다. 그래서 이 소설은 개츠비의 이야기에 초점이 맞추어져 있지만 어떤 의미에서는 닉의 이야기로 읽을 수도 있다. 실제로 이 소설을 닉의 정신적 성장 과정을 다룬 일종의 성장소설로 읽으려는 비평가들도 없지 않다. 어찌 되었든 만약 작가가 개츠비와 데이지를 둘러싼 이야기를 삼인칭 전지적 화법이나 단순히 고백체 일인칭 서술 화법으로 전달하였다면 아마 이 작품에서 느끼는 정서적 강도는 지금보다 훨씬 떨어졌을 것이다.

오늘날 같은 지구촌 시대에 개츠비가 보여주는 생각이나 행동은 미국의 국경을 뛰어넘어 이제 국제적인 것이 되다시피 하였다. 신문이나 잡지, 라디오나 텔레비전, 심지어는 문학 작품에서도 개츠비의 이름을 그다지 어렵지 않게 접할 수 있다. 오죽하면 '개츠비적(Gatsbyesque)'이라는 신조어까지 만들어졌을까. 이제 몇몇 사전에 정식 입적된 이 형용사는 낭만적 경이감에 대한 능력이나 일상적 경험을 초월적 가능성으로 바꾸는 탁월한 재능을 가리키는 말로 사용되고 있다.

더 생각해볼 문제들

1. 『톰 뷰캐넌이나 데이지 같은 다른 작중인물들과 비교하여 닉 캐러웨이의 성격은 어떠한가?

   톰이나 데이지 그리고 조던 베이커 등은 무책임한 인물로 물질주의적인 세계관을 받아들인다. 그러나 성실하고 책임감이 있으며 어떤 면에서는 고지식하기도 한 닉은 도덕적이고 이상주의적인 성격이 강하다. 닉은 자신을 두고 "이 세상에서 몇 안 되는 정직한 사람 중의 하나"라고 밝힌다. 그는 처음에는 개츠비를 경멸하지만 점차 그의 이상주의에 감동되어 끝까지 그의 편에서 그를 도와준다.

2. 『닉은 조던 베이커에 대하여 어떻게 생각하는가? 두 사람의 관계를 설명해 보라.

   닉은 톰과 데이지의 집에서 조던 베이커를 처음 만난다. 고향을 떠나 동부에서 혼자 생활하면서 외로운 데다가 그녀의 매력에 끌려 잠시 사귄다. 그러나 그녀와 사귀면 사귈수록 톰과 데이지처럼 무책임한 인간이라는 사실을 깨달고 마침내 절교한다. 닉은 개츠비에게 "당신은 그자들을 모두 합해 놓은 것만큼 훌륭합니다." 하고 말한다. 여기에서 닉은 '그자' 속에 톰과 데이지와 함께 조던도 포함시키고 있다.

3. 『이 소설의 제목에서 작가는 '위대한' 이라는 형용사를 축어적으로 사용하는가, 아니면 반어적으로 사용하는가?

몇몇 비평가는 피츠제럴드가 이 '위대한' 이라는 형용사를 반어적으로 사용하고 있다고 주장한다. 주인공 제이 개츠비한테서는 어떤 '위대한' 점도 찾아볼 수 없기 때문이라는 것이다. 물론 그가 실정법을 위반한 범법자라는 점에서는 그렇게 볼 수도 있다. 그러나 낭만적 이상주의를 끝까지 밀고나간다는 점에서는 무책임한 물질주의자인 톰과 데이지보다는 훌륭한 인물이다. 이 점에서는 '위대한' 이라는 형용사는 글자 그대로 받아들여도 틀리지 않을 것이다.

추천할 만한 텍스트
『위대한 개츠비』, 피츠제럴드 지음, 김욱동 역, 민음사, 2001.

김욱동(金旭東) 서강대학교 영문학과 명예교수.
한국외국어대학교 영어영문학과 및 동 대학원을 졸업하고 미국 미시시피 대학교에서 영문학 석사 학위를, 뉴욕 주립대학교에서 영문학 박사 학위를 받았다. 미국 하버드 대학교, 듀크 대학교, 노스캐롤라이나 대학교 등에서 교환교수를 역임한 바 있다. 미하일 바흐친의 대화주의 이론 및 포스트모더니즘 등 서구 이론을 국내에 처음 소개하고 그 이론을 바탕으로 우리 문학과 문화 현상을 새롭게 읽어내어 큰 주목을 받았다. 현재 문학 비평가이자 번역가로 활동하고 있으며 수사학, 문학 생태학, 소수민족 문학, 번역학 등에 관심을 기울이고 있다. 저서로 『이문열』, 『강용흘』, 『윌리엄 포크너』, 『은유와 환유』, 『포스트모더니즘』, 『생태학적 상상력』 등 20여 권, 번역서로 『허클베리 핀의 모험』(마크 트웨인), 『위대한 개츠비』(스콧 피츠제럴드), 『피츠제럴드 단편선』(스콧 피츠제럴드), 『앵무새 죽이기』(하퍼 리), 『호밀밭의 파수꾼』(J. D. 샐린저), 『그 겨울의 끝』(이디스 워튼), 『주홍 글자』(너새니얼 호손) 등 10권이 있다.

II

낮은 땅, 높은 이야기

잠을 깬 아가씨는 자신의 감옥을 알아보았다. 지난 끔찍한
하루에 대한 모든 기억과 앞으로 닥칠 모든 두려움이 한꺼번에 엄습했다.
매우 흥분했던 터라 그렇듯 고요한 정적과, 그런 식의 휴식과,
그렇듯 방치된 상황은 그녀에게 또 다른 공포감을 안겨주었다.
그녀는 괴로운 생각에 패배했을 뿐이지 죽고 싶다는 생각은 하지 않았다.
그러나 그 순간 적어도 기도는 할 수 있으리라 생각했다.
그 생각과 더불어 돌연한 희망을 품었다. 다시 묵주를 쥐고 로자리오를
암송하기 시작했다. 기도소리가 떨리는 입술에서 차차 흘러나오자
마음이 흐릿한 신뢰감으로 차오르기 시작했다.

알레싼드로 만초니 (1785~1873)

1785년 밀라노의 유복한 지주 집안에서 태어났다. 아버지는 레코 출신의 대지주 피에트로 만초니였고 어머니는
줄리아 베카리아였다. 만초니는 어려서 가톨릭 기숙학교에 들어갔으나, 20세가 되던 1805년 부모의 이혼으로
어머니와 함께 파리에서 생활하게 된다. 이 파리 생활은 그에게 프랑스적 개혁사상을 심어줌으로써 내내 큰 영향
을 주게 된다.
3년 뒤 그는 칼뱅파인 엔리케타 블롱델과 결혼한다. 칼뱅파와 가톨릭 사이에서 약간의 갈등을 빚던 부부는 1810
년 완전히 가톨릭으로 개종한다. 개종이 가져다 준 심적 안정 덕분에 그는 곧 『성가(聖歌)』를 비롯한 일련의 종교
시와 『가톨릭 도덕론』을 발표하게 된다. 이어 이탈리아의 분열상을 다룬 『카르마뇰라 백작』과 비극 『아델키』를
썼고 그 후 『페르모와 루치아』(1823)에 이어 1827년 드디어 대표작 『약혼자』를 출판했다.
1833년 아내 엔리케타가 죽고, 이어서 그가 두 번의 결혼으로 얻은 9명의 자식 중에 7명이 앞서 죽는 고통을 겪
기도 했다. 1845년에는 역사소설에 대한 회의적 생각을 담은 『역사소설론』을 냈다. 그는 1861년 이후 통일 이
탈리아의 상원의원으로 활동하다가, 1873년 세상을 떠났다.

01

민중은 비운 속에서도 희망의 씨앗을 뿌린다

만초니의 『약혼자』

곽차섭 | 부산대학교 사학과 교수

잊혀진 민중을 역사 속에 불러오는 두 갈래의 길

민중을 역사의 무대 위로 불러오려면 어떻게 해야 할까? 민중이 역사의 주체라는 말은 많이 듣지만, 그것을 역사화하기는 결코 쉽지가 않다. 우선 민중은 엘리트 계급과는 달리 사료가 될 만한 기록을 거의 남기지 않았다. 그들이 초보적으로라도 글을 읽고 쓸 수 있게 된 것은 20세기에 들어 대중교육이 시작되고 난 다음의 일이기 때문이다. 이는 문자 기록을 실증의 금과옥조로 삼는 근대 역사학의 관점에서 볼 때 결정적인 약점이 된다.

  도대체 먹고 살기에도 급급했던 민중이란 존재가 어떻게 스스로 공문서를 만들어내고 자신들의 생각과 느낌을 또박또박 적어 놓을 수 있었겠는가? 민중이 현실적으로는 존재했으되 정작 역사책 속에는 제대로 씌어질 수 없었던 이러한 상황이야말로 근대 역사학 최대의 역설인 셈이다.

역사 속에서 잊혀져 왔던 민중을 다시 역사의 주체로 복원하기 위해서 현대 역사가들이 모색한 길은 두 갈래이다. 첫째는 민중을 하나의 덩어리로서 복원하는 것으로 20세기 중반기에 프랑스 아날 학파[1]가 했던 작업이 그런 것이었다. 그들은 인구통계학적 방법을 활용하여 민중이라 추정되는 집단들의 출생, 혼인, 사망, 종교에 대한 태도 등을 연구하였다. 이는 개념 속에서만 존재했던 종래의 민중을 현실화했다는 점에서는 큰 발전이었다. 하지만 그들의 진짜 얼굴을 보고 생생한 목소리를 들을 수는 없었다. 민중은 이제 역사의 무대 위로 올라오기는 했지만, 여전히 익명(匿名)의 집단으로 머물 수밖에 없었던 것이다.

1970년대에 들어 두 번째 길이 조심스럽게 시도되었다. 그것은 살아있는 개인으로서의 민중을 만나기 위한 일종의 실험이자 동시에 기존의 구조적 역사학에 대한 도전이었다. 이른바 미크로스토리아(microstoria), 즉 미시사(微視史)[2]가 출현한 것이다. 1970~1980년대에 나온 카를로 긴즈부르그의 『베난단티』, 『치즈와 구더기』, 내털리 제이먼 데이비스의 『마르탱 게르의 귀향』,

---

1) 20세기 초 마르크 블로크와 뤼시엥 페브르를 중심으로 이루어진 프랑스 역사가 집단을 일컫는다. 종래의 정치사를 지양하고 사회과학적 방법을 원용한 새로운 사회·경제적 관점에서 역사 연구를 선도하였다. 20세기 중반 2세대의 페르낭 브로델에 와서 전 세계 역사 연구의 흐름을 주도하는 위치에 서게 되었다.

프랑코 라멜라의 『땅과 베틀』 등이 그런 유형의 선구적 저작이다.

　미시사가들은 재판기록, 일기, 구전, 설화집 등 종래에는 별로 신뢰하지 않았던 '증거' 들을 실마리 삼아 마치 탐정처럼 민중 계급에 속한 실제 인물들의 이력을 추적하여 그것이 역사에 던지는 일반적 의미를 새롭게 해석한다. 『치즈와 구더기』의 방앗간 주인 메노키오는 엘리트 계급과 민중 계급의 경계에서 민중의 오랜 농경적 습속들을 형상화했던 인물로 그려지고 있으며, 『마르탱 게르의 귀향』에 나오는 평범한 농촌 여성 베르트랑드는 오랜 동안 가출했던 남편과 진짜라고 주장하는 가짜 남편 사이에서 아슬아슬한 생존 전략을 펼치는 존재로 묘사되고 있다. 민중을 실제 숨쉬는 인간으로 되살려내려는 미시사의 이론과 방법은 1990년대 이후 연구 영역과 주제를 확장한 2세대 미시사로 발전해 나가면서 20세기 후반의 '새로운 역사학' 의 조류에서 중요한 위치를 차지하고 있다.

---

2) 역사를 거시적이고 구조적 관점에서 보는 사회(구조)사가 해명하기 어려운 측면들을 해결하기 위해 시도된 새로운 역사학의 하나이다. 1970년대 이탈리아에서 처음으로 나타났고, 이후 영미 문화사 그룹, 프랑스 아날학파 3~4세대, 독일의 일상사·역사인류학 그룹과 상호 연관성을 유지하게 되었다. 관찰 척도의 축소(국가와 같은 거대 범위에서 마을과 같은 소규모 지역으로 변화), 질적 방법(통계, 계량적 자료와 같은 양적 자료보다는 서술식 또는 구전 자료와 같은 질적 자료를 중시)과 이야기 식 문체의 사용 등이 특징이다. 하지만 미시사의 반대말은 거시사가 아니며, 미시사는 계량과 구조를 지향하는 사회사의 일파라는 점에 유의해야 한다.

역사소설 속의 민중은 도구인가 주체인가?

민중을 역사의 무대 위로 불러오는 데는 이 두 가지 외에도 또 다른 길이 있을 수 있다. 바로 역사소설이 그것이다. 역사소설은 역사학과 문학의 경계에 위치한다. 그것은 역사학과는 달리 엄밀한 실증의 규칙에 얽매이지 않고 허구와 상상을 허용한다는 점에서 분명히 문학의 한 부분이다. 동시에 그것은 주제로 설정된 시대 및 장소와 주요 등장인물 등을 반드시 역사로부터 차용해 와야 한다는 점에서는 완전한 허구를 허용하는 소설 일반과는 다르다. 요컨대 역사소설은 소설의 한 형식임에는 틀림없으나, '역사'라는 수식어가 그 성격 규정에 상당한 제약 — 혹은 독특성 — 을 부과하고 있는 것이다.

역사소설이 역사인지, 소설인지를 묻다 보면 자연스럽게 또 다른 의문 하나가 고개를 든다. 그 속의 등장인물들은 역사적 도구일까, 역사적 주체일까? 역사소설의 이론과 실제를 관통하는 핵심 문제는 바로 이러한 의문에서 출발한다.

근대 역사소설 이론의 선구자 격인 게오르크 루카치는 자신의 유명한 『역사소설론』(1937)에서 마르크스적 시각에 기초하여 인간의 역사적 주체성을 계급적 집단의식 속에서 찾았다. 그에게 개인은 단지 현실에서 이러한 계급의식을 보여주는 대리인에 불과했다. 이런 관점에서 볼 때 훌륭한 역사소설이란, 줄거리 속의 개인과 사건이 언제나 작가가 미리 정해놓은 계급의식의 발전방향을 따라 흘러가도록 짜여져 있어야만 한다. 또한 이를 위해서라면 소설 속의 배경이나 인물들이 그 시대와 장소에 잘 맞지 않아도 어느 정도는 받아들여질 수 있다고 한다. 즉, 역사학적 방법의 핵심인 시대착오

성(anachronism)[3]의 개념도 무시할 수 있다는 것이다. 『아이반호』[4]를 비롯해 수많은 역사소설을 썼던 19세기 스코틀랜드의 작가 월터 스코트가 바로 이러한 점들을 잘 살린 사례로서 높이 평가되었다.

하지만 이러한 관점은, 역사를 이끌어가는 주체가 누구인지 의문을 던지지 않을 수 없게 만든다. 예컨대 민중이 바로 그 주체라고 말할 수도 있다. 그러나 잘 정의되지 않는 모호한 집단으로서의 민중이 어떤 자각을 할 수 있다는 말인가? 자각이란 결국 개인의 반성적 과정을 거쳐 나타나는 것이 아닌가?

이와는 달리 역사 속에 파묻혀 버리는 개인이 아닌, 역사의 한 행위자로서 행동하고 사고하는 개인에 대한 관심을 중요시하는 역사소설도 있다. 루카치와는 다른 유형의 역사소설인 것이다. 이들은 주체를 외적 상황으로서의 이데올로기에서 찾지 않고 개인 심리의 성찰이라는 내적 요소에서 찾으려 한다.

따라서 전자를 고전적 유형이라 부를 수 있다면, 후자는 근대와

---

3) 어떤 문물이나 현상이 그 시대의 일반적 특성에 맞지 않는 것을 가리키는 말이다. 예컨대 신라 시대의 고분에서 상감청자가 나오거나 20세기 이전의 지층에서 라면 봉지가 나올 수 없다는 것은 바로 이러한 개념에 의거한 것이다. 한 시대는 그 시대만의 독특한 현상과 문물을 갖는다는 것으로, 서양의 경우 르네상스 시기에 와서야 비로소 이를 명확히 인식하게 되었다.

4) 12세기 영국, 사자왕 리처드와 왕제 존 그리고 로빈후드의 시대를 배경으로 주인공 윌프레드와 왕녀 로웨나, 유대 여인 레베카 사이의 사랑 이야기를 지극히 중세적인 무용과 전투 속에서 그려낸 작품이다.

그 이후의 유형으로 자리매김할 수 있겠다. 역사소설을 바라보는 이 두 관점은 상호 절충이나 보완이 가능할 것처럼 보이기도 하겠지만, 인식론적으로 볼 때 결코 병존될 수 없는 두 극단을 대변한다. 비유하자면 이는 소립자(素粒子)를 망원경으로 볼 수 없고 별을 현미경으로 볼 수 없는 것과 같다. 그리고 어떤 역사소설도 이러한 문제들에서 비켜갈 수 없다.

민중의 비운(悲運)을 극화한 만초니

알레싼드로 만초니(Alessandro Manzoni)의 역사소설 『약혼자(*I promessi sposi*)』는 17세기 이탈리아 민중의 비운을 극화한 작품이다. 만초니는 이탈리아 초등학교 교과서에 실릴 만큼 유명한 문인이지만, 극소수의 학자들을 제외하면 한국의 일반 독자들에게는 거의 알려져 있지 않다. 이런 사정 속에서 우리나라에도 최근 그의 대표작 『약혼자』가 번역된 것은 분명히 하나의 사건임에 틀림없다. 다음은 그 대략적인 줄거리다.

곧 결혼하기로 약속한 사이인 주인공 렌초와 루치아는 이탈리아 북부 밀라노 공국(公國)의 작은 도시 레코 부근의 농촌 마을에 사는 평범한 청춘들이다. 당시는 1628년에서 1631년 사이로서, 이탈리아가 에스파냐의 지배 하에 있을 때이다. 그런데 우연히 길을 가다가 루치아를 본 인근의 영주 돈 로드리고가 마을 신부 돈 압본디오에게 결혼식을 주례하지 못하도록 압력을 넣음으로써 두 사람의 비극이 시작된다. 렌초와 루치아는 결국 로드리고의 손에서 벗어나기 위해 다른 곳으로 도피하게 된다. 하지만 이 과정에서 서로 헤어지면서 그들은 이 작품의 주요한 줄거리를 이루는 갖가지 파란만장한 사건들에 휘말리게 된다.

당시는 만토바 공국의 계승권을 둘러싸고 프랑스와 에스파냐의 재상 리슐리외와 올리바레스가 한창 전쟁 중이었고, 여기에다 페스트로 보이는 역병까지 창궐하고 있을 때였다. 렌초는 루치아의 소식을 수소문하며 밀라노로 들어갔다가 때마침 일어난 식량 폭동에 연루되는 위기를 맞기도 한다. 또한 그들은 둘 다 역병에 걸리지만 기적적으로 치유되고 결국에는 서로 만나게 된다. 하지만 그들에게 공포의 원천이었던 로드리고는 역병의 희생자가 된다. 결말은 해피엔딩으로서, 그들은 고향으로 돌아와 나약한 신부 압본디오의 주례로 드디어 결혼식을 올리게 된다. 뒤이어 아이들이 태어나고, 렌초는 그들에게 자신이 살아온 삶을 얘기해 준다.

이러한 내용의 『약혼자』는 원래 '페르모와 루치아'라는 제목을 가지고 있었다. 이 소설의 초고를 쓰기 시작한 때는 1821년 4월경이었으며 2년 후 일단 집필을 끝냈으나, 계속해서 내용을 수정했기 때문에 그것이 실제로 출판된 것은 1827년에 이르러서였다. 작품은 간행 즉시 큰 성공을 거두었으며, 이탈리아는 물론 다른 나라에서도 큰 호평을 받았다. 독일의 괴테와 라마르틴[5] 같은 저명 문필가들이 찬사를 보냈다. 수년 내에 프랑스어, 독일어, 영어 번역본들이 속속 출간되었다.

---

5) 19세기 전반기 나폴레옹 시대에 살았던 프랑스의 낭만파 서정시인이다.

하지만 꼼꼼한 성격의 만초니는 작품의 수정을 여기서 멈추려 하지 않았다. 그는 이때쯤 과연 이탈리아어(語)는 어떤 지역의 방언(方言)을 기초로 해야 하는가 하는 해묵은 논쟁에 관심을 두게 되었고, 피렌체 중심의 토스카나 방언이 가장 좋은 대안이라고 생각하였다. 그는 이후 오랫동안 토스카나 방언의 관용적 표현들을 공부하여 『약혼자』가 처음으로 간행된 지 무려 13년 뒤인 1840년 11월, 토스카나 방언으로 씌어지고 내용도 대폭 보완된 『약혼자』 마지막 판본을 세상에 내놓았다. 이것이 지금 우리가 읽고 있는 작품이다. 『약혼자』의 명성은 뒤에 이탈리아어가 토스카나 방언 중심으로 표준화되는 데 크게 기여하였다.

만초니가 『약혼자』란 역사소설을 쓰겠다고 마음먹은 데는 역사 속의 민중에 대한 그의 관심이 자리 잡고 있었다. 그는 1820~22년 사이 비극 『아델키』를 썼는데, 여기에는 『약혼자』에서 잘 나타나는 통치 계급과 종속 계급 사이의 관계나 인구의 다수를 차지하는 민중의 존재에 대한 자각 등이 선구적으로 표출되고 있다. 이 작품은 8세기 후반 프랑크족과 롱고바르도족[6] 사이의 각축전을 그린 것이다. 아델키는 샤를마뉴에 의해 정복된 롱고바르도 왕조의 마지막 왕이다. 비록 이 작품의 주인공은 모두 군주들이지만 아델키는 『약혼자』에서 민중의 모습으로 바뀌어 나타나는 페르소나 — 문학작품 속에서 작가가 설정한 등장인물 — 라고 볼 수 있다. 그는 특히

---

6) 라인강과 엘베강 주변에 살았던 게르만 부족의 일파들이다. 전자는 지금의 프랑스와 독일 지역, 후자는 북이탈리아 지역에 왕국을 세웠다.

이 작품의 말미에 붙여 출간한 롱고바르도 족의 역사에 관한 장문의 논고를 통해, 비록 역사에서 적극적인 역할을 하지는 못했지만 그럼에도 불구하고 그들의 존재가 확연히 느껴지는 수없이 많은 남녀들이 당시 어떤 조건 아래서 어떤 감정과 생각을 가지고 살아갔는지, 그것에 대해 알려진 것이 거의 없다는 점을 한탄하였다. 그는 친구 포리엘에게 보낸 편지에서 이에 대해, 역사가들이 어떻게 이들을 인식치 않고 가장 중요한 문제들을 해결했다고 생각했을 수 있는지 진정 이해하기 어렵다고 썼다.

역사 속의 민중을 어떻게 그려낼 것인가

『약혼자』의 플롯은 어떻게 보면 지극히 단순하다. 결혼이 적대적인 세력이나 환경 때문에 좌절된다는 것은 이미 고대 로마의 플라우투스나 루키안 이래로 서양 작가들이 종종 사용했던 주제였다. 결말은 또 어떤가.

> 전 재난을 구하러 가지 않았어요. 재난이 절 찾아온 거예요. … 제 잘못이 당신을 좋아하고 당신에게 결혼을 약속한 것이 아니라면 말이죠.

작품의 말미에서 루치아가 웃으면서 말한다. 재난이 가끔 찾아오는 것은 그들 자신이 원인을 제공했기 때문이라고.

> 그러나 더욱 신중하고 결백하게 행동한다면 재난을 피할 수 있으며

··· 설사 재난이 닥친다고 해도 신을 믿으면 살 길이 보이고 오히려
더 나은 결과를 가져오게 할 수 있다고.

만초니는 스스로 화자(話者)가 되어 다시 이렇게 덧붙인다. "비
록 비천한 사람들이 내린 결론이긴 하지만 이것이 전체 이야기의
본질로서 이쯤에 놓이는 것도 별로 틀리지는 않은 것 같다."
　역사소설이 이른바 역사적 전형성[7]을 획득해야 한다고 생각하
는 비평가에게는 이러한 결말이 심히 불만스럽게 보일 것이다. 일
찍이 루카치는 『역사소설론』에서, 『약혼자』가 월터 스코트의 경향
을 독창적이면서도 웅대한 규모로 발전시키고 동시에 많은 점에서
스코트를 능가하는 면이 있다고 칭찬하였다. 극히 다양한 사회 계
급의 인물 묘사에서 나타나는 상상력과 역사적 진실성에 대한 감수
성은 스코트와 적어도 동등한 수준이며, 성격 묘사의 다양성과 깊
이에서 그리고 거대한 비극적 갈등으로부터 개인적·정신적 가능성
들을 추출해내는 데 있어서는 오히려 스코트를 넘어서고 있다는 것
이다.
　하지만 루카치가 볼 때 만초니의 한계는 민족사의 위기를 다루기
보다는 단지 협소한 한 지역의 농촌 처녀총각의 사랑과 이별, 재결

---

7) 루카치적 용어로서, 한 시대의 시대정신을 대표한다고 가정되는 인물의 성격을 말한다. 하
지만 최근에 와서 점점 더 과연 이러한 것이 존재할 수 있느냐는 의문이 대두되고 있다. 사실
이러한 전형성의 내용을 결정하는 것은 '실제 그대로' 보다는 역사가 혹은 작가의 역사관에
더 기인하기 때문이다.

합 같은 일종의 삽화들을 다루고 있을 뿐이라는 점에 있었다. 물론 독자들은 이러한 삽화적 사건 묘사를 통해 당시 이탈리아 민중이 처해 있던 봉건적 상황과 그것이 초래하는 민중 일반의 비극을 느낄 수는 있겠지만, 그럼에도 불구하고 스코트의 딘스 혹은 레베카[8]의 영웅적 드라마를 구성하지는 못한다는 것이다.

그러나 우리는 각자의 사관(史觀)에 따라 루카치와는 전혀 다른 해석을 내릴 수도 있다. 역사 속의 개인은 언제나 시대의 도구에 불과한 것인가? 그렇다면 그것을 도구화하는 시대 조류의 방향은 도대체 누가 정하는 것인가? 루치아의 불운은 목가적 삽화이고 레베카의 행적은 영웅적 드라마라는 판단은 결국 비평가가 역사를 어떻게 보는가에 달려 있는 것이다. 어떤 사실과 이론도 그것을 쓴 사람의 사관을 뛰어 넘을 수는 없는 법이다.

렌초와 루치아의 행적이 언뜻 보기에 지나치게 수동적인 것으로 비칠 수 있다는 것은 사실이다. 밀라노로 들어가다가 우연히 폭동에 휘말리고 도피의 몸이면서도 사람들 앞에 나서는 '경솔한' 행동으로 경찰에 쫓기게 되는 렌초. 자신의 불운에 대한 해결책을 오직 성모 마리아에게만 의탁하고, 심지어는 렌초와의 결혼도 파기하겠다고 서원(誓願)하는 루치아. 온갖 연줄을 동원하여 집요하게 그들을 추적하는 압제자 로드리고. 이 모든 것을 원래의 상태로 되돌려

---

8) 지니 딘스는 18세기 살인사건을 다룬 『미드로씨언의 심장』, 레베카는 『아이반호』의 여주인공이다. 이들은 수동적으로 보이는 『약혼자』의 루치아와는 달리, 불의와 역경에 꿋꿋이 맞서 싸우는 영웅적 면모를 보여주고 있다.

놓는 것은 민중적 저항 의식이 아니라, 페스트라는 신이 내린 천형이었다. 사악한 로드리고는 '신의 응징을 받아' 역병에 걸려 죽는다. 하지만 아무런 잘못도 없이 그가 쳐놓은 덫에 걸렸던 렌초와 루치아는 기적적으로 치유된다. 신의 섭리(攝理)가 만사의 해결책이란 말인가?

하지만 『약혼자』는 결코 단순한 플롯과 기계론적인 섭리관 — 인간사가 오직 이미 정해진 섭리에 의해 결정될 뿐이라는 믿음 — 만으로 해석될 수 있는 작품이 아니다. 단순한 것처럼 보이는 시작과 결말 사이에는 작가 만초니의 휴머니즘이 보석처럼 곳곳에 박혀 있다. 로드리고를 통해 우리는 권력의 압제가 얼마나 비이성적인가를 알 수 있다. 절망적인 상황에 처한 렌초와 루치아가 끊임없이 내뱉는 독백과 고민들 — 사실 이 점이 만초니의 특징 중 하나라고 할 수 있다 — 로부터 살아있는 민중의 생생한 모습을 지척에서 들여다볼 수 있다. 불한당 패의 두목으로 실로 강대한 세력을 가졌던 '무명인'의 회심에서도 선과 악의 갈림길에 선 인간의 내적 고민을 엿볼 수 있다.

렌초와 루치아의 '무기력'은 사실 그 자체가 하나의 역사적 조건으로 간주될 수 있다. 17세기 이탈리아의 평범한 농촌 사람들이 어느 정도로 시대적 자각과 의식을 갖춘 인물이어야 하는가? 그들은 분명히 어떤 이데올로기에 의해 자각되고 계몽되지는 못했겠지만, 그렇다고 아무런 자의식도 없이 그냥 세상사에 휩쓸려만 가는 그런 무감각한 회색의 군상만도 아니었을 것이다. 그들 속에는 우리 조선 시대 장길산[9]의 얼굴도 있겠지만 렌초와 루치아의 얼굴도 있는

것이다. 아니 더 많았을 것이다. 시대적 한계를 결코 벗어나지는 못
하지만 그럼에도 불구하고 그 속에서 머리를 짜내 어떻게든 살아가
려 하는 끈질긴 생명력이야말로 다름 아닌 민중의 본 모습이 아니
었겠는가.

『약혼자』의 두 주인공은 시대를 이끌어가든 혹은 다만 시대의
흐름을 보여주든, 루카치 식의 역사적 전형성을 가진 인물은 아니
다. 물론 시대 상황을 옆으로 비켜서서 관망하고 고민하는 현대의
지적·성찰적 인물도 아니다. 그들은 어떤 의미에서 이러한 이분법
적인 역사소설의 방향에 새로운 이정표가 될 실마리를 제공해주는
그런 인물들일 수도 있다. 즉, 역사를 바라보는 눈을 독자에게 강요
하지 않고 단순·소박하고 일견 무지하기까지 한 민중의 조건과 행
적을 그대로 그려내 보임으로써 독자로 하여금 무엇이 올바른 역사
의 방향인지를 각자 판단케 하도록 해주는 인물들인 것이다.

이러한 것이 『약혼자』가 은연중 암시하는 길이 아닐는지? 결국
우리는 만초니의 말로 다시 돌아가야 한다. 외면상 역사 속에서 적
극적인 역할을 하지 못한 것처럼 보이지만, 그럼에도 불구하고 그
들의 존재 없이는 결코 역사가 이루어질 수 없는 바로 그러한 민중
을 그려야 한다는 것 말이다. 바로 그것을 우리는 『약혼자』에 대한
해석을 이끌어가는 등불로 삼을 수 있다.

---

9) 조선 숙종 대의 의적으로 알려진 장길산을 소재로 한 황석영의 역사소설이다. 장길산은 계
급의식을 가진 빈민층의 대변자로 묘사되고 있다.

더 생각해볼 문제들

1. 역사소설은 어디까지나 소설 문학이며 예술임에 분명하지만, 그것의 독특한 정체성은 역사적 사실에 근거한다는 데서 나온다. 따라서 역사소설은 사실성과 상상력 그리고 역사학과 시학의 경계 지점에 있다. 그렇다면 그 경계선은 구체적으로 어떤 기준을 가지고 있는 것인가? 작자의 역사관과 문학관에 따라 다양할 수 있겠지만, 독자의 입장에서도 흥미로운 문제이다.

2. 렌초와 루치아는, 우리나라의 역사를 예로 들어 이순신이나 장길산이 아니며 굳이 비교하자면 한 TV 드라마의 인물인 장금이에 더 가깝다. 그러나 역사소설의 주인공은 영웅적 엘리트이거나 적어도 자각한 민중인 경우도 많다. 이처럼 역사소설의 주인공은 작가의 의도에 다라 당대 역사의 주체도 될 수 있고 도구도 될 수 있는데, 이 두 가지 유형 사이에 우열이나 옳고 그름의 기준이 있을 것인지 생각해 보자.

3. 렌초는 끊임없이 루치아를 찾아 헤맸던 반면, 루치아는 무명인에게 "납치된" 후 위험에서 벗어나 어머니에게 돌아가게 해주면 처녀로 남겠다고 성모 마리아에게 서원까지 하기에 이른다. 선호가 분명한 현대인의 경우와는 달리, 이 둘 사이의 사랑에는 무언가 음미할 만한 여백의 미 같은 것이 있는 것이다. 요즘의 시각으로 보자면 아주 소극적인 것처럼 비치는 루치아의 사랑의 감정은 과연 어떤 것일까?

추천할 만한 텍스트

『약혼자』, 알레싼드로 만초니 작, 김효정 역, 문학과지성사, 2004.

곽차섭(郭次燮)　부산대학교 사학과 교수.

주요 관심 분야는 근·현대 이탈리아를 중심으로 한 유럽 지성사와 사학사이다. 근대 미술사에도 큰 관심을 가지고 있다. 저작으로는 『마키아벨리즘과 근대국가의 이념』(1996), 『미시사란 무엇인가』(편저, 2000), 『마키아벨리와 에로스』(편역, 2002), 『조선청년 안토니오 코레아, 루벤스를 만나다』(2004) 등이 있다. 역서로는 『역사학과 사회이론』(994), 『이탈리아 민족부흥운동사』(1997), 『마키아벨리 평전』(2000), 『코앞에서 본 중세: 책, 안경, 단추, 그 밖의 생활 발명품들』(2005) 등이 있다. 앞으로 마키아벨리의 주요 저작과 편지를 모두 번역·주해하고, 2세대 미시사를 소개하는 외에 유럽 근대 포르노그라피의 기원에 관한 책을 쓸 계획을 가지고 있다.

수련의가 그에게 환자의 부인이라고 소개하자

그는 경찰서장 같이 심술궂은 얼굴로 이것저것 캐묻기 시작했다.

"이 사람의 아버지도 술을 마셨죠?" "네 선생님, 조금요. 뭐 남들이

마시는 정도지요. … 하긴 그날 너무 마셔서 지붕에서 떨어져

돌아 가셨어요." "그럼 어머님은 어땠지요?" "글쎄요, 남들 마시는

만큼이죠 뭐. 선생님, 아시겠지요. 여기저기서 찔끔찔끔 말입니다.

아주 좋은 가정이었습니다. 참 동생 하나가 어렸을 때 경련을 일으키며

죽었대요, 아마." 의사는 그녀를 뚫어지게 쳐다보다가 무례한 어조로

말을 이었다. "당신도 마시지요, 그렇죠." 제르베즈는 거짓이 아니라는

시늉으로 손을 가슴에 얹고 더듬더듬 변명을 늘어놓았다.

에밀 졸라 (1840~1902)

이탈리아계의 토목기사 프랑스와 졸라의 아들로 파리에서 태어났다. 그 후 졸라의 아버지는 프로방스 지방에서 토목공사를 하게 되어 프로방스에 정착하였으며 폴 세잔느와 친교를 맺는다. 7세 때 아버지를 여의고 가난을 면치 못한 그는 17세에 파리에 갔으나 바칼로레아에 성공하지 못하자 아세트 서점에 취직한다. 여기에서 그는 낭만주의적 시를 쓰기 시작했다가 아세트의 권고를 받아 소설을 쓰기 시작한다.

졸라는 1871년 발표한 『루공가의 운명』으로부터 1893년에 발표된 『파스칼 박사』에 이르는 20권의 작품으로 구성된 『루공-마카르 총서』이외에도 『세 도시(Trois Villes)』와 『네 복음서(Quatre Evangiles)』라는 총서 및 여러 편의 단편소설, 희곡작품 등을 남겼다. 뿐만 아니라 클로드 베르나르(Claude Bernard)의 『실험의학 서설』과 루카스의 유전학 이론의 영향을 받아 1880년 『실험소설론』을 발표한 졸라는 인간을 결정하는 것이 환경, 유전, 기질이라는 자연주의 문학론을 주장하고 이를 그의 작품에 그대로 적용한다. 졸라의 대표작으로는 '루공-마카르 총서'에 들어있는 『목로주점(L'Assommoir)』과 『나나(Nana)』를 꼽을 수 있다.

가난과 생리의 유전(遺傳)
에밀 졸라의 『목로주점』

김치수 | 문학평론가, 이화여자대학교 명예교수

19세기 후반의 대표적인 작가

19세기 후반의 에밀 졸라(Emile Zola)는 방대한 대하소설 '루공-마카르 총서(Les Rougon-Maquart)'의 작가로 알려져 있기 때문에 흔히 19세기 중반 100여 편의 소설을 묶어낸 '인간희극(La Comedie humaine)'의 작가 발자크(H. Balzac)와 비교된다. 그러나 발자크가 프랑스의 호적부와 경쟁하기 위해서 소설을 쓴다는 태도를 취한 반면에, 졸라는 인간의 본성과 기질을 파헤쳐 보고자 소설을 쓰겠다고 생각한 점에서 두 작가의 소설에 대한 관점은 전혀 달랐다는 것을 알 수 있다. 또한 문학사에서는 발자크가 사실주의 작가로 분류되지만 졸라는 자연주의 작가로 분류된다. 그렇다면 사실주의와 자연주의는 어떻게 다른지 생각하면서 두 작가의 작품을 읽어보는 것도 흥미로운 일이다.

졸라는 자기의 소설이 순수한 인간적인 요소이자 생리학적인 요소, 한 가족의 유전에 대한 과학적 연구, 그 가족에 대한 장소와 시대와 사회의 물리적 작용에 관한 연구가 될 것임을 이렇게 천명하고 있다.

> ① 나의 작품은 사회적인 것이 아니라 과학적인 것이 될 것이다.
> ② 나는 현대 사회를 그리려는 것이 아니라 장소에 의해 변화하는 종족이라는 놀이를 보여주기 위해 단 하나의 가족을 그릴 것이다.
> ③ 나는 군주제도, 카톨릭주의 대신에 유전, 선천성 등의 법칙을 이용할 것이다.

그래서 천이백 명이 등장하는 '루공-마카르 총서'에 등장하는 인물들을 분류하면 첫째로 서민-노동자, 군인, 둘째로 상인, 셋째로 부르조아지인 관리, 정치인, 넷째로 소외계층인 창녀, 살인자, 예술가, 사제 등으로 나눌 수 있다.

『목로주점』의 줄거리

『목로주점(L' Assommoir)』은 제르베즈(Gervaise)라는 여자의 일생을 이야기한다. 제르베즈는 앙트와느 마카르의 딸로서 한창 기운이 넘치는 스물두 살에 파리에 도착해서 마흔한 살에 죽을 때까지 한심한 일생을 산다. 소설의 무대는 프와소니에 문밖의 당시 파리 접경지대에 있는 구트 도르 구이다.

제르베즈는 고향 플라상에서 늘 술에 취해 폭력을 행사하는 아버지 마카르를 피해 모자 제조공 오귀스트 랑티에와 동거생활에 들어갔는데, 열네 살에 클로드를 낳고 열여덟 살에 에티엔느를 낳았다. 랑티에가 어머니로부터 상당한 유산을 받고 파리로 가고자 했기 때문에 그녀는 그를 따라 고향 플라상을 버리고 파리 외곽인 구트 도르 구에 자리 잡는다. 제르베즈는 파리에 자리잡았으나 게으른 랑티에의 도움을 받지 못한 채 빨래를 하며 네 식구를 먹여 살린다. 마누라에게 돈을 내놓으라고 폭언과 폭력을 일삼으며 건달 노릇을 하는 랑티에는 어느 날 두 아들과 제르베즈를 버리고 이웃 방에 살던 아델이라는 여자와 달아난다.

얼굴이 예쁘면서도 고통스럽게 살고 있는 제르베즈는 아연공 쿠포의 끈질긴 청혼을 받아들여 그와 결혼하고 세탁소의 빨래를 해주며 열심히 살아간다. 두 사람이 열심히 일한 덕택에 두 부부는 어느 정도 생활의 안정을 찾게 되자 세심하고 열성적인 노력으로 빚도 갚아가며 고되지만 희망을 갖고 생활한다. 이처럼 순탄한 생활에 파탄의 그림자가 드리우는 것은 쿠포가 말썽쟁이 딸 나나를 쳐다보다가 지붕에서 떨어져 다리가 부러지는 사건으로부터 시작된다.

그의 부러진 다리를 치료하느라고 두 부부는 쪼들리는 살림에 빚을 더 지게 된다. 남편 쿠포는 부러진 다리 때문에 일을 하지 않게 되자 게을러지고 술을 마시기 시작하며 점차 지붕에 올라가는 것도 무서워해서 아연공으로서 자격을 잃어간다. 그러나 제르베즈를 사모하는 대장장이 구제(Gouget)의 순결한 사랑 덕택으로 그녀는 그에게서 돈을 빌려 세탁소를 차리고 억척스런 노력을 기울여 세탁소를 번창하게 만든다. 그러나 쿠포는 점점 더 술을 많이 마셔 알코올 중독 상태에 빠지면서 처음의 착하고 성실하고 절약하던 생활을 벗어나 허세를 부리고 포악해지면서 낭비하는 생활을 하게 된다. 그 순간 모자 제조공 랑티에가 다시 나타나 제르베즈 부부의 집, 방 한 칸에 세를 들어 살게 된다.

남편의 허세와 과음과 게으름에 지친 제르베즈는 식탐에 빠지며 점점 게으름을 피우게 된다. 게다가 정신적인 쇠약은 무시무시한 육체적인 쇠약을 가져오게 되어 그 억척스런 생활력마저도 잃어버린다. 그녀 또한 알콜중독 상태에 빠질 정도로 술에 취해서 살게 되는 것이다. 그녀는 비르지니와 랑티에의 계략에 말려들어 마침내 파산 지경에 이르고 쿠포는 정신병원에서 죽는다. 혼자 남은 제르베즈도 계단 밑 공간에서 비참하게 생활하는 신세가 되었다가 결국에는 가난과 굶주림으로 죽은 시체로 발견된다.

주목할 만한 장면들

제르베즈의 비참한 생활은 제1장에서 랑티에가 제르베즈에게 돈을 내놓으라고 요구하는 데서부터 시작된다. 랑티에는 아델이라는 이웃집 여자와 놀러 다니느라고 제르베즈가 빨래해서 번 돈을 다 쓰고도 그녀의 옷을 전당포에 잡히거나 또 다시 돈을 요구한다. 하지만 그녀는 랑티에가 모자 만드는 일을 하게 되면 가난을 면할 수 있으리라는 희망 속에서 억척스럽게 살아간다.

당시 프랑스에서도 가난한 사람들이 모여서 동네의 온갖 소문을 주고받는 곳이 빨래터였던 것 같다. 그곳에서 랑티에가 이웃집 여자 아델과 놀아났다는 이야기를 제르베즈에게 알려준 당사자인 보슈 부인은, 아델의 자매인 비르지니가 나타나자 제르베즈와 싸움을 붙인다. 두 여자가 싸우는 장면은 너무나 적나라해서 빨래터 여자들에게 좋은 구경거리를 제공한다. 두 여자는 물을 끼얹고 저속한 말로 다투다가 몸싸움까지 벌인다. 제르베즈는 평소에 볼 수 없는 힘과 억척을 발휘하여 비르지니를 거꾸로 들고 속옷을 벗기며 빨래방망이로 엉덩이를 치면서 싸운다. 그것은 랑티에가 이미 제르베즈와 두 아들을 버리고 아델과 떠난 직후의 사건이다.

두 번째로 주목할 만한 것은 제2장에서 아연공 쿠포가 제르베즈의 미모와 성실성에 이끌려 청혼하는 장면이다. 쿠포는 그녀가 "죽도록 일을 하고 아이들을 돌보는 데다 온갖 종류의 옷가지들을 저녁마다 꿰매는 것을 보고 … 그녀가 대단히 용감하다고 생각했다." 그가 제르베즈에게 "주둥이 값도 못하면서 놀기 좋아하는 여자들도 있소" 하고는 칭찬을 하자 그녀는 이렇게 말한다.

> "제가 억척스럽다고 생각하는 것은 잘못이에요. 저는 반대로 아주 약해요. 바람이 부는 대로 가는 사람이지요. 누구에게 고통을 주기 싫으니까요. 제 꿈은 정직한 사람들 틈에서 사는 거예요."

이 말은 그녀가 억척스럽게 사는 것이 환경 때문이지만 그녀의 본성은 여성적인 연약함을 지니고 있다는 고백처럼 들린다. 그녀는 바람 부는 대로 사는 사람이라는 것을 말함으로써 쿠포의 사랑을 외면하고자 하는 스스로의 태도를 부인하고 정직한 사람들 틈에 사는 꿈을 이야기함으로써 가난이 사람을 정직하지 못하게 한다는 것을 이야기 한다. 랑티에가 떠난 지 두 달 만에 결국 제르베즈는 쿠포의 간절한 사랑을 받아들인다. 그 장면은 그들이 가난 속에서도 보여줄 수 있는 가장 아름다운 장면이다.

이 아름다운 장면 다음인 제3장에서는 두 사람이 결혼식에 이르는 과정이 나온다. 사랑이란 사회적 신분이나 재산, 명예와 상관없이 가능한 감정이지만, 결혼이란 그 모든 것이 관계된 현실적 제도이다. 가난한 사람들의 결혼식이 어떻게 이루어지는지 안다는 것은 겉으로 드러난 결혼식의 화려함 뒤에 숨겨져 있는 온갖 비참한 이야기를 안다는 것이다. 대개의 경우 그 비참한 이야기는 결혼의 화려함에 가려져 있어서 보이지 않을 따름이다. 작가는 그 화려함 뒤에 감추어진 비참함을 냉혹하게 제시하고 있다.

두 사람의 결혼 생활은 모든 신혼생활이 그런 것처럼 행복한 것이었다. 제4장의 서두는 이렇게 시작된다.

4년 동안의 고된 노동, 그 거리에서 제르베즈와 쿠포는 서로 싸우지도 않고 일요일마다 생투엥 방면으로 규칙적인 산보를 하는 좋은 부부로 소문이 나 있었다. 제르베즈는 포코니에 부인 집에서 하루 열두 시간씩 일을 하고도 집안을 아주 깨끗하게 해 놓은 채 아침저녁으로 밥을 해먹고 살았다. 남자는 술을 마시지 않았고 2주일마다 봉급을 그대로 가져오곤 하였으며 자리에 눕기 전에는 바람을 쐬기 위해 창가에서 파이프담배를 피우곤 하였다. 사람들은 그들에 대해 얌전하다고 이야기하곤 했다. 그들은 둘이서 매일 거의 9프랑 가까이 벌었으므로 수월찮은 돈을 모았으리라는 계산을 사람들은 하고 있었다.

이렇게 사는 젊은이들은 행복하지 않을 수 없다. 그들은 방 두 개의 새로운 집으로 이사를 하고 새로운 딸 '나나'를 낳는다. 같은 집에 세 들어 사는 대장장이 구제와 그 어머니를 알게 된 것도 이 무렵이다. 그러나 쿠포가 지붕에서 일을 하다가 발을 헛딛고 밑으로 떨어지는 사고가 일어난다. 그 사고는 딸 나나가 아빠를 부름으로써 일어난 것이기 때문에 나나의 존재가 가지고 있는 불길한 운명을 예고하고 있는 것처럼 보인다. 쿠포는 혼수상태에 빠졌다가 깨어나서도 4개월 이상 치료를 받아야 했다.

제르베즈는 쿠포가 나을 때까지 저축한 돈을 아낌없이 들여 극진하게 간호를 한다. 그녀는 구트 도르 구에 가게가 나왔다는 것을 알고 구제로부터 돈을 빌려서 세탁소를 꾸민다. 일을 할 수 없는 남편 대신 그녀는 자신이 주인으로 있는 세탁소를 열심히 꾸려서 상당한 수입을 올리고 생활의 안정을 찾아가게 된다. 그러나 무더위 속에서 지칠 줄 모르고 일을 해도 그녀의 빚은 줄지 않는다. 쿠포가 매일 술을 마시며 돈을 낭비하는 데다 시누이집에 있던 시어머니가 그녀의 집으로 들어왔기 때문에 생활비가 더 들었던 것이다. 급기야 쿠포는 포도주를 마시는 데 그치지 않고 브랜디를 마시기 시작함으로써 알콜중독 상태로 빠져 들어간다.

6장에는 알콜중독에 빠진 비자르 영감이 자기 부인에게 욕설을 퍼부으면서 폭력을 행사하는 장면이 나온다. 그것은 미래의 쿠포의 모습을 미리 보여주는 듯하다. 가난한 사람이 알코올에 빠져가는 모습을 가장 잘 보여주는 것이 이 장면이다.

가난한 사람들에게 나타나는 또 하나의 특징은 기회가 주어지면 음식을 엄청나게 먹어치우는 포식이다. 기독교의 성인 제르베즈의 축제일이 6월 19일이라는 것을 핑계 삼아 제르베즈는 큰 잔치를 준비한다. 먼저 초대할 사람을 12명으로 정하고 나자 추가로 초대해야 할 사람이 생기고, 장만해야 할 음식의 종류를 정하자 새로운 메뉴가 추가되어서 점점 더 많은 경비가 지출된다. 7장에는 바로 성인 제르베즈의 축제일에 그녀 주변의 모든 인물들이 모여서 그녀가 장만한 음식을 마음껏 먹고 마시는 장면이 나온다. 평소에 제대로 먹어보지 못한 음식이기도 하고 배불리 먹어본 적도 없는 가난한 사람들은 마치 걸신이라도 들린 것처럼 잔뜩 먹지만 음식이 남아돈다. 제르베즈는 자신이 그 축제일로 인해서 얼마나 금전적인 손해를 보는지 따져보지 않은 채 음식을 먹고 술을 마시며 즐거운 노래를 부르면서 놀이를 한다. 축제는 진정한 축제였지만 그것이 가난한 사람들이 할 만한 것은 아니었다. 그 와중에도 비르지니는 그녀에게, 랑티에가 그 동네에 나타났으니 언젠가는 그녀 앞에 나설 것이라는 소식을 전한다.

8장은 랑티에가 술 취한 쿠포를 따라 집에 나타나는 이야기다. 결국 우여곡절을 거쳐서 랑티에는 제르베즈 부부의 집에 기거를 하게 되고 그리하여 그가 그 집안일에 끼어들기 시작한다. 그 순간부터 세탁소는 운영이 어렵게 되고 그녀도 술을 마시기 시작한다. 무너져 가는 제르베즈를 구하기 위해 대장장이 구제는 그녀에게 자신과 함께 멀리 도망가서 살자는 사랑의 도피행각을 제안하지만, 그녀는 그 제안을 거절한다. 쿠포와 랑티에는 제르베즈에게서 돈을 얻어 지내는 기생충적인 생활을 하면서 그녀를 더욱 곤경으로 몰아넣는다. 게다가 랑티에는 제르베즈를 다시 차지하게 된다.

9장은 구제의 순정과 결별하면서 만사에 흥미를 잃은 제르베즈가 세탁소 일을 제대로 하지 않아서 손님도 일감도 줄고 수입도 줄어 갈수록 어려운 생활을 하게 된다는 내용이다. 그녀도 알콜중독 상태가 되고 따라서 어느 순간 온 식구가 굶어야 하는 처지에 이르게 된다. 비르지니가 세탁소 가게를 넘겨받고 싶어 한다는 것을 알게 된 제르베즈는 그것이 그녀의 복수의 방법이라는 것을 깨닫는다. 쿠포가 술에 취해 있는 상태에서 시어머니가 사망하자 그녀는 상중에 집세가 두 달치나 밀렸다는 통고를 받고도 비싼 장의차를 빌려 시어머니의 장사를 치른다. 쿠포와 제르베즈 부부는 파산을 하여 살던 집에서 쫓겨난 뒤 7층 계단 밑 방에 거처를 마련한다. 쿠포는 병원을 전전하며 치료를 받지만 알콜의 유혹을 벗어나지 못한 채 중독과 치료라는 악순환을 거듭하면서 딸 나나가 말썽꾸러기로 성장하는 것을 겪는다.

12장에서 제르베즈는 굶주림을 참지 못하여 몸을 파는 창녀가 된다. 그녀는 길거리에서 구제를 만나 여전히 자신을 사랑하는 그로부터 음식 대접을 받는데 그것은 그녀를 더욱 비참하게 만든다. 가난이 자기 자신을 더욱 빨리 죽여주지 않는 것을 한탄할 뿐이다.

제13장에서는 알콜중독에 걸린 쿠포가 정신병원에서 발작을 일으켜 소리를 지르다가 죽어간다. 의사는 쿠포의 아버지가 알콜중독

으로 술에 취해 지붕에서 떨어져 죽은 사실 그리고 쿠포의 어머니도 술을 마셨다는 사실을 밝혀낸다. 이에 병행해서 제르베즈 또한 폐인이 되어 굶기를 밥 먹 듯하며 온갖 모욕과 조롱 속에서 죽어간다. 그녀는 처음에는 그토록 착하고 부지런하며 아름다웠지만, 부모로부터 받은 유전적인 요소 때문에 삶의 위기에서 잘못된 선택을 할 수밖에 없었던 것이다. 그리고 그것은 그녀의 남편 쿠포도 마찬가지였다.

자연주의적 요소

제르베즈는 도살장과 병원으로 경계가 지어진 상징적이고 신화적인 세계에 갇힌 채 톱니바퀴 같은 악순환에 사로잡혀 있다. 아버지 쪽에서 물려받은 알콜중독과 어머니 쪽에서 물려받은 광기의 유전적인 성격 때문에 성실하고 억척스러웠던 그녀는 어느 순간부터 무기력하고 게으른 알코올 중독자로 전락한다. 가난은 인간을 악의와 질투의 화신으로 변화시켜 짐승으로 만들어버리고, 인간이라는 괴물은 노동자들을 서로 헐뜯게 만든다.

콜로브 영감의 머리로 쥐어짜낸 생각과, 노동자들이 사는 큰 건물의 더러운 때, 시궁창과 습기가 덧붙여진 그 장소는 이 소설의 분위기를 압도적으로 지배하는 묘사로서 압권이다. 이 불길한 운명의 힘에 대해서 여주인공은 아무런 대항도 하지 못하고 비극적 종말을 맞을 수밖에 없다. 가난이라는 '콜레라'에 비하면 알콜중독과 식탐의 유혹은 주인공이 빠질 수밖에 없는 새로운 함정일 따름이다.

작품에 대한 평가

『목로주점』이라는 흑색 소설은 가난한 사람들에 대한 연민의 소설로서 그 사회의 구조에 대해 문제를 제기한다기보다는 제도적 개혁의 필요성과 시급함을 주장하는 작품이다.

이 작품은 1876년 '파리 풍속 소설'이라는 부제로 『비엥 퓌블리크』에 연재가 시작되었으나 독자들의 항의로 6장에서 연재가 중단되었다가 『레퓌블리크 데 레트르』라는 잡지로 옮겨 7장부터 연재된 소설이다. 1877년 첫판이 발간된 이후 9개월 동안 50판이 나갔고 4년 동안 100판이 팔릴 정도로 당대에 베스트셀러가 된 이 작품은 가난하고 불우했던 작가에게 명성과 돈을 한꺼번에 가져다준다. 이 작품은 찬반양론을 불러일으킨 화제작으로서 특히 '더럽고 추한 어휘'로 비판을 받았으며 당대의 공화파와 사회주의 언론으로부터 "인민을 모독했다"는 공격을 받기도 했다. 빅토르 위고도 "비참과 불행을 그토록 적나라하게 묘사할 권리가 있는가" 하고 비난한 바 있다. 그러나 모파상을 비롯한 젊은 작가들로부터는 찬탄을 받았으며 그들로 하여금 메당의 별장에 모이게 만든다.

더 생각해볼 문제들

1. 이 소설에서 다루어지고 있는 파리의 가난한 사람들의 생활은 비참하고 악덕으로 가득 찬 것이다. 가난은 운명처럼 타고난 것인가 아니면 극복될 수 있는 것인가 생각해볼 필요가 있다.

   제르베즈는 한때 가난을 극복하는 데 성공한 것처럼 보였지만 부상을 당한 남편 쿠포가 게으름뱅이에다 주정꾼이 됨으로써 다시 가난의 나락으로 떨어지고 만다. 게다가 알콜중독과 같은, 그녀에게 유전적으로 감추어졌던 요소들이 다시 표면화되어서 불행을 맞게 된다. 제르베즈는 삶의 거대한 물결 앞에서 조각난 난파선인가, 아니면 온갖 유혹에 저항하지 못한 연약한 여자에 지나지 않는가 생각해보자.

2. 유전자 DNA의 지도가 완성된 오늘날 다시 유전학이 각광을 받고 있다. 동물을 복제하는 기술이 개발되고 머지않아 인간을 질병으로부터 구해줄 줄기세포의 배양이 가능할 것으로 전망된다. 여기에서 제기되는 것이 윤리문제이다. 인간은 유전적인 요소의 절대적인 지배를 받는다면 노력이나 교육이나 사회적 환경 같은 것은 의미를 잃게 될 것이다. 이 문제에 대한 깊이 있는 생각을 할 때 미래의 인류의 삶에 윤리적 해답을 얻을 수 있을 것이다. 그리고 이러한 유전적 요소와 관련하여 흔히 이 작품 뒤에 나온 『나나』를 『목로주점』의 속편이라고 하는데, 그렇다면 나나의 성장과정에다 이 작품의 주인공 제르베즈의 삶과 운명을 비교해보자.

추천할 만한 텍스트

『목로주점』, 에밀 졸라 지음, 손석린 옮김, 학원사, 1987.

김치수(金治洙)　이화여자대학교 명예교수.

서울대학교 문리대 불어불문학과 및 동 대학원(석사)을 졸업하고 프랑스 프로방스 대학 불문과에서 박사 학위를 받았다.

현대문학상(평론분문), 팔봉비평문학상을 수상한 바 있으며, 저서로 『문학의 목소리』(2006), 『삶의 허상과 소설의 진실』(2000), 『공감의 비평을 위하여』(1992), 『문학과 비평의 구조』(1982), 『박경리와 이청준』(1981), 『문학사회학을 위하여』(1979), 『한국소설의 공간』(1796), 『현대 한국문학의 이론』(1972) 등이 있다. 그리고 번역서로는 『낭만적 거짓과 소설적 진실』(르네 지라르), 『기원의 소설, 소설의 기원』(마르트 로베르), 『새로운 소설을 찾아서』(미셸 뷔토르), 『누보로망을 위하여』(로브그리예), 『나나』(졸라), 『대장 몬느』(알랭 푸르니에) 등이 있다.

앙띠유의 흑인들은 프랑스어에 얼마만큼 정통하느냐에 비례하여
그만큼 더 백인이 되어 갈 것이다. 다시 말해, 진정한 인간에 그만큼
가까워지게 될 것이다. 이것이 존재와 직면하여 인간이 갖는 태도 가운데
하나라는 점을 나는 너무도 잘 알고 있다. 하나의 언어를 소유한 인간은
결과적으로 그 언어가 표현하고 암시하는 세계를 소유하게 된다.
우리가 여기에서 도달하는 결론은 명백한데, 언어를 유창하게
구사함으로써 우리는 놀랄 만한 권위와 힘을 얻게 되는 것이다.
뽈 발레리는 이 점을 알고 있었으니, 그가 언어를 "길을 잘못 들어서는
바람에 몸을 드러낸 신" 으로 명명한 것은 이 때문이다.

프란츠 파농 (1925~1961)

프랑스의 식민지인 서인도 제도의 마르띠니끄(Martinique)에서 경제적으로 비교적 넉넉한 집안의 아들로 태어
났다. 18세가 되던 1943년 섬을 떠나 도미니카로 여행하여 '자유 프랑스군'에 입대하고 후에 프랑스군의 일원
으로 제2차 세계대전에 참전했으며, 전쟁이 끝난 후 고향으로 돌아갔다가 프랑스의 리옹으로 가서 장학금으로 의
학과 심리학을 공부했다. 그리고 이 무렵 그는 백인인 조시와 결혼하였다.
　1952년 식민지 백성의 심리에 대한 뛰어난 관찰서인 『검은 피부, 하얀 가면』을 출간했고 공부를 마친 후 1953
년부터는 프랑스와 알제리에서 의사로 활동했다. 1954년 11월 알제리 독립 전쟁이 발발하자 '민족 해방 전선'
에 참여하여 알제리의 독립을 위해 활동하는 가운데, 각종 신문이나 정기 간행물에 독립 운동과 관련한 기고를 하
기도 하고, 또 알제리 임시 정부의 외교관으로 독립군의 군수 물자 확보를 위해 힘썼다. 그러던 중에 백혈병 진단
을 받아 소련에 가서 치료를 받고 돌아왔으며, 그 후 탈식민화의 논리를 담은 또 하나의 명저 『지상의 저주받은 자
들(Les Damnnes de la terre)』을 집필했다. 이 책은 파농이 백혈병으로 사망하던 해인 1961년 장 뽈 사르트르
의 서문과 함께 출간되었다.

02

'검은 피부' 위의 '하얀 가면'
파농의 『검은 피부, 하얀 가면』

장경렬 | 서울대학교 영어영문학과 교수

언어의 문제와 정체성의 위기

유럽의 식민 지배 때문에 수많은 문화가 와해의 길을 걷지 않을 수 없었음을 역사는 너무도 생생하게 보여준다. 역사는 또한 적지 않은 문화가 유럽의 파괴적 약탈과 지배에도 불구하고 살아남았음도 보여 준다. 하지만 이들 문화가 살아남았다고 해서 "자체의 근원적 정체성"을 회복했다고 보기는 어렵다. 다시 말해, 많은 문화가 아직도 정체성의 위기에서 헤어나지 못하고 있다. 프란츠 파농(Frantz Fanon)의 표현을 빌리자면, 이들 문화는 여전히 "비존재의 지대, 극도로 메마른 불모의 지역"을 헤매고 있다고 할 수 있다. 파농의 『검은 피부, 하얀 가면(*Peau noire, masques blancs*)』은 바로 이 '비존재의 지대'에서 헤어나지 못하는 아프리카와 서인도 제도의 흑인들의 모습을 고통스럽게 투사한 자화상이다. 또는 '비존재의 지대'로 내몰리는 가운데 "거대한 심리·존재론적 열등감"의 노예로 전락한 흑인들의 모습을 예리하게 관찰하고 형상화한 그들 특유의 자화상이 『검은 피부, 하얀 가면』이다.

그들이 느끼는 열등감의 근원은 어디인가. 또는 그들이 느끼지 않을 수 없는 정체성의 위기는 어디에서 오는 것일까. 파농은 그와 같은 열등감과 위기가 무엇보다도 고유의 언어를 빼앗긴 채 지배자의 언어를 강요받는 가운데 싹트게 되었다고 주장한다. 즉, 식민지 지배자들이 기존의 언어를 말살하고 자신들의 언어를 강압적으로 이식하는 가운데 흑인들은 "근원적 정체성"을 상실하지 않을 수 없었고, 언어적으로 '원자화'되어 있던 흑인 사회는 유럽인의 언어라는 감옥에 갇힘으로써 정체성의 위기는 더욱 심화되지 않을 수 없었다는 것이 파농의 진단이다. 파농은 이처럼 "언어 현상에 근본적 의미를 부여함"으로써 흑인들이 갖는 열등감의 정체를 파헤칠 수 있다고 주장하고, 나아가 흑인들의 정체성 회복을 위해서는 이 같은 분석 작업이 하나의 선결 과제임을 말한다.

파농에 의하면, 언어란 어느 특정 집단의 문화를 보호하는 "옹벽과도 같은 역할"을 할 뿐만 아니라, 어떤 사람이 다른 사람과 어떤 관계에 있는가를 규정지어 주는 수단의 역할도 한다. 그 이유는 "말을 한다는 것은 절대적으로 타자를 위해 존재하는 것"일 수 있기 때문이다. 결국 타자의 언어를 사용하는 것은 타자가 소속되어 있는 문화적 맥락 안으로 자신을 투입시키는 행위가 된다. 파농에 의하면, "말을 한다는 것은 어떤 특정한 구문을 사용하고 이러저러한 언어의 어형을 이해하는 입장에 선다는 뜻도 될 수 있지만, 무엇보다도 어떤 한 문화를 떠맡고 그 문화가 갖는 문명의 무게를 감당한다는 뜻이 되기도 한다." 경우에 따라서는 타인의 문화와 언어에 자신을 연루시키다 보면 자신이 갖고 있던 기존의 문화와 언어를 포기하게 되는 수도 있다.

파농은 바로 이 같은 일이 아프리카와 서인도 제도의 식민지화과정에 일어나기 시작했다는 것이다. 당시 흑인들은 "식민지의 피지배자들은 지배국의 문화적 수준을 얼마만큼 수용하느냐에 따라 그만큼 원시적 밀림의 상태에서 벗어날 수 있다"는 논리를 믿도록 강요당했다는 것이다. 다시 말해, 자비로운 조력자의 역할을 가장하고서, 이른바 '미개인'과 '야만인'을 자비롭게 계몽한다는 미명아래, 식민지 지배자들은 그들 자신의 언어를 흑인들에게 강요했다는 것이다. 이윽고 "식민지의 피지배자들 ─ 다시 말해, 자기 지역의 문화적 원류가 죽어서 땅 속에 묻히는 가운데 일종의 열등감이 자신들의 영혼 속에 싹트게 된 사람들 ─ 은 문명화를 떠맡은 나라의 언어와 만나야 할 처지에 놓인 자신을 발견하게 된다." 결과적으로 두보이스(W. E. B. Dubois)가 말하듯 흑인들은 "진정한 의미에서의 자기 인식을 제공하지 않고 다만 타자에 대한 발견을 통해서만 자기를 파악할 수 있도록 하는 세계"에서 삶을 영위해야 할 운명에 처하게 되었다는 것(『흑인들의 영혼』)이 파농의 진단이다.

하지만 문제는 식민지의 피지배자들이 위에서 암시한 바의 정체성의 위기로 인해 고통받아야 한다는 사실에만 있는 것이 아니다. 여기에 덧붙여, 적지 않은 사람들이 지배자의 문화에 완전히 몰입함으로써 지배자와 동일한 지위를 보장받을 수 있으리라는 환상을 갖게 된다는 사실에도 문제가 있다. 아니, 이것이 더 심각한 문제다. 다시 말해, 흑인들은 "프랑스어〔나 그밖에 유럽인의 언어〕에 얼마만큼 정통하느냐에 비례하여 그만큼 더 백인이 되어 갈 것"이고, 따라서 "진정한 인간에 그만큼 더 가까워지게 될 것"이라는 믿음을 갖게 된다는 것이다. 이 지점에 이르게 되면 식민지 지배자는 더 이상 피지배자들에게 자신의 언어를 강요할 필요가 없게 된다. 그 이유는 피지배자들이 좀 더 백인에 가까워지려는 희망을 품고 기꺼이 자신의 문화적 원류인 언어를 거부하고 지배자의 언어와 문화를 받아들이려 할 것이기 때문이다. 파농의 표현을 빌리면, "백인이 되고자 하는 흑인은 백인들의 문화적 도구인 그들의 언어를 점점 더 유창하게 구사함에 따라 그만큼 더 백인이 될 것"이라는 논리에 완전히 얽매이게 된다. 요컨대, "백인들의 노예가 된 다음에 흑인들은 스스로를 노예화한다."

자발적 노예화에 빠져드는 흑인들의 문제점에 대한 파농의 지적은 두 차원으로 나누어 전개되는데, 이는 각각 흑인들 내부에서 일어나는 묘한 현상 및 백인들을 향한 흑인들의 태도나 정신 자세와 관련된 것이다. 파농이 지적하는 흑인들 내부에서 일어나는 묘한 현상을 선명하게 보여 주는 예 가운데 몇 가지만 살펴보기로 하자. 예컨대, "프랑스의 대도시 지역에서 상당 기간 체류한 다음 귀국하고 나면 그는 주위 흑인들에게 신격화되는" 경향이 있음에 주목할 수 있다. 또한 "언어를 완벽하게 구사하는 사람"이 주위의 흑인들한테서 "그는 거의 백인과 같은 사람이야"라는 말을 듣기도 하면서

"어이없는 두려움의 대상이 되는" 경우도 있다. 또 하나의 전형적 예로는 "세네갈 출신으로 오해받으면 화를 내는 앙띠유 출신의 흑인"을 들 수 있는데, 그 이유가 아주 흥미롭다. 파농에 의하면, 앙띠유 출신의 흑인들은 그들이 더 오랫동안 그리고 더 밀접하게 프랑스어와 관련을 맺어 왔고, 따라서 프랑스어에 더 능통하다는 이유로 자신들은 "더 '문명화' 된 흑인들 — 말하자면, 백인에 더 가까운 — 이라고 생각하기 때문이라는 것이다.

백인을 향한 흑인들의 태도나 정신 자세와 관련하여, 파농은 흑인들이 유럽의 언어에 능통하게 된 다음에도 항상 분노와 열등감을 함께 느낀다는 점을 지적한다. 흑인들이 분노감과 열등감을 느끼지 않을 수 없음은 "흑인에게 말을 건네는 백인은 항상 어린이를 대하는 어른처럼 행동하고, '검둥이 말투' 를 흉내내면서 억지웃음을 지어 보이거나, 속삭이듯 말하거나, 생색을 내거나, 속이려 들기 시작" 하기 때문이다. "검둥이는 어린애 같다" 라는 말이 암시하듯, 백인의 태도는 "검둥이에 대한 고정 관념" 을 반영하는 것이라고 할 수 있다. 요컨대, 백인들은 의식적으로든 무의식적으로든 어린애를 다루는 태도를 갖고, 나아가 '검둥이 말투' 를 사용해서 흑인들에게 말을 건네면 상대가 평안하게 느낄 것이라고 생각한다. 그런데 만일 흑인이 아주 심각하게 반응하면 백인의 지탱하던 "모든 구조는 와해되고 만다." 말하자면, 백인은 당황하게 된다. 결국 흑인의 관점에서 보면 백인의 언어에 능통함은 일종의 모순에 빠져드는 셈이 된다. 즉, '백인' 이 되기 위해 또는 야만인의 취급을 받지 않기 위해 흑인은 유럽인의 언어에 능통해야 하나, 유럽인의 언어에 능통해지면 질수록 그

파농의 『검은 피부, 하얀 가면』의 표지.

만큼 '백인'이 되기란 불가능하다는 사실을 절실하게 느껴야 한다. 그 이유는 물론 백인의 "검둥이 대한 고정 관념"을 그만큼 더 강하게 의식하지 않을 수 없기 때문이다. 백인의 입장에서 보면, 유럽인의 언어에 능통한 '검둥이'란 그만큼 더 묘하고 예외적인 존재로 비쳐질 뿐이다. 이런 맥락에서 백인들이 갖는 "검둥이에 대한 고정 관념" 또는 인종적 편견의 저변에는 피부색에 따른 차별이 놓여 있다는 사실을 흑인들은 고통스럽지만 깨달아야 하는 것이다.

'검둥이의 정체성'을 찾아서
그렇다면, 이 같은 자발적 노예화, 나아가 분노와 열등감에서 흑인들을 깨어나게 하기 위해서는 어떤 조처가 필요한가. 파농에 의하면, "중요한 것은 검둥이를 교육시키는 일이 아니라〔백인이 만들어 놓은〕원형적 흑인 이미지의 노예가 되지 않도록 검둥이를 지도

하는 일이다." 사실 식민지 피지배자에 대한 교육은 항상 지배자의 언어를 전제로 하기 때문에, 교육이란 피지배자들에게 지배자의 언어를 강요하는 가장 효율적인 방법이 될 수 있고, 그러다 보면 식민지배를 정당화시키는 근거가 되는 피지배자의 열등감을 영속화시키는 수단이 될 수 있다. 이 때문에 파농은 "검둥이의 열등의식은 끊임없이 그 열등의식과의 싸움을 계속해야 하는 최고의 교육을 받은 사람들 사이에 특히 강렬하다"는 웨스트먼(D. Westmann)의 의견에 동의한다. 교육받은 흑인들은 절망을 느끼면서도 여전히 "원주민의 언어를 유럽식 표현으로 치장하기도 하고, 유럽인의 언어를 사용하여 말을 하거나 글을 쓸 때 과장된 문구를 사용함으로써" 유럽인과 '동류의식'을 갖고자 한다. 말할 것도 없이, 그와 같은 반응은 바람직한 것이 되지 못하는데, 이를 통해 흑인들은 더욱 더 "백인이 되고자 하는 희망"의 정신적 노예로 전락하지 않을 수 없기 때문이다.

여기에서 우리는 또 다른 형태의 반응을 생각해 볼 수 있는데, 자신의 언어와 문화가 있음을 과시함으로써 흑인들은 '동류의식'을 추구할 수도 있을 것이다. 파농이 암시하는 바와 같이, "오늘날의 흑인들이 어떤 수를 써서라도 흑인의 문명이 존재한다는 사실을 백인들에게 증명해 보이려고 필사적인 노력을 하는 이유"는 바로 여기에서 찾을 수도 있을 것이다. 이와 관련하여 우리가 문제삼아야 할 것은 파농의 다음과 같은 견해이다. 즉, 그에 의하면 "식민지 상황에서 집적해 놓았던 거대한 양의 열등의식을 제거하는 데" 그런 종류의 필사적 노력 역시 도움이 되지 않는다는 것이다. 그 이유는

"검둥이 문화가 존재했다는 사실을 발견"함으로써 확인되는 "과거는 어떤 형태로든 현재의 순간을 사는 [흑인들]에게 길잡이 역할을 할 수 없"기 때문이다. "신비로운 과거를 들먹이며 현재와 미래를 부정하는 태도"는 특히 경계해야 한다는 입장을 파농이 고수함은 바로 이 때문이기도 하다. 그런 태도는 흑인들 스스로 자신들을 "거대한 암흑의 심연"에 파묻어 버릴 수도 있기 때문이다.

사실 열등감을 없애기 위해 잃어버린 과거의 언어나 문화를 되살리고자 하다면, 이는 결코 정신과 문화의 건전한 발전을 보장할 수 없다. 사람들은 병적으로 과거에 집착하기 쉽기 때문이다. 따라서 파농에 의하면, 흑인들의 정신과 문화를 건전한 것으로 만들기 위해서 "단 하나의 해결책"밖에 없다는 것이다. 무엇보다도 "다른 사람들이 나의 주변에서 벌이고 있는 이 부조리한 연극"을 넘어서서, '검은색'과 '하얀색'과 같이 "둘 다 받아들일 수 없는 대립 개념들을 모두 거부"한 다음, "전일적(全一的)인 하나의 인간상을 통해 보편에 도달할 수 있어야 한다"는 것이다. 파농이 과거를 부정하는 데에는 또 하나의 이유가 있는 것으로 판단된다. 만일 누군가가 "반항을 한다"면 이는 "자신의 문화를 발견했기" 때문이 아니라 "숨을 쉬기가 어렵기" 때문인 것이다. 결국 과거에 대한 부정이 『검은 피부, 하얀 가면』의 주조(主調)를 이루게 된다. 이와 관련하여 파농의 다음 발언에 주목할 수 있을 것이다.

나는 결코 유색 인종의 과거에서 나의 존재 이유를 끌어오지는 말아야 한다. 나는 결코 부당하게 그 권위를 인정받고 있는 검둥이 문화를 부활시키는 데 나 자신을 바치지는 말아야 한다. 나는 결코 나 자신을 과거의 인간으로 만들지 않을 것이다. 나는 나의 현재와 미래를 희생시킨 채 과거를 찬양하지는 않을 것이다.

　여기까지 보면 아무런 논리상의 하자가 없는 것처럼 보인다. 하지만 우리가 인정해야만 할 사실이 있다. 과거가 없다면 '반항' 다음에 미래의 사회가 어디로 나아갈 것인가의 방향 설정이 가능할 수 있는지? 어떤 방향으로 나아갈 것인가의 행로를 잡을 수는 있는지? 어떤 의미에서 보면, "정당하게 그 권위를 인정받은 과거의 문화"가 없다면 '저항'을 계속하는 데 필수적 요소가 되는 자존 의식을 지탱할 수 없다. 이 지점에 이르러 우리는 파농이 과거를 거부한 진짜 이유가 무엇인지를 생각해 보지 않을 수 없다. 무엇보다도 중요한 것은 마르티니크 출신의 파농 자신이 유럽의 식민주의 때문에 문화를 거세당한 희생자 가운데 하나라는 점을 잊지 말아야 할 것이다. 그러니까 18세기 초엽 식민지 지배자들은 마르티니크의 원주민을 완전히 제거한 다음 아프리카로부터 노예를 데려 왔는데, 이들 가운데 하나가 바로 파농의 조상인 셈이다. 파농의 조상들은 '강제로' 아프리카라는 고향에서 뿌리뽑히게 되었기 때문에 그들은 당연히 일종의 '상실감'을 체험하지 않을 수 없었을 것이고, 그 감정은 파농에게도 이어져 내려 왔을 것임에 틀림없다. 설상가상으로 노예 상태가 그들의 삶의 조건인 이상 그들은 종족의 언어는커녕 그들 자신의 정체감마저 보존하기 어려웠을 것이다. 다시 말해, 그들은 지리적으로 정신적으로 일종의 뿌리뽑힘의 느낌에 시달리지 않을 수 없었을 것이다. 그들이 노예 상태로부터 해방되었을 때 조차도 상황이 나아진 것은 아니다. 모든 것을 완전히 상실하여 남은 것이라고는 하나도 없는 마당에 어떤 방법으로 자신들의 정체성을 찾을 수 있겠는가. 노예 상태라는 과거밖에 남아 있지 않을 때 그들이 선택할 수 있는 길은 단 하나이다. 즉, 파농의 지적과 같이, "하나의 운명만이 있는데, 그것은 바로 백인이 되는 길이다." 따라서 체스터 폰트노트 2세(Chester J. Fontenot, Jr.)가 파농에 대한 전기에서 주장한 바와 같이, 파농의 논리에는 일종의 아이러니가 존재한다.

> 흑인은 스스로를 노예 세계의 족쇄로부터 벗어나기 전에 자신의 미래를 식민지 지배자의 미래에 동일한 방향으로 나아가게 할 수 있는가 없는가에 그의 운명이 달려 있음을 깨달아야만 한다. 그는 인간 대접을 받을 수 있는 긍정의 지대로 들어가기 위해 바늘구멍과도 같은 좁은 통로를 통과해야 하는데, 이에 앞서 무엇보다도 먼저 백인의 지위를 얻으려고 노력해야만 한다.

백인의 지위에까지 올라가야 한다는 절대 과제 앞에서 파농은 과거로 돌아갈 여지가 없다는 주장을 하지 않을 수 없었던 것이다. 요컨대, 과거에 대한 파농의 부정은 파농과 그의 마르티니크 사람들에게 부과된 특수 상황이 고려할 때에만 정당화할 수 있는 것이다. 말하자면, 누구나 과거를 부정해야 할 위치에 있는 것은 아니다.

파농이 처한 특수 상황을 고려한다고 하더라도 우리는 쉽게 과거를 부정할 수 없다. 왜냐하면 과거란 한 인간의 정체성을 확립하는 데 필수 요건이 되기 때문이다. 이와 관련하여 파농의 고뇌가 어떤 것이었을까를 짐작할 수 있을 것이다. "검둥이의 과거가 없이는, 검둥이의 미래가 없이는, 검둥이로서의 나 자신의 삶을 살기가 불가능하다. 아직 백인도 아니고, 그렇다고 더 이상 검둥이도 아니라는 저주가 나에게 내린 것이다." 파농이 느끼는 '저주'의 본질은 무엇인가. 그는 심지어 "아폴로를 이야기하"면서도 '죄스러움'을 느낀다. 그 이유는 아마도 그에게는 "검둥이로서의 나 자신"의 삶을 살방도가 없었기 때문일 것이다. 다만 프랑스어만이 그에게 자신의 존재를 확인시켜 주는 수단이 되고 있지 않은가. 요컨대, 그에게는 "검둥이로서의 나 자신"의 '뿌리'를 더듬어 갈 수 있는 나름의 언어도, 문화도 갖고 있지 않다. 절망 속에서 그는 "어쩔 수 없어. 나는 백인이야"라고 말하는 상황까지 내몰리게 된 것이다. 하나의 구체적 예가 언어에 대한 파농의 절망을 극적으로 보여 주고 있다. 그가 "백인의 언어를 사용하여 몹시도 흥미로운 이 문제에 대해 연구를할 수 있게 되었다"는 사실을 놓고, "프랑스 사람 가운데 알던 사람하나가 〔그〕에게 '당신은 근본적으로 백인입니다'라는 말을 열광적인 어조로 했다"는 것이다. 이런 의미에서 볼 때, 프랑스어라는유럽인의 언어를 사용하여 흑인이 쓴 책인『검은 피부, 하얀 가면』자체는 일종의 '자기 지시적(self-referential)'인 것일 수 있다. 즉, 파농이 '하얀 가면'으로 자신의 '검은 피부'를 숨기고 있는 사람임을 증명해 주는 것이 바로 이 책일 수 있다. 따지고 보면, 위의 말에서 "백인의 언어를 사용하여 … 할 수 있게 되었다"는 "백인의 언어를 사용하지 않고서는 … 어찌해 볼 도리가 없었다"로 바꾸어야 할지도 모른다. 바로 이 점을 염두에 둘 때 우리는 비로소 파농의 다음과 같은 주장이 갖는 의미를 제대로 이해할 수 있을 것이다.

> 검둥이는 어떤 의미에서 보다라도 백인 문명의 희생자이다. 앙띠유 [즉, 마르티니크] 출신의 시인은 어떠한 자기 특징을 드러내지 않고 있다는 점은 놀라운 일이 되지 못한다. 그들은 곧 백인인 셈이다.

이와 관련하여 우리는 역사적으로 밝혀진 바와 같이 1958년 주로 에이메 세제르(Aimé Césaire)와 같은 사람들의 노력에 주로 힘입어 마르티니크를 프랑스에 완전히 합병하자는 투표를 했다는 점에 주목하지 않을 수 없다. 마르띠니끄의 대표적 흑인 시인인 세제르가 파농뿐만 아니라 많은 흑인 지식인들에게 엄청난 영향을 미쳤다는 사실은 결코 소홀히 넘길 일만은 아니다.

여기에서 우리는 잠깐 아프리카의 상황에 눈을 돌리지 않을 수 없다. 아프리카 사람들의 경우 그들은 적어도 지리적 연속성을 유지할 수 있었기 때문에, 정체성을 추구하는 과정에 과거란 아주 중요한 요소가 된다. 어떤 이는 오늘날 아프리카의 정치 문화적 상황에 주목하면서, 유럽인의 언어가 없었다면 다양한 종족으로 구성된 아프리카의 수많은 나라들이 어떻게 나라의 형태를 갖출 수 있었겠느냐는 반문을 하기도 한다. 그리고 극히 제한된 수의 사람들만이 사용하는 수많은 각양각색의 언어가 정치적으로나 문화적으로나 얼마나 비효율적인 것인가를 힘주어 말하면서, 아프리카에서 유럽인의 언어가 얼마나 긍정적 역할을 했는가에 우리의 주의를 환기시키려는 식의 가당찮은 시도를 하기도 한다. 이어서, 인도나 그밖에 일부 아프리카의 예를 들면서, 외래 언어를 채택하더라도 한 나라의 문화적 정체성을 파괴되지 않을 수 있음을 증명하려는 시도도 할 수 있다. 하지만 우리는 아프리카 사람들이 최소한 지리적 연속성으로 인해 그들의 문화를 보존할 수 있었다는 사실을 잊지 말아야 할 것이다. 또한 인도의 경우에는 유럽의 것과 비교가 안 될 만큼의 긴 문화적 역사를 지니고 있다는 사실을 결코 간과해서는 안 된다. 자체의 문화가 완전히 뿌리뽑히지 않은 상황에서는 유럽인의 언어가 경제적으로나 정치적으로 도움이 될 수 있을지 모른다. 아울러, 파농이 처한 고뇌의 '지대'로 아프리카를 완전히 몰아넣는 역할을 하지 않을지도 모른다. 물론 이 역시 아무런 의문 없이 받아들이기는 어려운 주장이긴 하다.

이 지점에 이르러 우리는 비로소 무슨 이유로 파농이 "검둥이로서의 정체성"을 찾고자 그토록 필사적 노력을 했던가를 비로소 이해할 수 있다. 그는 말한다.

> 나 자신은 무언가의 가능성이 아니라, 그냥 있는 그대로의 나일 뿐이다.… 나의 내부 어디에도 가능성이 자리잡을 곳은 없다. 나의 검둥이 의식이 스스로를 드러낼 때, 이는 무언가가 결핍되어 있는 상태로 드러나는 것은 아니다.

"검둥이로서의 정체성"을 추구하는 과정에 파농은 "확실한 역사적 장소"를 이야기하고, 심지어 '2,000년'의 역사까지도 이야기한다.

> 백인들의 생각은 틀린 것이다. 나는 미개인도 아니고, 반쯤 되다 만
> 인간도 아니다. 나는 이미 2,000년 전에 금과 은을 가지고 세공을
> 하던 종족의 후예이다. 그리고 또한 무언가가, 백인들이 결코 이해
> 할 수 없는 무언가가 나에게는 있다.

요컨대, 심지어 파농조차도 과거의 그림자로부터 완전히 벗어날
수는 없었던 것이다. 하지만, 이미 우리가 주목한 바와 같이, 종족
의 문화와 언어가 뿌리뽑힌 상태에 있기 때문에 그는 과거에 대한
'구체적' 감각을 지닐 수 없었던 것도 사실이다. 따라서 그의 논의
는 추상화되어 가는 경향을 보인다. 하나의 예로 "백인 세계의 반대
편 끄트머리에서 마술적인 검둥이의 문화가 나에게 열렬한 갈채를
보낸다"와 같은 구절이 갖는 추상성에 유의하기 바란다.

이런 상황에서는 회의주의가 필연적 귀결이 되지 않을 수 없다.
즉, "이것이 우리의 구원이란 말인가"라는 질문이 나올 법한 것이
다. "과거는 어떤 형태로든 현재의 순간을 사는 [파농]에게 길잡이
역할을 할 수 없"다는 점에서 보면, 추상화된 과거는 구원의 단서가
될 수 없다. 하지만 동시에, "검둥이의 과거가 없이는, 검둥이의 미
래가 없이는, 검둥이로서의 나 자신의 삶을 살기가 불가능하다"는
점에서 보면, 그러한 과거조차 없이는 구원은 불가능한 것이다. 요
컨대, 파농의 태도는 모호하기도 하도 때로는 혼란스럽기까지 하
다. 우리는 아마도 그 이유를 그가 처한 특수 상황 — 반(反)이성에

호소하도록 그를 몰아간 그만의 특수 상황 — 에서 그 원인을 찾을 수 있을지도 모른다.

> 이성의 차원에서는 어떠한 합의에도 도달하기가 불가능했기 때문에 나는 반이성의 상태로 내 자신을 몰아갔던 것이다. 나보다 더 이성을 잃든 잃지 않든 그것은 백인들 마음대로다. 나의 투쟁에 필요했기 때문에 나는 퇴행적 방법을 선택했던 것이다.

하지만 보다 더 근본적 원인은 무언가 구체적 해답의 실마리를 어디에서도 찾을 수 없었다는 데에 있는 것처럼 보인다. 즉, 그에게는 궁극적으로 식민지 지배자들의 언어와 문화를 대체할 수 있는 어떤 문화도, 자체의 언어도 존재하지 않는다는 데에서 원인을 찾아야 할 것이다. 결과적으로 『검은 피부, 하얀 가면』에서 파농이 언어의 문제에 초점을 맞추어 '현대의 검둥이'에 대한 예리한 비판을 가하고 있음에도 불구하고, 그의 시야는 근본적으로 선명하지 못한 것으로 판단된다. 무엇보다도 그는 언어와 문화의 문제와 관련하여 직접적 해결책을 제시하지 못하고 있는 것이다.

어떻게 보면, 식민지 피지배자들과 그들의 문화 사이에 유럽인의 언어가 세웠던 장벽을 깨뜨리는 지점에 이르기까지 파농이 자신의 분석을 철저하게 수행할 수 없었던 이유도 여기에서 찾을 수 있을 것이다. 즉, 파농에게는 유럽인의 언어가 없다면 정신적으로 존재가 불가능했을 것이고, 따라서 『검은 피부, 하얀 가면』이라는 비판서 자체도 불가능했을 것이다. 다음과 같은 파농의 주장에도 불구하고, 그가 "갈등의 진정한 원인" 또는 문제의 진정한 핵심을 피하고 있는 것처럼 보이는 이유는 이 때문일 것이다.

> 피부 색깔 때문에 흑인이 사회생활을 영위하기가 어려워진다면 … 내가 목표하는 바는 그들에게 "자신의 자리를 지키도록" 충고함으로써 사회 자체를 단념하도록 유도하는 데 있는 것이 아니다. 반대로 내가 목표하는 바는 … 진정한 갈등의 원인에 직면하여, 다시 말해 사회 구조에 대응하여 적극적이건 (소극적이건) 무언가의 행동을 취하는 위치에 자신을 세우도록 하는 데 있다.

파농의 교훈

이상의 관점에서 보면, 파농이 해결책으로 제시하고 있는 것은 결코 해결책이 아닐 수도 있다. 그것은 다만 피지배자의 자유를 부르짖기 위한 구호에 불과한 것일 수도 있다. 이와 관련하여 파농의 다음 발언에 유의하기 바란다.

> 검둥이들에게는 다만 하나의 해결책이 있으니, 이는 싸우는 일이다. 검둥이는 이러한 투쟁을 시작할 것이며, 이를 지향할 것인데 … 이는 다만 착취와 궁핍과 기아에 대한 전쟁의 형태가 아니고서는 달리 그의 삶의 형태를 생각할 수 없기 때문이다.

파농은 또한 이 같은 투쟁이 "노동자 계급의 사람들"에 의해 가장 효과적으로 수행될 수 있다고 믿는다. "중산 계급 사회는 … 미리 결정된 형태로 굳어져 있어서 모든 진화와 모든 증진과 모든 진보와 모든 발견을 허락하지 않기" 때문에 희망을 걸 수 없다는 것이 파농의 견해이다. 그와 같은 논리를 파농은 『지상의 버림받은 자들』을 통해 열정적 어조로 전개하고 있는데, 이 책을 통해 그는 사회적으로 힘이 없는 무산자들에게 폭력에 호소할 것을 주문하고 있다.

  "생명을 걸어야만 자유를 얻을 수" 있으며, "인간적 현실 자체는 갈등에 따르는 위험을 감수하는 가운데 달성될 수 있다"는 파농의 주장은 옳은 것일 수 있다. 그리고 "검둥이들은 자유를 위해 싸워본 적이 없었기" 때문에 "자유를 위해 치러야 할 희생이 어떤 것인지를 모른다"는 파농의 주장 역시 나름의 호소력을 갖는 것일 수도 있다. 하지만 폭력은 다만 새로운 폭력을 낳을 뿐이며, 폭력 자체는 인간성의 지표가 될 수는 없다. 이러한 논리는 물론 백인들이 이제까지 흑인들에게 가했던 폭력에도 적용되는 말이다. 하지만 문제는 여기에 있다. 이 폭력 앞에서 "모든 진화와 모든 증진과 모든 진보와 모든 발견"의 기회를 빼앗겼던 식민지 피지배자들은 과연 어떻게 대처해야 하는가. 폭력에 맞서기 위한 유일한 방법은 다름아닌 폭력일 수도 있지 않을까. 그럼에도 불구하고, 여기에서 우리는 다시 폭력은 폭력을 낳는다는 말로 되돌아가지 않을 수 없다. 그렇다고 해서 폭력의 원인 제공자에게 참회를 기다리고 있을 수만은 없지 않은가. 그리고 그들이 과연 진정한 참회의 순간을 가질 것인가. 마치 파농이 언어의 문제를 놓고 구체적 해결책을 제시할 수 없었듯이, 우리도 역시 이 문제에 대해 구체적 해결책을 제시할 수 없다. 아니, 보다 심각한 문제는 언어의 문제에 관련하여 파농이 아무런 구체적 해결책을 제시하고 있지 않다고 비판하면서도 우리 역시 아무런 대안을 제시하지 못한다는 데 있다. 우리는 또 하나의 파농이 되어 있는 것이 아닐까. 아니면, 우리 자신이 비판의 대상이 되어야 함에도 불구하고 비판적 언어라는 또 하나의 '가면'으로 우리 자신의 참모습을 가리고 있는 것은 아닐까.

이 같은 회의에도 불구하고, 우리가 파농을 되돌아보고 파농의 한계를 가늠해 보는 이유는 어쩌면 우리 사회의 구성원들이 보이지 않는 '하얀 가면'에 매료된 채 방향 감각을 잃어가고 있는지 모르기 때문이다. 그런 의미에서 파농의 예지와 고뇌, 희망과 절망은 우리에게 결코 예사로운 것이 아니다. 각종의 인쇄 매체, 방송이나 신문 등의 전달 매체, 대중 예술이나 상품 광고, 일상의 대화, 어느 곳에서나 우리는 '황색의 피부'를 가린 '하얀 가면'들과 만날 수 있지 않은가. 문제는 '하얀 가면'으로 '황색의 피부'를 가리고 있다는 사실 그 자체에만 있는 것이 아니다. 파농이 문제삼았던 '검둥이'의 상황이 '약탈자'들의 강요와 유인에 따른 어쩔 수 없는 것이었다면, 우리의 상황은 자발적인 것으로 비쳐지기까지 한다는 점에서 문제는 그만큼 더 심각한 것일 수 있기 때문이다. 만일 이 같은 우리의 판단이 잘못된 것이라면 세계는 지금 어디로 가는 것일까. 우리는 지금 우리들 자신도 모르게 보다 더 교묘한 약탈과 지배의 논리에 희생자가 되고 있는 것은 아닐까. 이 물음에 우리는 어떤 답을 할 수 있을까. 또한 우리가 취해야 할 방도는 무엇일까. 이 모든 물음을 앞에서 우리는 어쩔 수 없이 또 하나의 파농이 되어야 할지도 모른다.

더 생각해볼 문제들

1. 제2세계가 몰락한 현재에도 '제3세계'라는 개념은 아직 유효한 것인가. '제3세계'란 '제1세계'나 '제2세계'와는 구분되는 아시아, 아프리카, 라틴 아메리카의 여러 국가들을 지칭하는 말로 파농이 처음 사용한 것으로 알려져 있다. 이 말이 의미하는 바가 무엇인지를 추정해 보고, 나아가 이 말이 경제적으로 문화적으로 여전히 유효한 개념일 수 있다면 어떤 의미에서 그러할까?

2. 파농은 "하나의 언어를 소유한 인간은 결과적으로 그 언어가 표현하고 암시하는 세계를 소유"하게 되며, "언어를 유창하게 구사함으로써 우리는 놀랄 만함 힘을 얻게" 된다고 말한 바 있다. 이 말이 뜻하는 바를 파농의 『검은 피부, 하얀 가면』에 비추어 밝혀 보시오. 아울러, 인간의 언어를 "길을 잘못 들어서는 바람에 몸을 드러낸 신"으로 규정한 뽈 발레리의 말이 의미하는 바가 무엇인지를 밝혀 보시오.

3. 식민 지배자들은 언어를 주입함으로써 피지배자들의 노예화를 이끌고, 결국에는 피지배자들의 자발적인 노예화를 이끈다는 것이 파농의 주장이다. 이 말이 의미하는 바를 파농의 논리에 따라 설명해 보시오.

추천할 만한 텍스트

『검은 피부, 하얀 가면』, 프란츠 파농 저, 이석호 역, 인간사랑, 1998년 3월.

장경렬(張敬烈)

서울대학교 영어영문학과 교수.

서울대학교 영문과를 졸업하고 미국 오스틴 소재 텍사스 대학교에서 영문학으로 박사 학위를 취득했다. 저서로는 문학 평론집 『미로에서 길 찾기』(1987), 『신비의 거울을 찾아서』(2004) 등이 있으며, 번역서로 『내 사랑하는 사람들의 잠든 모습을 보며』(리영 리 저, 2000), 『먹고, 쏘고, 튄다』(린 트러스 저, 2005), 『윌리엄 셰익스피어』(앤토니 홀든 저, 2005) 등이 있다.

농부여, 직공이여, 말없는 목동이여,

수호신 과나꼬의 조련사여,

가파른 발판 위의 미장이여,

안데스의 눈물을 길어오는 물꾼이여,

손가락이 다 짓무른 보석공이여,

씨앗 속에서 떨고 있는 농부여,

너의 점토 속에 흩뿌려진 도자기공이여,

—「마추피추 산정」시12

파블로 네루다(1904~1973)

칠레의 시인으로 대표작으로는 『스무 편의 사랑의 시와 한 편의 절망의 노래』(1924), 『지상의 거처』(1933, 1935), 『모두의 노래』(1950) 등이 있다.

외교관으로 주재하던 스페인에서 내전의 참상을 목격하고 지식인으로서의 책무에 대해 고뇌하기 시작했다. 이후 반파시즘 및 반제국주의 노선을 걸으면서 칠레 좌파를 상징하는 행동하는 지식인으로 추앙받았다. 문학적으로도 제3세계 문학을 대표하는 작가로 꼽혔으며, 이를 인정받아 1971년 노벨문학상을 수상하였다. 피노체트가 군부 쿠데타를 일으킨 직후 지병이 악화되어 사망하였다.

04

시대의 아픔과 이상을 노래한 대서사시집
네루다의 『모두의 노래』

우석균 | 서울대학교 언어교육원 연구원

노래하는 도망자가 되어

무려 15장 231편의 시로 구성된 서사시집이 있다면 그 분량만으로
도 족히 기념비적인 작품이라 할 수 있으리라. 더구나 마치 백과사
전을 연상시킬 정도로 라틴아메리카의 역사, 자연, 지리, 인물 등등
모든 것을 한 권의 시집에 다 담고자 했다면 저자의 그 원대한 포부
역시 기념비적이라 할 수 있다. 칠레 시인 파블로 네루다(Pablo
Neruda)의 『모두의 노래 (*Canto general*)』(1950)를 두고 하는 말
이다. 그런데 정말로 기념비적인 사실은 네루다가 이 시집의 대부
분의 시들을 1년 남짓 이집 저집을 옮겨 다니는 도피생활을 하며
썼다는 사실이다. 과연 무엇이 네루다를 그 고단한 와중에서도 쉬
지 않고 노래하는 도망자로 만든 것일까?

우리나라에 민족상잔의 비극이 잉태되고 있던 바로 그 시절에 네루다가 『모두의 노래』를 한창 쓰고 있었다는 점은 결코 우연이 아니다. 볼리비아에 혁명의 밀알을 뿌리고자 게릴라전을 수행하던 체 게바라가 1967년 사로잡혀 처형되었을 때 그의 유품 중에 『모두의 노래』가 끼어있었던 것도 우연이 아니다. 『모두의 노래』가 수탈과 이념과 전쟁으로 점철된 냉혹한 현대사의 산물이기 때문이다. 약육강식의 법칙이 인간 사회에도 고스란히 통용되던 그 시절, 피눈물을 흘리며 해방의 날이 오기만을 간절히 기다리던 무수한 사람들이 있었다. 그리고 『모두의 노래』는 바로 이들을 대변하여 현실을 고발함으로써 영원한 생명을 얻었다.

처음으로 시에 저주를 담다

네루다가 처음부터 타인의 아픔을 대변하리라는 사명감을 가지고 있었던 것은 아니다. 그는 『스무 편의 사랑의 시와 한 편의 절망의 노래(Veinte poemas de amor y una canciodesesperada)』(1924)에서는 사랑의 시인이었고, 『지상의 거처(Residencia en la tierra)』(1933, 1935)에서는 자아의 문제를 실험적인 기법으로 탐구한 아방가르드 시인이었을 뿐이다.

그러던 그가 정의롭지 못한 사회현실을 소리 높여 고발하는 시인으로 변모하게 된 것은 1936년 발발한 스페인 내전[1]을 겪으면서였

---

1) 스페인 내전은 프랑코 장군의 반란으로 시작되어 1939년 종결되었다. 프랑코가 파시스트였기 때문에 흔히 스페인 내전을 2차 세계대전의 전주곡이었다고 말한다.

다. 네루다는 1934년 바르셀로나 주재 영사로 부임했으며, 이듬해 에는 마드리드 영사로 자리를 옮긴 바 있다. 마드리드에서 네루다 는 처음으로 문화적 향취를 만끽할 수 있었다. 사실 그때까지만 해 도 네루다의 삶은 늘 무엇인가 크게 결핍되어 있었다. 유년기를 보 낸 떼무꼬는 비록 네루다 시세계의 뿌리가 된 태초의 대자연을 경 험하게 해주었지만 문화적으로는 불모지나 마찬가지였다. 수도 산 띠아고에서 보낸 청년 시절은 궁핍한 생활의 연속이었고, 아시아에 서 외교관으로 근무하던 시절에는 낯선 땅에 홀로 내팽겨진 듯한 절대고독에 몸부림쳐야 했다. 반면, 1920~30년대의 스페인은 우 선 네루다처럼 아방가르드에 관심을 가진 시인들이 많았다. 특히 27세대라 불리는 일군의 젊은 시인들이 문예부흥을 선도하면서 네 루다는 시에 흠뻑 젖어 살 수 있었다. 그런 분위기가 너무도 좋아 '꽃의 집'이라는 애칭으로 불리던 자신의 집을 예술인들의 사랑방 처럼 만들었을 정도였다.

이 모든 것을 앗아간 것은 파시즘이라는 역사의 악령이었다. 내 전이 발발한 지 한 달 만에 절친했던 친구인 페데리코 가르시아 로 르카(Federico García Lorca)[2]가 파시스트들에게 암살당하면서 네루다는 피눈물을 흘려야 했다. 또한 예술과 문화의 메카였던 마 드리드가 내전의 와중에 잿더미가 되면서 시인은 스페인 국민들보 다 더 큰 분노를 느꼈다. 그 무렵에 쓴 시들을 모은 『가슴속의 스페

---

2) 스페인의 시인이자 극작가로 27세대의 주역이었다. 아방가르드와 스페인 남부 안달루시아 지방의 전통을 잘 조화시킴으로써 스페인을 대표하는 문인이라는 평가를 받았다.

인(『*Espana an el corazon*』(1937)에서 네루다는 파시스트들을 비난하며 처음으로 시에 저주를 담았다.

> 자칼도 내쳐버릴 자칼들
> 메마른 선인장도 씹다 뱉어버릴 돌멩이들
> 독사들도 증오할 독사들
> ―「몇 가지에 대해 설명하리라(Explico algunas cosas)」

　네루다가 이후 고백하는 것처럼 세상이 변하면서 그의 시도 변하였다. 그에게 이제 시는 더 이상 숭고하고 아름답거나 혹은 존재를 탐구하는 예술이 아니었다. 역사와 사회가 화두가 된 『모두의 노래』는 스페인 내전 때 사회현실에 눈을 뜨지 못했다면 결코 탄생하지 않았을 것이다.

마추피추3)산정의 깨달음

네루다가 라틴아메리카 전체를 포괄하는 『모두의 노래』를 쓰겠다고 결심한 것은 1943년 페루의 마추피추 유적을 방문하면서였다. 그 이전에는 단지 칠레에 대한 시집을 계획하고 있었을 뿐이다. 『모두의 노래』 7장인 「칠레의 모든 노래(Canto general de Chile)」가 애초에 네루다가 계획하던 시집이었다. 그러나 마추피추 산정에서

---

3) 마추피추 산정의 유적은 아무도 그 존재를 몰라 1911년에 발견되었다. 그 덕분에 잉카의 건축물들이 정복자들에게 파괴되지 않고 고스란히 보존될 수 있었다.

얻은 깨달음 때문에 인식의 지평을 칠레에서 라틴아메리카 전체로 확장하게 되었다.

그 깨달음의 기록이기도 한 『모두의 노래』 2장 「마추피추 산정 (Alturas de Macchu Picchu)」은 이미 1945년 집필하여 이듬해 별도의 시집으로 출판한 바 있다. 네루다가 마추피추 산정에서 그만큼 강렬한 인상을 받았다는 반증이다. 비평가들로부터 가장 호평을 받은 2장에서 마지막을 장식하는 시12는 "올라와 나와 함께 태어나자, 형제여"라는 구절로 시작한다. 이 시구에서 '형제'는 잉카 시대의 민중을 지칭한다. 네루다가 안데스 원주민을 동포로 받아들인 점이 무척이나 의미심장하다. 훗날 네루다는 마추피추 산정에 올랐을 때 실제로 자신이 칠레인이요, 페루인이요, 나아가 라틴아메리카인이라 느꼈다고 회고한 바 있다. 라틴아메리카인이 하나라는 깨달음이 네루다로 하여금 칠레에 대한 시집이 아닌 라틴아메리카 전체를 "통합시키고 발견하고 건설하고 되찾을" 『모두의 노래』 같은 작품을 모색하게 만든 것이다.

네루다가 마추피추에 오른 지 8년 뒤인 1951년 체 게바라가 자기가 살고 있는 땅에 대하여 알아야겠다며 무전여행을 떠났다. 그리고 그로부터 또 8년 뒤인 1959년에는 쿠바 혁명이 성공하면서 라틴아메리카인이 하나가 되어 외세를 물리치자는 구호가 혁명의 시대를 열었다. 라틴아메리카인이 하나라는 네루다의 깨달음은 이처럼 시대를 선도한 것이었고, 『모두의 노래』는 혁명의 시대를 예고한 예언서와도 같은 존재였다.

네루다가 마추피추 산정에서 얻은 또 다른 깨달음은 이름 없는 민초들의 영웅적인 투쟁의 역사를 복구해야 한다는 것이었다. 그의 회고에 따르면 네루다는 마추피추 산정에서 문득 언젠가 자신이 그곳에서 밭을 갈고 바위를 다듬었던 적이 있었던 것 같은 느낌을 받았다고 한다. 정의롭지 못한 사회현실에 눈을 뜬 자신을 농민, 석공에 오버랩시킨 것은 지식인과 민중의 연대의 필요성을 시사한 것이리라. 또한 농민과 석공과 같은 노동 계급에 주목한 것은 유물론적 사관에 입각해 라틴아메리카 역사를 해석하겠다는 의지를 드러낸 것이리라. 그러나 유물론적 사관의 정립보다 더 중요한 점은 네루다가 이름 없는 민초들을 하나하나 호출하고 있다는 사실이다.

> 농부여, 직공이여, 말없는 목동이여,
> 수호신 과나꼬의 조련사여,
> 가파른 발판 위의 미장이여,
> 안데스의 눈물을 길어오는 물꾼이여,
> 손가락이 다 짓무른 보석공이여,
> 씨앗 속에서 떨고 있는 농부여,
> 너의 점토 속에 흩뿌려진 도자기공이여,
> ─「마추피추 산정」 시12

마치 초혼제를 지내는 듯이 민초들을 하나하나 거명할 때 『모두의 노래』는 아래로부터의 역사를 구현하겠다는 의지를 강력하게 천명하고 있다.

나 여기 있으매 역사를 말해주리라

『모두의 노래』가 아래로부터의 역사를 완벽하게 구현하고 있는가
는 논란의 여지가 많다. 가령, 『모두의 노래』를 여는 시 「사랑하는
아메리카 1400」에는 "나 여기 있으매 역사를 말해주리라"는 구절
이 있다. "나만이 역사를 알고, 나만이 역사를 말해줄 수 있다"는
식의 네루다의 당찬 선언에서 민중이 직접 그들의 목소리를 전달
할 여지는 별로 없다. 따라서 자신만이 민중의 역사를 말할 수밖에
없다는 이런 태도는 지식인의 오만함으로 비판받을 소지가 다분히
있다.

그러나 『모두의 노래』를 쓸 때의 네루다의 처지를 감안하면 그런
비판이 오히려 오만하게 느껴진다. 1945년 공산당을 대표하여 상
원의원으로 당선된 네루다는 2년 후 당시 칠레 대통령 가브리엘 곤
살레스 비델라의 정치적 변절과 좌파 탄압 등을 비난하는 글을 베
네수엘라 일간지에 게재했다. 이어 이듬해인 1948년 1월 6일에는
국회에서 「나는 고발한다」[4]라는 제목의 연설로 비판의 수위를 한
층 높였다. 그 결과 네루다는 면책특권을 박탈당하고 지명수배를
당했으며, 1년여의 도피생활 끝에 망명을 떠날 수밖에 없었다. 그
때의 비장함은 『모두의 노래』의 마지막 장인 「나는(Yo soy)」에서

---

4) 이보다 꼭 50년 전 에밀 졸라가 드레퓌스 사건에 항의하며 「나는 고발한다」라는 글을 신문
에 실은 적이 있다. 드레퓌스는 프랑스 장교로서 독일의 간첩이라는 누명을 쓰고 군사재판
에서 무기징역을 언도받았다. 이후 무죄라는 증거가 제기되었으나 그가 유태인이고 국가안
보를 다루는 군부의 위신이 추락한다는 이유로 묵살되었다. 이에 에밀 졸라를 비롯한 지식
인들이 인류의 양심과 민주주의를 걸고 재심을 요구했다.

엿볼 수 있다. 자신이 살아온 삶을 회고하는 시들이 주를 이루는 가운데 특이한 시들이 눈에 띈다. 두 편의 유서와 반드시 돌아오리라는 다짐을 담은 「나는 살리라(Voy a vivir)」(1949)이다. 이는 네루다가 생과 사의 갈림길에 서 있다는 느낌을 안고 도피생활을 했다는 것을 시사한다. 따라서 네루다가 말하는 역사는 전적으로 지식인에 의해 대변된 역사가 아니라 억압받는 라틴아메리카 민중의 역사 그 자체일 수도 있는 것이다.

오늘날의 관점에서 볼 때 네루다가 시대의 한계를 뛰어넘지 못하고 지식인의 오만함에서 탈피하지 못했든 말든 그것은 별로 중요한 문제가 아닐지도 모른다. "나 여기 있으매 역사를 말해주리라"는 구절은 강렬함을 넘어 숙연한 아름다움을 느끼게 해주기 때문이다. 작은 이야기들만 무성한 최근의 문학은 감히 하지 못할 선언이라서 그런 장엄한 의기를 발휘할 수 있었던 시절이 그리울 따름이고, 역사의 흐름을 온몸으로 껴안으려는 그 엄숙함에 그저 머리를 수그릴 따름이다.

창건의 서사시

역사에 대한 이러한 진지함에도 불구하고 『모두의 노래』는 굳이 정의하자면 역사서보다는 백과사전에 가깝다. 물론 『모두의 노래』가 시집으로서보다 백과사전으로서 더 가치가 있다는 말은 아니다. 『모두의 노래』를, 객관적인 정보를 체계적으로 전달하는 백과사전으로 간주하기에는 너무나도 풍요로운 시적인 상상력이 가미되어 있다. 하지만 인명사전을 연상시킬 정도로 숱한 영웅 — 이름 없는 영웅을 포함하여 — 과 악당을 거론함과 동시에 또 한편으로는 박물지처럼 라틴아메리카의 지리와 풍경과 생물을 시 세계에 담았기 때문에 백과사전을 연상시킨다고 보는 것이다.

그렇다면 『모두의 노래』가 백과사전의 특징을 띠게 된 것은 어떤 이유에서일까? 그것은 네루다가 살았던 시대에 고조되었던 민족주의의 산물이다. 물론 라틴아메리카의 민족주의는 우리와 비교할 때 그 뿌리가 튼튼하지 못하다. 다인종, 다문화 사회여서 구성원들끼리의 일체감이 희박하기 때문이다. 그러나 외부로부터의 심각한 위협이 있다면 문제는 달라진다. 모든 라틴아메리카인이 하나가 되기를 꿈꾸던 시절이 존재할 수 있었던 것도 미국이라는 외부의 적이 저지른 지속적인 경제적 수탈과 군사적 개입 때문이었다.

민족주의가 고조되면 문학도 자국의 정체성에 대해서 고뇌하고 외래문학이나 식민문학과 확연히 구분되는 독립적인 표현과 문체와 소재를 모색하며, 나아가 문학이 성취한 독립성을 민족 구성원에게 가르치고자 한다. 네루다가 『모두의 노래』에서 라틴아메리카의 지리, 풍경, 생물 등을 일일이 열거하고 새롭게 묘사하고 시적 이미지를 창조한 것도 문학의 독립을 달성하고 이를 널리 전파하려는 노력의 일환이었다. 그렇기 때문에 『모두의 노래』는 백과서전을 넘어 호머의 『일리아드』나 『오디세이』처럼 창건의 서사시라 할 수 있다. 라틴아메리카 문학의 태초에 자리매김하여 민족에 대한 각성을 끊임없이 불러일으키는 『모두의 노래』가 세월이 지나도 고전으로 남을 수밖에 없는 이유가 바로 그것이다.

푸른 하늘, 푸른 바다, 푸른 나무와 함께

1973년 9월 11일 칠레에 피노체트가 주도한 군부 쿠데타가 일어났다. 민중연합 정권이 무너지고 살바도르 아옌데(Salvador Allende)를 비롯한 많은 무고한 사람들이 죽었다.[5] 이미 지병을 앓고 있던 네루다도 얼마 후 사망했다. 스페인 내전 이래의 자신의 지난한 몸짓이 하루아침에 물거품이 되는 것을 바라보면서 네루다는 분명 끝없는 절망 속에서 최후를 맞이했을 것이다. 그러나 그의 죽음은 헛된 것만은 아니었다. 소외되고 착취당하던 많은 사람들, 그러면서도 사회 변혁의 꿈을 감히 꾸지 못했던 많은 이들은 『모두의 노래』를 통해 비로소 푸른 하늘을 보았다. 그리고 푸른 하늘에 대한 그 기억이야말로 민주화운동의 밑거름이었고 1990년 마침내 민선 정부가 다시 들어섰다. 그리고 군부 당국에 의해 시립공원에 강제 매장되었던 네루다는 『모두의 노래』 2장 「마추피추 산정」을 집필했던 이슬라 네그라의 저택으로 돌아와 푸른 바다를 마주하고 영원한 휴식을 취하고 있다. 2004년 네루다 탄생 100주년을 맞아 이슬라 네그라에서는 성대한 추모식이 거행되었다. 그 추모식에서 『모두의 노래』 15장 「나는」에 포함되어 있던 유서, 소외된 자들에 대한 애틋한 사랑이 절절이 배어있는 그 시가 다시 상기되었다. 사람들

---

4) 민중연합은 칠레 좌파 정당들의 연합체로 1970년 살바도르 아옌데를 대통령으로 당선시키면서 정권을 잡았다. 그러나 1973년의 쿠데타와 뒤를 이은 혹독한 탄압으로 민중연합의 주요 인사들과 지지자들은 투옥, 고문, 암살, 망명 등의 시련을 겪었다. 아옌데는 대통령 궁을 떠나지 않고 끝까지 싸우다 자살했다.

은 네루다에게 푸른 하늘을 보여준 데 대한 보답을 했다. 사시사철 그의 고향산천을 푸르게 덮고 있던 아라우카리아, 소나무와도 같은 꿋꿋한 기상으로 인해 『모두의 노래』에 여러 차례 언급된 그 나무를 무덤 주위에 심어준 것이다. 꿋꿋한 투쟁의 역사를 담은 『모두의 노래』는 푸른 하늘, 푸른 바다, 푸른 나무와 더불어 천년만년 푸르게 빛나리라.

더 생각해볼 문제들

1. 1989년 베를린 장벽의 붕괴 이후 공산주의는 폐기처분되었다. 그럼에도 불구하고 공산주의자 시인이 쓴 『모두의 노래』를 읽어야 하는 이유가 무엇일까? 과연 네루다가 이념 때문에 공산주의자가 되었을까? 오늘의 세계는 절친했던 이가 아무 죄 없이 무참하게 암살당하는 일이 더 이상 일어나지 않으리라고 장담할 만큼 정의로운가?

2. 시는 전통적으로 아름다움과 고귀함을 추구했다. 시는 또한 개인의 감성을 다루는 데 가장 적합한 장르로 여겨져 오기도 했다. 그렇다면 네루다가 사회 문제를 시로 끌어들인 것이 시의 전통적 가치를 훼손한 것일까? 과연 무엇이 진정 아름답고 고귀한 시일까? 사회와 철두철미 유리된 개인의 감성이라는 것이 존재할 수 있을까?

3. 시대적 한계 혹은 네루다 개인의 인식의 한계로 인해 『모두의 노래』가 놓치고 있는 부분은 무엇일까? 수없이 많은 아프리카 흑인들이 라틴아메리카에 노예로 끌려왔건만 그에 대한 언급이 없는 것을 두고 네루다가 인종차별이나 서구중심주의의 한계를 극복하지 못했다고 할 수 있을까? 『모두의 노래』에 여성에 대한 문제가 별로 없는 것은 또 어떻게 보아야 할까? 『모두의 노래』가 부르짖는 정의가 공산주의에 대한 자기반성이 결여된 정의라는 점에서 이 작품을 냉전적 사고의 산물로 볼 수 있을까?

추천할 만한 텍스트

『마추삐추의 산정』, 파블로 네루다 지음, 민용태 옮김, 열음사, 1986.

우석균

서울대학교 언어교육원 연구원.

서울대학교 서어서문학과 졸업를 졸업하고 페루의 가톨릭 대학교에서 석사, 스페인의 마드리드 콤플루텐세 대학교에서 중남미 문학 박사 학위를 취득했으며, 그 외 칠레의 칠레대학교, 아르헨티나의 부에노스아이레스 국립대학에서 수학했다.

저서로 『바람의 노래 혁명의 노래』, 『라틴아메리카를 찾아서』(공저)가 있고 역서로 『마술적 사실주의』(공역), 『네루다의 우편배달부』, 『부에노스아이레스의 열기』 등이 있으며, 라틴아메리카 문화와 페루, 칠레, 아르헨티나 문학에 관한 다수의 논문이 있다.

III
여성성으로, 여성을 넘어

그가 말하고 있는 동안, 내 양심과 이성이 나를 배반하고서

그를 거역하는 것은 죄라며 나를 비난했다. 양심과 이성은

감정 못지않게 큰소리로 말했다. "그의 비참함을 생각해 봐

혼자 남게 되었을 때 그가 어쩔지 생각해 봐 — 그의 앞뒤 가리지 않는

성격을 잊지 말어. 절망에 잠겨 무모한 행동을 할 것을 생각해 봐 —

그를 사랑하겠다고 말해. 도대체 누가 너에게 아랑곳이나 하겠어?

네가 무슨 짓을 하든 해를 입을 사람은 없잖아?"

그러나 여전히 굴하지 않고 나는 이렇게 대답했다.

"내가 나 자신을 소중히 여기지. 고독하고 벗도 없고

의지할 데가 없을수록 더욱 더 나 자신을 존중할거야."

샬롯 브론테 (1816~1855)

성공회 목사인 패트릭 브론테와 마리아 브란웰 브론테의 셋째 아이로 태어났다. 언니로 마리아, 엘리자베스가 있었고 이어 남동생 패트릭 브란웰과 여동생 에밀리, 앤이 태어났다. 샬롯 브론테는 삶의 대부분을 잉글랜드 북부 요크셔 하워스에 있는 아버지의 목사관에서 보냈고 후에는 코완 브리지의 기숙학교에서 생활하기도 했다.

브론테 자매들은 어린 시절부터 문학으로 성공하는 것을 꿈꾸었다. 샬롯, 에밀리, 앤 세 자매는 시집인 『시』를 자비로 공동출판한 데 이어 소설을 썼는데 에밀리는 『폭풍의 언덕(Wuthering Heights)』을, 앤은 『아그네스 그레이(Agnes Grey)』를 냈다. 그러나 샬롯은 『교수(Professor)』를 썼으나 출판사로부터 거절당했고 그 후 『제인 에어(Jane Eyre)』(1847)를 집필하기에 이른다. 『제인 에어』는 곧 출판되자마자 폭발적인 인기를 누렸으며 이에 힘입어 샬롯은 러다이트 운동을 다룬 『셜리(Shirley)』, 독신 여성의 분열된 내면심리를 깊이 있게 탐구한 『빌레뜨(Villette)』를 출판했다. 활발한 작품 활동에도 불구하고 정신적 육체적으로 지쳐있던 샬롯은 1854년 아버지의 부목사인 니콜스와 결혼했지만 그녀 나이 서른 아홉에 임신한 상태에서 세상을 떠났다.

01

새로운 시각으로 여성을 보다
샬롯 브론테의 『제인 에어』

조애리 ｜ 한국과학기술원 인문사회과학부 교수

페미니스트적 시각에서 읽은 『제인 에어』

순응하고 인내하며 봉사하는 여성이 이상적인 여성상으로 간주되었던 빅토리아 시대를 배경으로 하고 있는 샬롯 브론테(Charlotte Brontë)의 『제인 에어(*Jane Eyre*)』는 현실적인 조건이나 개인적 자질에 있어 그와 같은 여성상과는 동떨어진 한 여성의 성장을 통하여 당대 여성의 삶 전반, 즉 교육이나 고용, 사랑, 결혼 등의 가치관에 의문을 던지고 있다.

　『제인 에어』의 내용은 크게 주인공이 어린 시절을 보낸 게이츠헤드의 정경, 그녀가 다닌 로우드 학교[1]에서 여성으로서의 사회화 과정, 졸업 후의 정착지인 쏜필드에서 겪게 되는 사랑과 정체성의 갈등, 쏜필드를 떠난 후 머물게 된 무어 하우스에서의 남성의 협력자라는 이상의 거부, 마지막으로 펀딘에서의 결혼 등으로 구분할 수 있다.

우선 게이츠헤드의 제인은 더부살이하는 고아로 온갖 굴욕을 감수해야하는 처지이다. 제인의 최초의 기억은 자신이 그곳의 "누구와도 같지 않다"는 것이다. 제인은 자신이 '불협화음'이자 '이질적인 아이'라고 느끼지만 그렇다고 그곳에서 뛰쳐나갈 수도 없다. 사촌인 존이 시비를 걸어와 시작된 싸움은 미래의 주인이 될 남자아이와 고아인 여자아이의 싸움으로 처리되고 그런 의미에서 앞으로 제인이 부딪치게 될 현실과의 갈등의 원형이 된다. 제인의 맞대응은 정당한 것이었지만 그로 인해 그녀는 외숙모와 하녀들의 비난을 듣게 될 뿐 아니라 붉은 방에 갇히는 벌을 받게 된다. 죽은 지 얼마 안 되는 리드 외삼촌의 추억으로 가득 차 있는 이 방이 주는 공포감은 아주 상세하게 묘사되어 있다.

> 이 붉은 방은 빈 방이었고 여기서 잠자는 일은 좀체 없었다. … 침대가 방 한가운데 신전처럼 서 있었는데 장엄한 마호가니 다리로 받쳐져 있었고 짙은 붉은 능직 커튼이 그 위에 늘어져 있었다. 언제나 덧

---

1) 1824년 샬롯 브론테의 아버지는 딸들인 마리아, 엘리자베스, 샬롯, 에밀리를 모두 코완 브리지의 기숙학교로 보냈는데, 그 학교는 가난한 목사의 딸들을 위한 기숙학교로 위생시설이 형편없었을 뿐만 아니라 동상이 걸릴 만큼 추웠고 식사는 형편없었다고 한다. 그리하여 1825년 마리아와 엘리자베스가 결핵에 걸려 죽자 아버지는 샬롯과 에밀리를 집으로 데려왔다. 그러나 코완 브리지에서의 경험은 샬롯에게 일생 동안 고통스런 기억으로 남았다. 『제인 에어』에 나오는 끔찍한 로우드 학교의 모델이 바로 이 코완 브리지이다.

문이 내려진 두개의 큰 창문에는 비슷한 천의 커튼이 쳐져 있었고, 리본으로 반쯤 덮여 있었다. 카펫도 붉은 색이었다. 침대 끝에 있는 탁자는 선홍색 테이블보로 덮여 있었다. 벽은 엷은 황갈색이었는데 사이사이에 분홍색이 섞여 있었다. 옷장, 화장대, 의자 등은 검은 광택을 내는 오래된 마호가니였다. 이런 주변의 짙은 색을 배경으로 층층이 쌓아올려진 매트리스와 베개는 눈처럼 하얀 마르세이유 침대덮개로 덮인 채 높이 솟아올라 하얗게 빛나고 있었다. 침대 머리맡에 있는 앞 발판 달린 안락의자에는 큼직한 쿠션이 깔려 있었는데, 그것은 침대 못지않게 하얀 색이었고, 그 당시 생각으로는 창백한 왕좌 같이 보였다. 붉은 방은 제인에게 부당한 억압을 가하는 가부장제 사회를 상징한다. 고통에 자극을 받아 일시적으로나마 조숙해진 나의 이성은 "부당해! 부당해!" 하고 말했다. 그리고 결단력도 고양되어 이 참기 어려운 압박을 모면하기 위해 도망치든지 그럴 수 없으면 먹지도 마시지도 말고 굶어죽는 묘안을 쓰라고 나를 선동했다.

제인은 이 사건 후 가난한 목사들의 딸을 가르치는 로우드 기숙학교로 보내진다. 로우드에서는 교육을 통한 여성에 대한 억압이 매우 체계적이고 교묘한 방식으로 내면화되고 있었다. 이곳을 지배하는 원칙은 기본적으로 이 곳의 교장인 위선적인 목사 브로클허스트의 원칙이다. 여기서 여학생들은 체계적으로 "굶주림을 당하고," 칙칙한 갈색 옷과 짧은 머리에서 알 수 있듯이 '감각적인 기쁨'을 박탈당한다. 브로클허스트는 빅토리아 시대의 이상적인 여성상인 '가정의 천사'를 만들어내기 위해 '사악한 육체'를 굶주리게 한다는 것이다. 그러나 제인은 이곳에서 향후 독립적인 삶을 살아갈 수 있게 해주는 교육을 받게 되며 지적인 성장을 통해 자신의 가치를 확인할 뿐만 아니라, 제인의 능력을 인정하고 밀어주는 템플 선생과 지적이며 금욕적인 친구 헬렌의 사랑 속에서 여성 간의 유대감을 느끼게 된다.

로우드를 떠나온 제인은 쏜필드에서 가정교사 일을 하게 된다. 그러나 이곳의 삶은 제인이 추구하던 '넓고 변화로 가득 찬 삶'과는 거리가 멀다. 제인은 쏜필드의 답답한 일상을 견딜 수 없어 들판을 헤매거나 3층 다락으로 올라가 멀리 지평선 너머의 세계를 동경하고는 한다. 이때 그 집의 가장인 로체스터가 나타난다. 그는 제인이 동경하던 더 넓은 새로운 세계와 새로운 경험을 대표하는 인물이 된다. 그는 제인이 "원했으나 현실에서 갖지 못한 사건, 삶, 불꽃, 느낌"을 체험한 사람일 뿐 아니라, 그녀에게도 많은 관심을 보여준다. 특히 관례를 무시하는 그의 행동에서 그녀는 억압적인 성역할이나 사회적 규범에서 해방되는 느낌을 갖는다.

제인과 로체스터 사이의 이해와 열정에도 불구하고 주인과 가정교사라는 종적인 관계가 두 사람의 사랑에 옮겨짐으로써, 성적으로 불평등한 관계가 심화되기 시작한다. 로체스터는 집시로 변장하여 제인을 속일 뿐 아니라 잉그럼양과 결혼할 것이라는 소문을 냄으로써 잉그럼 양과 제인 두 사람 모두를 성적 대상으로 물화한다. 특히 고용주임을 앞세워 그동안 제인과의 관계의 발전을 부인하기에 이르자 그녀는 마침내 화를 내고 만다.

"제가 가난하고, 신분이 낮고, 작고, 못생겼다고 해서 영혼도 없고 감정도 없다고 생각하시나요? 잘못 생각하신 거예요! 제 영혼이 당신 영혼을 향해 말하고 있는 거예요. 지금도 우리가 동등하기는 하지만 마치 우리 두 사람이 무덤을 지나서 하나님의 발아래 서서 이야기하는 것처럼 말하고 있는 거예요."

젠트리(gentry)인 아버지의 재산에 식민지의 부유한 상인의 딸인 버싸의 재산까지 소유하게 된 로체스터는 높은 사회적 신분과 아울러 막대한 부까지 갖추고 있지만, 이에 비하여 제인은 "가난하고 못생기고 보잘 것 없는" 존재이다. 그러나 제인은 로체스터와 자신이 신 앞에서 평등한 존재 즉, 정신적으로 평등한 존재라고 주장한다. 제인은 또한 자신의 열정을 솔직하게 인정함으로써 사랑에 있어 적극적인 공헌자로서의 여성의 모습을 보여준다. 이에 대해 로체스터는 "내 신부는 여기에 있소 … 나와 등등한 사람이오"라고 구혼하여 약혼이 이루어진다.

약혼 후 로체스터는 그녀를 '천사,' '요정'과 같은 비현실적인 존재로 규정짓고 소유함으로써 자신의 내면적 갈등과 죄책감을 치유할 수 있다고 생각한다. 그러나 제인은 자기가 천사로 이상화되는 가운데 점차 자아가 부인당하는 느낌을 갖는다. '제인 로체스터', '로체스터 부인', '젊은 로체스터 부인', '페어팩스 로체스터의 소녀 신부'라는 이름의 변화에서 알 수 있듯이 제인은 점차 한 남자의 소유물이 되어가고 있음을 느낀 것이다. 제인은 무의식적으로 자신의 현재의 행복을 '백일몽'으로 표현하면서 다가오는 결혼에 대해 불안해한다. 다락방에 갇혀 있는 로체스터의 미친 아내인 서인도 출신의 버싸는 제인이 느끼는 불안과 소외감을 대신 표현해주는 분신이다.

결혼에 대한 불안, 특히 신부로서 제인이 느끼는 소외감은 "잠옷인지 수의인지 구분할 수 없는" 웨딩드레스를 입은 버싸의 모습으로 객관화된다. 버싸는 제인과 로체스터 사이의 종속 및 지배의 상징인 쏜필드 저택에 화재를 일으킬 뿐만 아니라 남편 로체스터를 불구로 만듦으로써 제인 자신도 의식하지 못하지만 마음 깊숙이 숨겨진 적대감을 대신 표현해준다. 다른 한편 버싸는 여성의 육체적인 욕망에 대한 부정적인 태도, 즉 여성의 성적 표출은 감금되고 처벌받아야 하는 위험한 것이라는 빅토리아 시대의 사회적 가치관을 상징하기도 한다. 여성의 욕망에 대해 제인이 느끼는 두려움은 버싸를 '짐승'으로 물화시키는 데서 드러난다. 버싸는 여성의 억압에 대한 반항을 표현하는 동시에 그 반항에 대한 경고로 작용한다. 브론테는 버싸라는 상징을 통해 성차별 사회에 대해 비판하는 동시에 침묵하는 양가적인 태도를 드러낸다.

버싸의 존재를 안 후 제인이 쏜필드의 저택을 떠나는 것에 대해 "로우드에서 인위적으로 훈련된 양심, 즉 자기 희생과 순종이라는 이상"의 강요 때문인 것으로 평가하는 비평가도 있다. 그러나 쏜필드를 떠나는 것은 희생이라기보다는 자아를 주장하는 행위로 볼 수 있다. 제인을 열정 자체보다도 자신의 열정이 사회적인 관계 속에서 왜곡되는 것을 거부한다. 이때 제인의 열정을 왜곡시키는 것은 그녀의 사회·경제적 무력함과 로체스터의 태도이다. 로체스터는 이상적인 여성을 찾기 위한 자신의 순례를, 이혼을 허락하지 않는 관습에 대한 반항으로 정당화한다. 그러나 현실적으로 그의 행동은 남성에게 다처제를 허용하는 사회의 이중적 기준에 다름 아닌 것이다.

제인이 로체스터의 정부가 될 경우 이미 불편을 느끼고 있던 종속적인 위치, 즉 노예가 됨을 받아들이는 것이 된다. 제인의 절망감은 정체성의 붕괴로 이어지고 다음에는 죽음을 생각한다. 그리고 이러한 절망의 순간이 지나간 후에는 제인 스스로 로체스터 곁에 남는 것을 정당화하고 싶은 강한 내면적 유혹에 빠진다. 물론 거기에는 로체스터의 비난, 회유, 호소라는 외부적인 압력도 작용했다. 그러나 제인은 마침내 이러한 유혹을 물리치고, 무엇이 옳은가에 대한 건강한 인식을 바탕으로 도덕적 원칙과 심리적 통찰의 합일에 이른다.

> 그러나 여전히 굴하지 않고 나는 이렇게 대답했다. "내가 나 자신을 소중히 여겨야지. 고독하고 벗도 없고 의지할 데가 없을수록 더욱 더 나 자신을 존중할거야."

이러한 결심은 로체스터가 비난하듯 이기적인 것도 아니고 희생적인 것도 아니다. 그것은 희생이나 이기심을 넘어선 진정한 주체성의 발현인 것이다. 브론테는 제인이 최초에 기대했던 낭만적 사랑과 제인의 현실인 정부로서의 삶 사이에 있는 간극을 보여줌으로써, 여성은 자아를 포기하는 가운데 자아를 성취할 수 있다는 당대적 가치관의 허구를 밝혀주며 제인의 치열한 갈등과 결단을 통해 성적·계급적 억압에 맞서는 새로운 주체성을 보여준다.

죽음을 각오하고 쏜필드를 떠나온 제인은 황야를 헤매다 무어 하우스의 불빛을 발견하고 그 집 앞에서 쓰러진다. 이 집 주인인 냉정한 목사 세인트 존은 제인의 사촌으로 밝혀진다. 세인트 존은 로체스터가 제인을 낭만적으로 이상화하는 데 반해, 제인의 지적·정신적 동경을 자극하여 유혹하는데, 그는 제인의 힘을 인정할 뿐 아니라 그 힘이 가정이라는 영역에 갇히는 데 대하여 의문을 제기한다. 그러나 그 역시 제인을 육체와 정신 모두를 가진 온전한 인격체로 받아들이지 않고 자신에게 필요한 정신적인 자질에만 집착한다.

결혼을 하면 둘 사이의 "결합에 알맞은 충분한 사랑"이 생길 것이라는 세인트 존의 설득에도 불구하고, 제인은 그의 청혼을 거절한다. 그러나 그녀는 세인트 존의 애정 공세가 격화되어 감에 따라 그의 의지에 함몰되어 자아를 포기하고 싶은 유혹을 강하게 느낀다. 하지만 바로 이때 로체스터의 목소리가 들려오고 그것이 저항의 동인이 되어 제인은 억압에 대한 자발적인 순응을 물리친 채 자신의 힘을 회복하게 된다. 그녀는 "세인트 존에게서 뛰쳐 나왔으며 … 내 힘이 강력하게 발휘되었다"고 말한다. 이때 '내 힘'은 쏜필드 저택에서 깨달은 주체성에 바탕을 둔 것으로, 그녀는 다시 한 번 당대의 성 이데올로기를 넘어선 자유로운 자아를 견지하게 된다.

결국 제인과 로체스터는 평등하게 결합하게 되는데, 여기에는 여러 가지 요인이 개입된다. 첫째, 제인이 유산을 상속받게 되어 사회·경제적으로 대등해졌고 둘째, 버싸가 사망했으며 셋째, 로체스터가 버싸를 구하려 하다가 불구가 되었다는 점이다. 브론테는 소설의 내재적인 논리보다 작가 스스로 개입함으로써, 평등한 남녀관계를 이루고자 하는 욕망과 외부적 제약 사이의 갈등을 해결한다. 로체스터가 한쪽 팔을 잃은 것은 상징적인 거세이며 나아가 남성으로서 로체스터가 갖는 힘과 자만심이 소멸되었음을 상징한다. 하지만 두 사람이 마지막에 이루는 관계는 현실적으로 설득력을 갖기 보다는 브론테의 소원성취적인 환상이라고 할 수 있다. 결말의 한계에도 불구하고 브론테는 제인의 반항과 선택들을 통하여 빅토리아 사회가 강요하는 여성다움이 자연스러운 것이 아니라 사회적으로 조건지어진 것임을 시사하고 있으며, 제인의 열망과 성취 가운데 빅토리아 시대의 성적 가치관을 뛰어 넘는 새로운 여성의 주체성을 보여주고 있다.

제국주의와 『제인 에어』

제국주의는 이 작품의 음화적 텍스트인 버싸의 이야기, 자신의 소명을 인도의 선교사업으로 삼는 세인트 존, 제인이 나중에 얻게 되는 유산 등을 통해 곳곳에 스며 있으며 제국주의자들이 내세우는 '문명화의 사명'과 '난폭한 정복'이 이 작품의 근간을 이루고 있다.

식민지에 대한 난폭한 정복은 로체스터에게서 나타난다. 그에게 식민지는 무엇인가? 그는 차남으로서 유산 상속에서 제외되었기 때문에 식민지는 일차적으로 부를 제공하는 대상, 곧 기회의 땅이며 따라서 매력적인 존재이다. 실제로 버싸는 식민지의 지배 계층이지만 로체스터에게는 보통의 식민지인에 다름 아니다. 처음에 버싸를 보았을 때 로체스터 자신도 그녀에게 끌렸던 것을 인정한다. "그녀 주위의 모든 사람들이 그녀를 우러러보고 날 시기하는 것 같왔소. 나는 현혹되고 자극을 받았소." 정복의 대상으로서 버싸, 곧 식민지는 이처럼 매력적인 동시에, 다른 한편 두려움과 혐오의 대상이기도 한다. 그가 버싸를 버리는 것은 그와 같은 혐오스러운 면 때문이다. 로체스터는 식민지의 부는 차지하되 식민지 착취가 내포하고 있는 혐오스러운 면을 제거하고 싶은 것이다.

식민지와 동일시되는 버싸는 영국인과 대척점에 있는 타자이다. 그녀는 순결한 영국인과는 분리되어야 한다. 그 때문에 그녀는 미친 여자로 표현되고 더 나아가 다른 종, 즉 인간과 동물의 중간적 존재로 묘사된다.

> 그것이 처음에는 짐승인지 사람인지 알 수 없었다. 그것은 네 발로 기는 것처럼 보였다. 그것은 이름을 알 수 없는 야생 동물처럼 덤벼들고 으르렁거렸다. 하지만 옷을 걸치고 있었으며 숱이 많은 진한 회색 머리카락이 짐승의 갈기처럼 뒤엉킨 채 흘러내려 얼굴을 가리고 있었다.

버싸가 로체스터의 저택 꼭대기 다락방에 있는 것은 식민지에 대해 제국의 지배자들이 느끼는 불안과 두려움을 상징한다. 로체스터의 화려한 저택에는 "주인이 쫓아내지도 억누르지도 못하나 … 육신으로 살아 있는" 죄가 숨겨져 있는 것이다. 그 집을 완벽하게 정화하기 위해서는 버싸를 제거해야 하지만 그것은 불가능하다. 식민지는 영국인들을 오염시키고 영국의 질서를 어지럽힐 잠재적 위협이 있어서 식민지 지배자를 불안하게 만든다.

세인트 존에게 인도는 문명화의 대상일 뿐이다. 그는 그곳의 "무지와 편견에 찬 신념을 베어내는" 일을 자신의 소명으로 생각하며 인류의 더 큰 선을 위해 자신을 희생하기로 결심한다. 그래서 "인종을 개선하는 영광스러운 일을 야망으로 삼는 것", 즉 "무지의 영역에 지식을, 전쟁 대신 평화를, 구속 대신 자유를, 미신 대신 종교를, 지옥에 대한 두려움 대신 천국의 희망을 가져다주는 사람들 사이에 끼어드는 희망"을 지니고 인도에 가기로 결심한다. 신과 인도인 사이에서 강제적인 중재를 하겠다는 것이다. 그는 인도인들을 이해하기 위해서가 아니라 단지 신의 목소리를 더 잘 전달하기 위해서 인도어를 배운다. 존의 강제적 중재는 선교에 숨겨진 제국주의의 핵심을 보여준다. 존의 문명화의 사명에서는 로체스터에게서 엿보이는 복합적인 감정은 찾아볼 수가 없다. 로체스터에게 식민지는 막연한 혐오의 대상으로서 구체성이 결여되어 있듯이, 여기서 인도는 편견과 무지의 땅으로 극도로 추상화된 단일한 존재로 제시된다.

이 작품에서 제국주의와 여성의 관계는 양가적(兩價的)이다. 여주인공이나 작가가 여성 차별을 문제시하는 가운데 제국주의에 대한 비판이 가능해진다. 그러나 다른 한편 여성의 제한을 넘어서려는 여주인공의 열망과 제국주의 원리가 공모하는 면이 나타나기도 한다. 제국의 지배에 대해 제인은 때로는 공모하고 때로는 비판적인 목소리를 내고 있는 것이다.

제인이 세인트 존에게서 매력을 느꼈던 것은 더 넓은 세계에 대한 열망에 자극되었기 때문이다. 그는 제인의 열망이 가정이라는 영역에 갇히는 데 대하여 의문을 제기한다. 세인트 존이 말하는 '대의', 즉 문명화의 사명에 제인이 이끌렸던 것이다. 이 지점에서 개인의 성취에 집중되어 있는 제인의 페미니스트적 열망과 당대의 제국주의적 기획이 만난다. 세인트 존의 아내가 아닌, "자유롭게 간다면, 기꺼이 인도에 가겠어요"라고 하는 데서 알 수 있듯이 그녀는 인도인을 문명화하는 것에 관심이 있다. 그러나 세인트 존은 당대의 성 이데올로기를 교묘하게 이용하여 제국주의적 기획을 달성하는 데 필요한 여성상이다. 제국이 필요로 하는 헌신적인 여성은 곧 당대의 성 이데올로기가 요구하는 여성이기도 했다. 그가 필요로 하는 여성은 자신을 희생해가며 원주민의 무질서를 영국의 문명으로 바꾸는 데 보조적인 역할을 할 여성이다. 인도에서 여성은 도서관, 클럽, 극장을 세워 야만을 길들이고 식민지 지배자를 위로하는 역할을 담당해야 했던 것이다.

그러나 제인에게는 뚜렷한 자기주장과 성적 욕망이 있었다. 이는 제국이 원하는 희생적인 여성상도 아니고 세인트 존이 원하는 정신적 존재로서의 여성상도 아니었다. 빅토리아 시대 여성의 성은 출산을 위해서만 인정되었다. 여성은 욕망이 없는 존재지만 모성 때문에 어쩔 수 없이 희생한다는 것이다.

제인이 세인트 존의 청혼을 거부할 수 있었던 것은 사회적으로 용인되지 않는 로체스터를 향한 욕망 때문이다. 그녀가 존의 아내로 인도에 가겠다고 허락하려는 순간, 로체스터의 "제인, 제인, 제인"하는 내면의 목소리가 들려왔던 것이다. 무어 하우스에서 제인은 밤마다 로체스터의 꿈을 꾸며, "그의 팔에 안겨서 그의 목소리를 듣고, 그의 눈을 마주보고, 그의 손과 뺨을 어루만지며 그를 사랑하고 그의 사랑을 받는 감각"을 여전히 강렬하게 느끼며 "몸을 떨면서" 잠을 깨곤 했다. 제인은 제국이 원하는 헌신적이며 육체적 고난을 이길 수 있는 여성이지만 동시에 지배 이데올로기가 강요하는 여성성을 거부함으로써 제국주의 담론에 균열을 일으키기도 하는 것이다.

브론테의 제국주의에 비판의 또 다른 측면은 제인이 영국 사회에서 여성으로서 느끼는 억압이 인도나 서인도제도 여성들이 느끼는 억압을 통해 비유적으로 표현된 것이다. 그렇다고 여주인공이 식민지 여성과 자신을 완전히 동일시하는 것도 아니다. 제인이 로체스터와의 관계에서 느끼는 억압을 비유적 차원에서 가장 성공적으로 드러내주는 사람은 버싸이다. 그 억압감은 웨딩 드레스를 입은 버싸의 모습에 투사되며 마침내 버싸가 면사포를 찢는 행위를 통해 억압적 관계에 대한 제인의 무의식 속에 숨겨져 있는 거부감이 투사되어 나타난다. 제인은 또한 식민지 여성에 대해 타자로 여기며 거리를 두기도 한다. 그러나 상징적인 차원의 동일시에도 불구하고 제인은 버싸에 대해 타자로서 거리를 둔다. 로체스터와 아울러 제인 역시 버싸를 인간과 동물의 중간적 존재로 묘사한다. 제인은 자신이 동양 회교 군주의 노예 첩의 위치로 자리매김 되는 것에 분노한다.

그는 미소를 지었다. 그의 미소가 회교도 군주가 기분 좋은 행복한 순간에 그의 황금과 보석으로 치장한 노예에게 던지는 미소와 같다는 생각이 들었다.

제인은 노예 첩이 느끼는 억압감에 공감하고 로체스터의 지배에 저항한다. 그러나 노예 첩들을 해방시키는 역할을 맡겠다고 하는 가운데 그들과 자신을 구분한다.

『제인 에어』는 식민지 경영에 주도적으로 참여하는 남성 및 그와는 반대로 불평등과 억압을 느끼는 여성의 시각을 보여줌으로써 제국주의에 대한 비판에 이르기는 하지만, 제국주의에 대한 총체적인 비판에까지 이르지는 못한다. 오히려 제인에게는 세인트 존의 인도 선교에 동참하려는 의욕에서 엿보이듯이 잠재적으로 제국의 팽창과 궤를 같이하는 제국 경영의 욕구가 있다. 그러한 욕망이 로체스터와의 마지막 거처인 펀딘이라는 고립된 음습한 공간에 갇히지만, 근본적으로 극복된 것은 아니다.

이 작품의 결말이 세인트 존에게 맞추어져 있다는 것은 의미심장하다. 제인이 여성이어서 실현하지 못한 임무를 세인트 존이 수행하고 그 임무의 울림은 제인에게 여전히 매력적이다. 세인트 존에 대한 비판에도 불구하고 여전히 그의 선교 임무에 이끌리는 것은 그가 원하는 상투적인 여성이 되기를 거부하기는 하지만, 그 상투형이 아닌 다른 역할로서 제국 경영에 참여하고 싶은 욕망을 떨쳐버리지 못해서이다. 제인의 개인주의적인 성취 욕망은 제국의 팽창 원리와 맞닿아 있다. 그러나 브론테가 제국주의적이라고 단정짓기는 힘들다. 제인은 성 이데올로기가 강요하는 여성성을 거부하는 가운데 제국주의 담론에 균열을 일으키기 때문이다. 브론테의 페미니스트적 열망은 제국주의 담론을 인정하는 동시에 비판한다.

더 생각해볼 문제들

1. 제인은 버싸의 존재가 밝혀져 결혼식이 불가능해진 후 로체스터가 회유하고 매달리는 데도 불구하고 쏜필드를 떠나기로 결정한다. 여성의 주체성 이라는 관점에서 제인이 쏜필드를 떠나는 것에 대해서 평가하시오.

   이것은 제인이 자신의 열정 자체에 대하여 죄책감을 느꼈거나, 인간의 법이나 다른 사람을 위해 자신의 열정을 희생시켜야 한다고 생각해서 쏜필드를 떠난 것은 아니다. 제인은 열정 자체보다도 자신의 열정이 사회적인 관계 속에서 왜곡되는 것을 거부한다. 이때 제인의 열정을 왜곡시키는 것은 제인의 사회적·경제적 무력함과 로체스터의 태도이다. 로체스터는 이상적인 여성을 찾기 위한 자신의 순례를 이혼이 허락되지 않는 당시 관습에 대한 반항으로 정당화하지만, 현실적으로 그의 행동은 사회의 성적이중 기준에 순응하는 것이다. 로체스터에 비교해 사회적인 지위도 없고 경제적으로도 무력한 제인이 로체스터의 정부가 될 경우 이미 종속적이던 위치가 더욱 악화될 것이다.

   그러나 이런 결정을 내릴 때 까지 제인이 느끼는 고뇌와 절망은 절실하다. 그녀는 자신이 홍수가 밀려오기를 바라면서 마른 강 바닥에 누워있는 것처럼 느낀다. 제인의 절망감은 정체성의 붕괴로, 죽음에의 욕망으로 이어진다. 이러한 절망의 순간이 지나갔을 때 로체스터의 비난, 회유, 호소라는 외부적인 압력뿐만 아니라 제인은 스스로도 로체스터 곁에 남는 것을 정당화하고 싶은 강한 유혹에 빠진다. 그러나 제인은 마침내 강한 내면적 유혹을 물리치고, 무엇이 옳은가에 대한 건강한 인식을 바탕으로 도덕적 원칙과 심리적 통찰의 합일에 이른다. 이때 제인이 말하는 자존심은 로체스터가 비난하듯 이기적인 것도 아니고 그렇다고 자신을 희생하는 것도 아니다. 그것은 희생이나 이기심을 넘어선 진정한 주체성의 주장이다. 브론테는 이러한 제인의 치열한 갈등과 결단을 통하여 성적·계급적 억압에 맞서는 새로운 주체성을 보여준다.

2. 버싸 메이슨은 복합적인 존재이다. 제인의 행복을 방해하지만, 동시에 제인의 성장의 촉매이기도 하다. 버싸의 상징적인 의미에 대해 쓰시오.

   페미니스트 비평가들은 버싸를 제인의 분신으로, 특히 억압적인 사회적, 성차별적 규범에 대한 분노를 대신 표현해 주는 존재로 본다. 제인은 결코 직접적으로 분노를 표출하지는 않지만, 버싸를 통해 그녀가 억제하고 있는 분노를 표출한다. 우선 버싸는 로체스터의 조종과 속임수에 대한 분노를 대신 표현해준다. 로체스터가 집시로 분장하는 술수를 사용한 것에 대한 제인의 분노는 버싸의 끔찍한 비명소리와 그보다 더 잔인한 메이슨에 대한 공격으로 표현된다. 또한 결혼에 대한 제인의 불안, 특히 신부로서 자신의 모습에서 느끼는 소외감은 "잠옷인지 수의인지 구분할 수 없는" 웨딩드레스를 입은 버싸의 모습으로 객관화된다.

   결국 버싸는 로체스터를 상징하는 쏜필드를 대신 태워줄 뿐만 아니라 그를 불구로 만듦으로써 제인의 숨겨진 적대감을 표현해준다는 것이다.

   다른 한편 버싸는 성적 욕망에 대한 제인의 두려움이 투사된 존재이기도 하다. 그녀가 한때는 로체스터를 사로잡을 만큼 매력적인 여성이었음을 생각하면 제인이 로체스터에 대해 가지고 있는 성적 욕망을 상징하는 동시에 성적 욕망에 대한 두려움을 나타낸다. 버싸를 '짐승'으로 물화시킨 것은 이러한 두려움의 반영이기도 하다.

3. 『제인 에어』의 결말은 종종 반 페미니스트적이라고 비난받기도 한다. 이러한 평가에 대해서 어떻게 생각하는지 쓰시오.

   제인은 자신의 경제적 독립과 로체스터의 불구로 인하여 이제는 이전의 불평등한 관계가 '완전한 화합'으로 바뀌었다고 이야기한다. 유산 상속은 평등한 남녀관계를 위해서는 심리적 독립과 아울로 경제적 독립이 필요하다는 브론테의 여성론적 인식을 반영하나 유산을 우연한 행운으로 처리함으로써 그 의미가 약화된다. 그리고 버싸를 구하는 과정에서 로체스터가 한 쪽 팔을 잃은 것은 상징적인 거세이며 남성으로서 로체스터가 갖는 힘의 박탈을 상장하는 것이다. 이들의 평등은 로체스터가 더 이상 지배할 수 없게 되었으므로 가능해진 것이라는 점에서 한계가 있다. 또 하나의 문제는 로체스터가 버싸를 가두기조차 꺼려했던 펀딘이라는 폐쇄적인 세계가 제인이 바라던 더 넓은 세계의 대안이 될 수 있을지 극히 의심스럽다. 결론적으로 펀딘에서 제인과 로체스터가 이루는 관계는 소원 성취적인 환상이라고 할 수 있다. 이러한 소원 성취적인 면은 이 소설의 결함일 뿐 아니라 페미니스트적인 관점에서도 퇴보라고 할 수 있다.

추천할 만한 텍스트
『제인 에어:영미소설해설총서3』, 조애리 지음, 신아사, 2005.

조애리 KAIST 인문사회학부 교수.
서울대학교 인문대학 영어영문학과를 졸업하고 동 대학원에서 석사 및 박사 학위를 취득했다.
저서로 『페미니즘과 소설읽기』, 『성, 역사, 소설』, 『영국소설 명장면 모음집』이 있으며 역서로 『빌레뜨』, 『설득』, 『밝은 모퉁이 집』 등이 있다.

그녀는 이렇게 혼자서 진정한 자신이 될 수 있었다.

그리고 바로 이것이 그녀가 이따금 절실하게 필요하다고

느낀 것이었다 ─ 사색에 잠기는 것, 아니 심지어는 생각조차도

하지 않는 것, 말없이 혼자 있는 것, 모든 존재와 행위가 팽창하고,

반짝이고, 증발해서 우리의 존재가 엄숙하게 오그라들어 남들에게는

보이지 않는 어떤 것, 쐐기 모양의 어둠의 핵심, 다시 말해

진정한 자신이 되는 것이었다. 비록 그녀가 곧바로 앉아서 뜨개질을

계속했지만 느낌은 이러했던 것이다. 그리고 모든 애착을

떨구어버린 자신은 자유로워서 별 이상한 모험도 다 할 수 있었다.

버지니아 울프 (1882~1941)

영국 빅토리아 시대 말기인 1882년에 당대 저명한 문필가인 레슬리 스티픈(Leslie Stephen)과 줄리아 덕워쓰
(Julia Duckworth) 사이의 세 번째 아이로 태어났다. 부모 모두 재혼이었고, 그들은 첫 결혼의 자녀들을 포함해
서 모두 여덟의 자식을 둔 빅토리아 시대의 전형적인 대가족이었다.

울프는 개인적으로 평생을 정신병에 시달리는 불행을 겪었다. 일찍이 13살 때 어머니와 사별한 후 처음 발작한
정신병은 1904년 아버지가 사망한 후, 특히 그가 레너드 울프와 결혼한 이후인 1915년에 가장 극심한 발작을 일
으킨다. 마침내 2차 세계대전의 전운이 감도는 1941년 그녀는 호주머니에 무거운 돌을 집어넣고 우즈 강으로 걸
어 들어감으로써 일생을 마감했다.

울프의 작품으로는 처녀작『출항』(1915)을 비롯한 아홉 편의 소설, 다수의 실험적이거나 전통적인 형식의 단편
들,『자기만의 방』을 비롯한 두 편의 정치적 소책자들이 있다.

02

삶보다 큰 예술
울프의 『등대로』

정명희 | 국민대학교 영어영문학과 교수

울프에게 다가가기

허마이오니 리는 1997년 버지니아 울프(Virginia Woolf)의 전기 중 가장 방대한 양과 깊이를 자랑하는 책을 출판했다. 하지만 그녀는 첫 장에서 전기 작가로서 난감함을 겸손하게 고백하며, "아델린 버지니아 스티븐은 1882년 1월 25일에 태어났다. 그녀는 『국가인명 사전』의 편집자인 레슬리 스티븐 경과 잭슨 가 태생의 줄리아 스티븐의 딸이다"로 시작할 수 없는 것은 확실하다고 말한다. 울프는 남긴 많은 글, 쉽게 접근할 수 없는 서술 기법, 탁월한 지력과 미모, 정신병, 블룸스베리 그룹[1]과 연결된 특별한 삶으로 자주 우리를 당혹케 한다. 그녀를 특징짓는 모더니스트, 페미니스트, 미학주의자, 사피스트(sapphist)[2] 등의 타이틀은 그녀의 일면을 설명하지만,

울프는 영원히 소진할 수 없는 자료 창고처럼 경이로운 무력감을 자아내곤 한다. 도대체 울프를, 그녀의 작품 세계를, 어떻게 이해할 수 있을까?

울프의 난해함은 부분적으로 소설에 대한 독자들의 관습적인 가정에서 비롯된다. 소설은 시나 희곡과는 달리 뒤늦게 18세기에 시작된 새로운 문학 형태로서, 이전에 유행했던 중세 기사 이야기인 로맨스(romance)[3]와는 달리 사실주의적 기법이 강조되었다. 일반적으로 로맨스가 삶을 우리가 원하는 모습대로 재현한다면, 소설은 삶을 정확하게 있는 그대로 모방한다고 가정한다. 특히 이안 왓트는, 소설의 사실주의는 단순히 사실적 주제 선택의 문제가 아니라 실제 경험과 같은 환상을 주도록 재현하는 형식적 사실주의라고 강조했다. 소설은 신화, 전설, 역사가 아니라 개인의 경험을 중시하며 보편적 타입이 아닌 고유한 이름을 가진 인물들이 시간 속에서 인과관계로 발전하는 플롯을 엮고, 이로써 주제를 제시한다. 하지

---

1) 1904년 아버지가 돌아가신 후, 울프 남매들은 블룸스베리로 이사했다. 그들은 이곳에서 삶을 시작함으로써 빅토리아 시대적인 삶의 패턴을 떨치고 새로우면서도 좀 더 자유로운 스타일의 삶을 구가할 것을 선언한다. 울프 남매들은 케임브리지 대학을 다니던 오빠 토비와 같은 대학의 리튼 스트래치, 레너드 울프, E. M. 포스터 등 지금은 전설적인 일원들과 모여 지적인 토론을 벌이곤 했는데, 후대에 와서그들을 블룸스베리 그룹이라 지칭했다.

2) 그리스의 여류시인 사포(Sappho)에서 유래한 단어로서 레즈비안과 마찬가지로 여자 동성애자를 말하는데 울프 자신이 스스로를 지칭해서 사용했다.

3) 중세에 유행했던, 여인에 대한 사랑으로 영웅적인 모험을 하는 기사들의 이야기이다. 작품은 주로 공상적이고 초자연적이거나 또는 경이로운 내용으로 되어 있으며, 소설이라는 장르의 원형으로 제시되기도 한다.

만 울프를 포함한 당대의 작가들은 자신의 작품을 모던 소설[4]로 정의하면서 전통적인 소설의 가장 중요한 구성 요소인 플롯과 인물을 정면으로 거부한다. 그녀의 소설은 소설에서 당연시되는 플롯이나 이야기의 줄거리가 아니라, 주제와 이미지들이 리듬과 패턴을 통해서 구성되는 새로운 형태를 보여준다.

울프의 작품들은 쉽게 요약되지 않으며 무슨 말을 하는지, 무슨 일이 일어나는지 애매모호하다. 그녀의 글은 논리가 자주 모순되고 변덕스러워 보인다. 울프에게 소설가의 과제는 일상사에서 마음이 받아들이는 '무수한 인상들', 그 "분자들이 마음에 떨어지는 순서대로 기록하는 것"이기 때문이다. 울프의 작품들은 현실세계의 저변, 인간 내면의 의식세계를 재현하고, 그러기 위해서 그녀는 다른 서술 기법을 창안해야만 했다. 물론 사실주의 소설의 행동들이 현실과 닮았다는 주장이 인위적인 문학적 관습이듯이, 모던 소설의 다양한 기법 또한 인간의 삶을 재현하는 또 하나의 관습이다. 많은 모더니스트들이 비로소 인간의 삶을 제대로 재현했다는 주장은 명백한 과장이다. 단지 20세기 전반기에 울프를 비롯한 모던 작가들은 인간 삶을 재현하는 다른 정의, 다른 접근, 다른 방법을 시도했

---

4) 문학에서 모더니즘은 20세기 전반부를 지배했던 사조로, 대표적인 모더니스트는 에즈라 파운드, T. S. 엘리어트, 제임스 조이스, 거트루드 스타인, 버지니아 울프, D. H. 로렌스 등이다. 이들은 자신의 작품을 의식적으로 이전 세대와 구별하며, 문학적 전통과 관습적인 기법을 거부하고 새로운 형식과 내용들을 실험했으며, 그 특징으로는 심리적 사실주의, 상징주의, 고전에 대한 빈번한 인용, 형식적인 실험, 새로운 서술 기법, 파편화된 형식, 병렬구조, 의식의 흐름, 개인의 의식과 무의식 탐구, 미학주의, 예술 지상주의 등이 있다.

고 독자들은 그들 나름의 새로운 시도를 긍정적으로 수용하는 것이 필요하다.

처녀작인 『출항』, 전통적인 빅토리아 시대의 소설로 회귀했다고 평가받는 『밤과 낮』, 『제이콥의 방』(1922)에 이르러 울프는 드디어 모던 소설가로서 자신만의 목소리를 찾은 것으로 이해된다. 그 후 『댈러웨이 부인』(1925)을 거쳐서 나온 『등대로(To the Lighthouse)』(1927)는 그녀 작품 중 최고의 걸작으로 꼽히면서, '상상력의 온전한 구조'를 완성했다고 평가받는다. 이 작품은 상상력이 전체의 움직임을 주도하며, 언급되는 다양한 주제들은 그것들이 이루어 내는 패턴을 통해서 연결된다.

이 초기 작품들에는 『댈러웨이 부인』에서의 댈러웨이 부인이나 『등대로』에서의 등대처럼 분명하게 구성의 중심 역할을 하는 존재들이 있으나, 반면에 『파도』(1931), 『세월』, 『막간』(1941) 등의 후기 작품들에는 전혀 중심적인 존재가 없다. 『막간』은 울프가 『파도』에서 시작한 서술 기법 실험의 또 하나의 정점이다. 제목 '막간'이 연극의 막과 막 사이 간극을 의미하듯이 작품 자체, 작품이 재현하는 인간의 삶 자체가 말 그대로 주요한 막 사이에 불과한 것 같다. 어떤 일관된 주제도 결론적으로 제시하지 않으며 『파도』에서 중요한 이미지로 기능했던, 아무런 중심 없이 몰려오고 물러가는 파도의 반복적인 리듬을 통하여 구성된다. 『등대로』의 2부가 혼돈과 어둠, 삶의 구성할 수 없는 간극을 상징적으로 재현했다면, 『막간』은 아예 삶 한 가운데의 공허함 그 자체, "텅 빈 침묵의 고요한, 증류된 본질"을 담으려 시도한다. 하지만 상식적으로 언어가 매개체인 소설이 어떻게 침묵, 비언어적인 세계를 담을 수 있을까? 울프의 실험적인 서술 기법은 상식적으로 불가능한 영역을 넘나든다.

울프를 이해할 때 무엇보다도 모더니즘 시대의 소설가로서의 면모가 우선하지만, 1980년대 이후 강력하게 부각된 페미니스트로서 면모 또한 절대적이다. 페미니즘은 여자가 성차별로 억압받는다는 가정 하에 양성 평등과 성 해방을 위한 이데올로기로서 출현했는데 1970년대부터 세상과 문학을 바라보는 강력한 관점으로 새롭게 부상했다. 울프를 비롯한 많은 여성작가들은 우선 여자이기 때문에 적극적으로 페미니스트로 편입되었다. 그녀는 여자에 관해서 썼을 뿐만 아니라, 페미니스트로서 많은 이슈들을 제기했고, 『자기만의 방』과 『세 닢의 금화』에서는 여자들의 문제를 구체적으로 다루었다. 하지만 이들 정치적 소책자들은 일관된 메시지를 전달하리라는 가정에 반해서 그녀 주장의 진의를 파악하기 힘들고, 소설만큼이나 허구적으로 구성되어 있다.

울프는 여자와 남자 사이의 평등한 공존을 위해서 물질적인 평등을 당연히 주장하지만, 동시에 여자들이 교육과 직업을 통해 남자들의 산물인 가부장제 사회에 단순히 편입될 수 있다는 위험을 인지하고 있다. 그래서 울프의 페미니즘은 양성의 비전을 통해 현실적인 필요성을 넘어, 궁극적으로 남자와 여자 사이의 진정한 화합과 공존의 사회를 지향한다. 비록 이 비전은 울프가 지적했듯이 '시인들의 꿈'에 불과할 수 있지만, 당장 현실적으로 불가능하기 때문에 이상적 목표 자체를 취하하는 것은 어리석다. 이상이 우리가 나아갈 지표로 존재할 때, 현재 실질적인 대안들은 개선될 가능성이

버지니아 울프가 살았던 집.

있다. 정치적이고 행동주의적 사고가 이상을 잃는다면, 현실적이고 순간적인 대안에 집착할 수밖에 없다. 이런 관점에서 울프는 현실과 이상, 물질과 정신을 함께 아우르는 한 단계 더 높은 페미니즘을 제시했다고 하겠다.

여성과 남성

『등대로(*To the Lighthouse*)』는 다소 급작스럽게 램지 부인의 대사로 시작된다.

"그럼 물론이지. 내일 날씨가 좋으면 말이야." 그녀는 내일로 예정된 등대로의 항해에 마음 부푼 아들에게 긍정적으로 답변한다. 다음 순간 램지 씨가 개입하며 이 평화로운 장면은 산산조각 난다. "하지만 … 내일 날씨는 좋지 않을걸." 램지 부인은 아들의 상처를 어루만지듯, 램지 씨가 직면하는 사실의 세계를 미화하려는 듯 다시 말한다. "하지만 날씨는 좋아질지도 몰라요. 날씨가 좋을 것 같은데요."

울프가 자전적인 이 작품에서 자신의 부모를 형상화했다고 알려진, 램지 씨와 램지 부인의 성격은 인용문의 대화 속에서 뚜렷이 알수 있듯 극히 대조적이다. 즉, 남자와 여자라는 이분법적 대립항이 설정되어 있는 것이다. 특히 램지 부인은 빅토리아 시대의 전형적인 여성으로 등장한다. 램지 씨가 일반적으로 남성의 특질로 이해되는 이성적인 사고를 드러낸다면, 램지 부인은 감정적이고 자상한, 영원한 어머니의 모습을 보여준다. 램지 씨는 잔혹한 인간 존재의 현실을 인식하며 영어 알파벳으로 상징된 직선적인 진보를 성취하려는 강판 조각 같은 지식인이자 철학자인 반면, 램지 부인은 언제나 베풀기만 하는 빅토리아 시대의 이상적인 여성상, 즉 '집안의 천사'이다. 그녀는 생각하는 것은 남자에게 맡기고 무조건 남자들을 동정할 준비가 되어 있다. 자신에게 헌정된 책조차도 읽지 않으며, 설혹 읽는다 해도 그녀의 글 읽기는 램지 씨의 직선적인 진행과는 정반대로 함부로 오르내린다.

이런 특징을 가진 램지 씨 부부는 울프의 실제 부모님이 그랬던 것처럼, 남편은 언제나 아내가 끊임없이 자신을 북돋아 치켜 세워

줄 것을 요구하고 아내는 그런 역할 속에서 영원히 희생되는 것으로 그려진다.

> 그는 스스로 낙오자라고 되풀이해서 말했다. … 그러면 … 그녀는 그것은 사실이라고, 즉 집안은 충만하고 정원에는 꽃들이 피어난다면서 추오의 의심도 없이 그에게 확신시켰다. … 이와 같이 에워싸고 보호하는 그녀의 능력을 뽐내느라 막상 그녀에게는 자신을 인지할 수 있는 힘이 거의 남아 있지 않았다. 자신의 모든 것이 낭비되고 소모되었다. … 그 속으로 놋쇠부리, 즉 아버지의 척박한 언월도가 동정을 요구하며 돌진해 들어갔다.

많은 비평가들은 울프가 램지 부부를 묘사하면서 여성과 남성에 대한 전통적인 편견, 그들의 불평등한 관계를 그대로 답습하는 것을 의아해한다. 물론 울프가 그런 재현을 통해서 성적으로 고착된 가부장제 사회의 편견들을 비판한다고 볼 수도 있다. 하지만 여기서 아주 흥미로운 것은, 램지 부인이 다른 등장인물에게는 물론이고 독자인 우리에게도 한없이 매력적이라는 사실이다. 램지 부인은 2부에서 사망하는 것으로 설정되어 있으며 3부에서는 등장하지 않는다. 하지만 3부의 등장인물들은 여전히 램지 부인에게 사로잡혀 있다. 부재자인 램지 부인이 그들의 행동을 지배하고 있는 것이다.

이 작품에서 램지 씨 부부는 성에 대해 허구적이고 편견어린 시각을 가지고 있지만, 단순한 비판의 대상만은 아니다. 그리고 남성과 여성 중 어느 쪽이 더 우월하다는 주장도 없다. 3부에서 램지 씨는 아내의 생전에 언제나 그녀를 강압했듯이, 릴리에게 관심을 가져 달라고 요구한다. 릴리는 처음에는 아버지의 요구를 거부했으나 마침내 그의 구두를 칭찬하기에 이르고 그럼으로써 그들은 순식간에 서로를 이해하고 화합한다. 1부에서 램지 부인이 램지 씨의 제자 탠스리와 마을의 가난한 사람들을 방문하는 대목에서도 비슷한 장면이 나온다. 그동안 '홀대' 받고 있던 찰스는, 그녀가 자기의 이야기를 들어주자 '활기'를 되찾고 "만약 그들이 택시를 탔더라면 그가 택시 요금을 내고 싶어했을 정도"로 태도가 부드러워진 것이다. 1부의 만찬 장면에서도 램지 부인이 릴리에게 여자답게 처신하라고 요구하자 릴리는 처음에는 거부하지만, 마침내 이렇게 말한다.

"저를 데리고 가시겠어요, 탠슬리 씨?" 릴리는 빨리, 다정하게 말했다.

여자는 절대로 그림을 그리지 못한다고 주장하는 남성성의 대변자 탠슬리에게 릴리는 보호를 요청하는 여자다운 태도를 보였고 그때에도 그들은 곧 서로 화합하게 되었던 것이다.

램지 씨와 탠스리가 보여주는 전형적 가부장의 모습 그리고 관습적으로 여자들이 남자들을 받아주고 허위로 부추기는 식의 태도는 쓰디쓴 웃음을 자아낸다. 울프는 이와 같은 희화적인 묘사를 통해 자신의 부모로 대변되는 빅토리아 시대의 삶을 신랄하게 비판한다. 가부장제 사회에서 여성과 남성을 구분하는 성의 특질들이 얼마나 허구적이며 인위적인가를 분명하게 보여준 것이다. 그러한 특질은 문화적이고 사회적인 구분에 불과할 따름이다. 하지만 울프는 그렇기 때문에 그런 구분이 의미 없다고 결론짓지는 않는다. 울프의 비판적인 시선은 동시에 그런 문화적인 코드가 갖는 긍정적인 면모를 주시한다. 작품의 인물들이 각자에게 주어진 여자와 남자라는 문화적이고 사회적인 역할과 위치를 점했을 때, 그들은 서로 화합한다. 그러한 특질들은 분명 허구적이고 임의적이지만, 울프는 그것을 통해서 현대인이 서로 소통할 수 있음을 또한 보여준다.

어머니와 딸

페미니즘은 자주 프로이트의 오이디푸스 콤플렉스[5] 패러다임에 반대하며 아버지와의 관계 보다는 어머니와의 관계, 특히 어머니와 딸 간의 특별한 관계를 강조한다. 『등대로』의 1부에서 램지 부인에 대한 릴리의 강렬한 욕망은, 아버지와의 관계를 통해서 사회적 자아를 획득하기 이전인 어머니의 태속과도 같은 완벽한 합일을 꿈꾸는 것으로 해석될 수 있다. 하지만 3부에서 캠이 돌아가신 어머니를 대신해서 아버지를 선택하듯이, 릴리 또한 램지 씨와 화합하며 정신적으로 램지 부인에게서 독립하는 모습을 보여준다.

　1부에서 램지 부인에 대한 릴리의 감정은 극단적인 긍정과 부정

---

5) 오이디푸스 콤플렉스(Oedipus complex)는 정신분석학의 창시자인 지그문트 프로이트가 자신을 분석하는 가운데 발견한 정신분석학의 핵심 개념이다. 그는 자신이 어머니에 대한 사랑과 아버지를 사랑하지만 질투심을 느끼는 것을 발견하고, 소포클레스의 비극 『오이디푸스 왕(Oedipus Rex)』에서 극화한 그리스의 전설은 바로 그런 강박 충동을 포착한 것이라고 생각했다. 정신분석학에서 오이디푸스 콤플렉스라는 개념은, 아이들이 아버지와의 관계를 통해서 독립적인 주체성을 확립해가는 패러다임을 가리킨다.

사이를 오간다. 여자는 결혼해야 하며 그렇지 않으면 '인생의 최상의 것'을 놓친다고 주장하는 어머니는 뱅크스 씨와 릴리를 중매하려 한다. 그러나 릴리는 램지 부인이 자신에게 희생적인 여자의 삶을 강요하는 것에 저항하며 어머니를 독재적인 여신 같은 존재로 생각한다. 울프가 '여자들을 위한 직업'에서 주장했듯이, 램지 부인은 여성이 독립적인 삶을 살기 위해서는 죽여서 극복해야만 했던 빅토리아 시대의 어머니, '집안의 천사'이다.

울프는 새로운 여성의 삶을 제시하는 릴리를 통해 새로운 예술미학을 보여준다. 울프에게 있어 어머니의 영향력에서 벗어나는 것은 두 가지 의미가 있다. 그것은 전문 작가로서 기존과는 분명히 다른 여성적인 삶을 살아간다는 것 그리고 전통적인 소설 양식과 구분되는 새로운 글쓰기다. 1부에서 램지 부인과 제임스가 앉아 있는 모습을 릴리가 자신의 화폭에 담을 때, 그들은 빛과 그림자 사이의 균형을 이루기 위해서 그림자로 추상화된다. 뱅크스 씨는 이렇게 사실주의적인 재현을 거부하는 그녀의 미학이 불경하다고 생각한다. 그러나 울프는 이런 대조적인 시선을 통해서 사실주의와 모더니즘이라는 미학간의 대립과 변화를 분명히 한다. 릴리의 미학은 실제를 모방하는 예술의 면모를 거부하며, 블룸스베리 그룹이 공유했던 예술의 독립적이고 자족적인 창조성을 강조한다. 비록 울프가 언니 바네사의 예술 영역인 그림을 통해서 자기의 미학을 제기했지만, 그것은 울프 자신의 예술에 대한 새로운 정의를 내포한다. 그리고 작품 『등대로』는 바로 그런 혁신적 글쓰기의 결정체이다. 하지만 울프는 자신의 작품을 새로운 여성성에 대한 신념이나 그녀 자신의 새로운 미학이라는 메시지를 전달하는 단순한 도구로 사용하지 않는다. 울프는 예술의 오랜 전통인 현실에 대한 모사를 거부하고 인상주의적이면서도 상징적이고 추상적인 예술을 제시하지만, 단순하게 이 미학은 적절하고 저 미학은 틀렸다고 평가하지 않는다. 작품에서 제임스가 등대에 도착하여 깨닫듯이, "아무것도 단순히 한 가지는" 아니다.

상상력의 온전한 구조

『등대로』는 세 부분으로 나누어져 있는데 일반적인 이야기의 연속성에 대한 기대에 반하여 서로간에 깊은 간극을 보이고 있다. 1부와 3부는 10년이라는 시간 차이가 있을 뿐 아니라, 1부 '창문'의 중심이 램지 부인이라면, 3부 '등대'는 릴리의 의식이 중심이다. 울프는 자신의 작품 중 가장 전기적인 작품인 이 소설을 쓰면서 부모님의 영향력에서 온전하게 벗어날 수 있었다고 일기에 쓰고 있다. 1부는 램지 부인으로 표상된 작가의 어머니 줄리아가 지배한 울프의 과거이며, 3부는 화가 릴리를 통해서 부모님의 영향을 벗어나 예술가로 독립한 그녀의 현재로 이해된다. 2부 '시간이 흐른다'는 어린 울프에게 개인적으로 충격적이었던 어머니의 죽음과 제1차 세계대전이라는 역사적으로 끔찍한 세월을 재현한 것이다. 이 부분에서 인간사는 괄호 안에 기록되고, 램지 부인은 "갑작스럽게 죽었기 때문에" 램지 씨의 "뻗은 팔은 허공을 잡았을 뿐"이라고 보고 된다. 여름 별장을 지키는 하녀와 그녀의 아들이 등장하지만, 인간의 존재를 무력하게 만드는 비인간적인 자연의 힘, 혼돈과 무질서, 죽음과 어둠이 전면을 지배한다.

하지만 주제와 구성의 관점에서 피상적으로 완전히 나누어진 1부와 3부는 2부의 간극을 건너서 아주 긴밀하게 연결된다. 2부는 1부와 3부를 나누는 10년의 세월을 공간적으로 상징하는 듯, 1부의 저녁은 2부의 밤을 지나고 3부의 아침으로 이어진다. 1부에서 잃어버린 낙원과도 같은 여름철 바닷가 별장에 램지 씨 부부와 여덟 아이, 손님들의 이야기는 하루의 밤과도 같은 전쟁과 죽음의 시간을 지나 3부에서 부분적으로나마 회복되는 것 같다. 3부 시작 부분에서 아들 제임스는 돌아가신 어머니를 기념하며 시작한 항해에서 여전히 아버지에 대한 적개심으로 불탄다. 1부의 램지 씨 부부와 제임스 사이의 오이디푸스적인 삼각관계는 3부에서 램지 씨가 배를 조정하여 등대에 도달한 제임스를 칭찬하면서 해소된다. 제임스는 부재하는 어머니를 대신해서 아버지를 선택함으로써 자신과 아버지를 동일시하는 가부장제의 승계를 완성한다. 램지 부인의 정신적인 딸인 릴리 또한 1부에서 시작한 그림을 3부에서 완성하고, "드디어 통찰력을 획득했다"고 생각한다.

이 작품은 미국 대학생들이 꼭 읽어야 할 100권의 책에 선정된 울프의 대표작으로 작품의 완성도에 대해서는 이견이 없다. 하지만 주제 면에서 완벽하게 봉합되는 결말, 그렇게 읽는 작품 해석은 여전히 2부가 드러내는 간극을 소화하지 못하고 있다. 만약 2부의 혼돈이 작품의 시작이며, 3부의 화해와 연결의 시도를 통해서 1부의 낙원과도 같은 과거가 구성되었다면, 과거의 행복과 완벽함은 언제나 현재의 필요에 의해서 인위적으로 허구로 만들어진 것에 불과하지 않은가? 동시에 그런 완벽한 허구적 구성을 가능케 하는 인간의 상상력은 현실 그 자체보다도 더 강력한 존재이다. 울프는 이 작품에서 모던 작가로서 인지했던 진실의 복잡성, 그것이 일으킬 수 있는 다양한 감정 등 그 모든 것을 전달할 수 있는, 상상력의 '불연속적인 연속성'[6]을 구현하는 유연한 소설 형식을 보여준다.

글 읽기의 메커니즘은 시간이 중요한 요소인데, 읽은 내용들이 점진적으로 기억되어 의미가 형성되는 전형적인 기억의 원리를 이용한 구조이다. 그런데 필자의 경험으로 울프 산문의 가장 힘든 점은 그녀 글은 그렇지 않다는 것이다. 울프는 비상하는 상상력을 따라 움직이면서, 기억의 법칙이 잘 작동하도록 글을 구성하지 않는다. 그녀는 자주 인위적으로 글을 급작스럽게 중단하고 그리곤 다시 이어간다. 울프는 자기가 받은 인상의 파편들을 그대로 기록한다고 주장했는데, 실제로 그녀는 피상적일망정 그 파편들 사이의 어떤 연결도 시도하지 않는 것처럼 보인다. 물론 이런 울프의 '불연속적인 연속성'의 내러티브는 모더니즘의 또 하나의 특징인 엘리트주의에서 의도되었을 수도 있다. 모더니스트들은 글을 어렵게 쓰며, 읽는 독자들은 의미를 파악하기 위해서 작가만큼 열심히 노력할 것을 요구한다. 하지만 작가에게 독자와의 소통은 가장 근본적이고 절대적인 욕망이다. 만약 울프가 연결하지 않는 것처럼 보인

---

6) 울프의 글들은 자주 내적인 논리의 한계 내지 외부적인 중단으로 실제로 분리된다. 하지만 그런 중단들을 사용해서 다시 연결된다. 1991년 박사 학위 논문에서 필자가 이런 현상을 지칭해 조어한 용어이다.

『등대로』의 모델이 되었던 세인트 아이브스 섬의 등대.

다면 그것은 사실 한 차원 더 높은 연결법일 뿐이다.

　울프는 독자들을 의식세계 깊숙이 인물들의 감정과 생각이 예측할 수 없게 출렁이는 세계로 이끌어 간다. 그녀의 작품에서 현실의 공간적 배경이나 인물의 행동과 사건, 현재적 시간은 단지 긍정과 부정, 사랑과 증오 같은 의식들과 감정들이 얽히고설킨 세계로 들어가는 통로이다. 울프 작품의 진정한 드라마는 인물 내면의 생각들, 그 생각들 속에서 솟구치고 잦아드는 감정들이 이루어 낸다. 이 드라마는 외부의 자극에 대한 반응일 수 있지만, 마치 자체 동력이 있는 듯 전혀 예측할 수 없이, 나름의 리듬으로 분출한다. 『등대로』의 2부는 이런 내적인 리듬이 절정을 이룬다. 작가는 마치 상상력의 엄청난 힘에 온전히 자신을 내맡긴 듯, 강렬한 이미지들이 난무한다. 낭만주의 시인들이 믿었듯이, 자연은 정말 인간의 내적 아름다움을 비추는 거울인가? "그러나 해안을 거닌다는 것은 불가능했다. 명상에 잠기는 것이 참을 수 없어진다. 거울이 깨진 것이다." 1차 세계대전 그리고 이 소설을 쓸 즈음에는 상상할 수도 없었던 더 끔찍한 2차 세계대전이 일어났다. 인간 존재에 대한 실망과 좌절로 낭만주의 시인들이 믿었던 실제를 비추는 거울이 깨졌나? 그래서 울프의 작품은 파편적인가? 차라리 울프의 상상력은 깨진 거울을 깨진 그대로 미학적인 대상으로 승화시킨다. 이것이 인간과 삶에 대한 울프의 절대적인 긍정이다. 그녀의 작품들은 자주 당혹스러울 정도로 거칠고 생경하며, 잔인할 정도로 냉소어린 비전을 드러내지만, 그녀의 견줄 데 없이 섬세한 상상력의 손길은 모든 불화와 다툼 아래 화합과 연속성의 리듬을 드러낸다.

울프의 화자는 모든 인물들의 마음을 넘나들지만, 그들의 생각을 요약해 의미를 부여하거나 옳고 그름을 판단하지 않는다. 거침없이 이 인물에서 저 인물의 생각으로 널뛰듯 이동하고 다시 인물들 외부에 위치하면서, 한 대상을 조명할 수 있는 다양한 관점을 드러낸다. 울프의 매력은 바로 그런 독특한 화자와 밀착되어 그 얽히고설킨 개개 의식 세계를 누비는 것이다. 울프의 글은 보이는 세계에서 보이지 않은 세계로 비약하고, 동시에 그런 글의 비약 자체를 어리석은 판타지로 반박하면서, 인식의 지평은 확대되고 감추어진 세계가 어슴푸레 떠오른다. 분명 우리 삶의 일부지만, 지금껏 한번도 재현된 적 없는 새로운 세계이다. 이 세계는 외부와 언제나 겹쳐지고 연결되는 동전의 양면이요, 가장 구체적이고 세밀한 감각을 통해서 열린다. 물론 이런 시도는 안전한 현재에서 불확실한 세계를 넘보는 것이며, 한순간 깊은 나락으로 추락할 수 있는 모험이다. 하지만 문학이 원래 삶의 일상에서 닫히고 갇힌 공간과 시간을 여는 것이라면, 울프와 함께 도전할 가치가 있지 않을까?

더 생각해볼 문제들

1. 어떤 작품이든 독자적으로 이해하려는 시도는 실패할 수밖에 없다. 울프를 이해하기 위해서는 작품이 쓰여 진 역사적, 사회적, 문화적 상황은 물론이고, 동시대의 남성 작가들, 특히 E. M. 포스터, 제임스 조이스와 비교해볼 필요가 있다. 포스터의 경우 울프가 가장 존경하며 두려워했던 자신의 작품에 대한 비평가였다. 또한 울프 사후 그녀 작품에 대한 비평의 방향을 주도하며, F. R. 리비스같은 비평가처럼 울프를 조이스에게는 못 미치는 2류 모던 작가로 평가하는데 기여했다. 당대에 포스터는 울프보다 더 유명한 작가였고 그의 예술에 대한 생각은 울프에게 지대한 영향을 미쳤다. 하지만 현대에 이르러 울프는 조이스에 버금가는 최고의 모더니스트로 부상한 반면, 포스터의 작품은 예술성에 있어서 울프에 못 미치는 것으로 평가받는다.

2. 모더니즘 소설가들은 빅토리아 시대 사실주의 소설들을 비판했고, 희화했으며, 자신들 작품의 우월성을 주장했고, 새 시대의 새로운 작가들로서 자부심을 한결같이 드러낸다. 하지만 그들이 공통적으로 느꼈던 열등감내지는 한계성이 있다. 모더니즘 작가들은 거의 절망에 가까운 "너무 늦게 왔다 (belatedness)"는 인식에 시달렸다. 이 생각은 빅토리아 시대 사실주의 소설들이 너무나도 위대한 업적을 이루어, 자신들이 소설가로서 더 이상 개척하거나 성취할 여지를 남기지 않았다는 무력감을 의미한다. 아마도 그런 인식이 그들로 하여금 더욱 자신들의 차이를 강조하고, 새로운 소설의 형식을 실험하며, 모더니즘 소설을 탄생시키게 했으리라.

3. 1993년 울프의 『자기만의 방』에서 제목과 내용 일부를 빌려 한국 여성의 이야기를 각색한 페미니즘 연극이 대성공을 거두었다. 연극은 "자기만의 방"과 함께 "양성의 비전"을 언급하지만, 자기만의 방을 가질 수 없는 불공평한 여성의 상황을 의식화하는데 거의 전념했다. 그에 반하여 양성의 비전이 중심이 되는 연극을 각색한다면, 『등대로』에서 그 모델을 찾을 수 있다. 작품

은 남성성과 여성성이라는 특질 자체가 갖는 사회적이고 문화적인 가치와 의미를 파헤치는 것이 아니라, 그런 특성들이 각자에게 요구하는 서로에 대한 예절(code of manner)과 상호 보완적인 역할 맡기를 통해서 여자와 남자를 서로 화합하고 연결시키는 것을 보여준다.

추천할 만한 텍스트

『등대로』 버지니아 울프 지음, 박희진 옮김. 솔출판사.

정명희(鄭明姬)   국민대학교 영어영문학과 교수.

연세대학교 영어영문학과와 동 대학원을 졸업하고 미국 뉴욕 대학교에서 영문학 박사 학위를 취득했으며 현재 한국버지니아 울프 학회의 회장을 맡고 있다.

번역서로 『댈러웨이 부인』과 『막간』, 『버지니아 울프: 존재의 순간들, 광기를 넘어서』가 있고, 논문으로는 박사 학위 논문인 "Virginia Woolf's Aesthetic of Androgyny", 「문화의 파편들과 공동의 삶」, "Mediating Woolf for Korean Readers" in Woolf Across Cultures, 「『댈러웨이 부인』: 파티와 파티의식」 등이 있다.

그것은 그 여자의 잘못이 아니었으며, 심지어 사랑의 탓도

아니었고 섹스의 탓도 아니었다. 잘못은 바로 저기, 바깥에,

저 사악한 전기 불빛과 덜컥거리는 악마적인 저 기계 소리에 있었다.

저기, 기계적이고 탐욕스럽기 그지없는 메커니즘과 기계화된

탐욕의 세상에, 불빛이 번쩍거리고 뜨거운 금속을 뿜어대며

차들과 사람들의 왕래로 요란스러운 저 바깥세상에,

거대한 악마적 존재가 순응하지 않는 것은 무엇이든지 모두

파괴해버릴 태세를 한 채 도사리고 있었다. 그것은 머지않아 이 숲도

파괴해버릴 것이며, 블루벨도 더 이상 피어나지 못하게 될 것이다.

데이비드 허버트 로렌스 (1885~1930)

20세기 초 영국의 대표적인 소설가로 영국 중부의 내륙 지방인 노팅엄셔의 이스트우드에서 광부인 아버지와 교사였던 어머니 사이에서 태어났다. 고등학교 졸업 후 초등학교에서 교생으로 가르치다가, 1908년에 노팅엄 대학의 교사 양성과정을 마친 후 정식으로 교사생활을 시작했다. 1906년경부터 틈틈이 창작 활동을 했고, 1912년 대학시절 은사의 아내이자 여섯 살 연상이었던 독일 여인 프리다 위클리를 만나 사랑에 빠진다. 그리고 프리다와 함께 독일로 도피해 있다가 1914년 그녀가 남편과 이혼한 직후 정식으로 결혼한다. 1차 세계대전이 발발한 뒤 아내와 함께 이탈리아, 미국 등을 떠돌면서 작품 활동을 했다.

어렸을 때부터 건강이 좋지 않았던 그는 1930년 프랑스에서 폐결핵으로 사망한다. 남녀관계를 주제로 인간다움을 파괴하는 현대의 기계 산업 문명에 대한 끈질긴 비판이 그의 소설세계의 주된 특징이다. 대표작으로 자전적 소설인 『아들과 연인』을 비롯하여 『무지개』, 『연애하는 여인들』 그리고 『채털리 부인의 연인』 등이 있으며 이밖에 훌륭한 시와 그림들도 많이 남겼다.

03

현대 기계문명 비판과 인간다움의 추구
로렌스의 『채털리 부인의 연인』

이인규 | 국민대학교 영어영문학과 교수

『채털리 부인의 연인』에 대한 오해

흔히 '채털리 부인의 사랑'이라는 제목으로 잘못 알려져 있는『채털리 부인의 연인(*Lady Chatterley's Lover*)』은 20세기 초 영국의 대표적인 작가 로렌스(David Hervert Lawrence)가 1928년에 쓴 소설이다. 이 소설은 특히 로렌스가 병마와 싸우는 힘든 상황에서도 원고를 두 차례나 다시 쓰는 등 심혈을 기울여 쓴 작품으로 그의 마지막 장편 소설이다. 그런데 이 작품은 성(性)적인 내용 때문에 합법적인 출판이 되기까지 남다른 어려움을 겪었다. 로렌스는 1928년 7월 플로렌스의 한 서적상에게 의뢰하여 자비로 이 소설을 출판한다. 이 작품은 나오자마자 곧 일대 센세이션을 일으킴으로써 즉각 영국과 미국에서 판금이 된 채, 무수한 해적판들만 불법적으로 은밀하게 비싼 값으로 유통된다. 그러다가 로렌스 사후 거의 30년이나 지난 1959년에 와서야 미국의 '그로우브' 라는 한 출판사가 정부를 상대로 소송에 이기고, 이듬해인 1960년 영국에서도 펭귄 출판사가 비슷하게 법정 투쟁에서 승리함으로써 『채털리 부인의 연인』은 미국과 영국에서 합법적으로 출판이 된다.

　『채털리 부인의 연인』이 이렇게 남다른 과정을 거쳐 출판된 상황은 작가 로렌스와 작품을 대중적으로 유명하게 하는 결과를 낳기는 하였지만, 다른 한편 심각한 오해를 낳기도 했다. 왜냐하면 이 작품은 로렌스가 죽음과 싸우면서 심혈을 기울여 현대 문명과 인간의 문제에 대한 본질적 진단과 처방으로 제시한 작품인데, 출판 과정에서의 논쟁으로 인해 작품의 노골적인 성 묘사 측면만이 대중적으로 부각되고 선전됨으로써 작품 자체의 전체적 성격이 왜곡되어 알려지는 부정적 결과를 가져왔기 때문이다. 오늘날 대부분의 사람들이 『채털리 부인의 연인』에 대해 음란한 호색문학 또는 에로티시즘의 고전쯤으로 알고 있거나 로렌스를 성 문학의 대가 정도로만 인식하고 있는 것은 바로 이런 사정에서 비롯되었다.

　그러나 작품을 꼼꼼히 제대로 읽어본 독자는 알겠지만, 이 작품은 음란한 호색문학은 물론이고 에로티시즘과도 아주 거리가 멀다. 물론 이 작품에는 솔직하고 대담한 성행위 장면들과 성적 묘사들이 여러 차례 나와 상당 부분을 차지하고 있긴 하다. 하지만 이것들은 추잡한 성적 흥분과 충동을 조장하거나 성애 그 자체의 아름다운 미화나 탐닉을 목적으로 하는 것들이 아니다. 작품 속에서 그려지는 코니와 멜러즈의 성관계는 불륜이나 난잡한 성관계를 긍정하는 것이 아니라 오히려 돈과 기계, 차가운 이성이 지배하는 비인간적인 산업 사회 문명 속에서 진정한 인간다움을 지키고 회복하고자 하는 진지한 도덕적 모색의 방편으로서 추구되고 있다. 사실 로렌스 자신도 친구에게 보낸 한 편지에서 "때를 가리지 않고 하는 난잡한 섹스보다 나를 더 구역질나게 하는 것은 없습니다. (…) 내가 방탕한 성행위를 조장하는 것으로 받아들여지다니 그건 당치않은 소리입니다"고 하는 등 이 작품에 대한 오해를 우려했다. 따라서 작품에 관한 대중적 악명에 이끌려 이 소설을 음란한 호색문학으로 낙인찍거나 아니면 성 문학의 선구적 역할 정도로 치부하는 것은 작가의 의도와 작품의 진정한 주제를 제대로 파악하지 못한 데서 발생한 그릇된 판단에 불과하다.

산업사회와 기계문명 비판으로서의 『채털리 부인의 연인』
『채털리 부인의 연인』의 배경은 1차 세계대전 직후 영국의 중부 탄광 산업 지대인 테버셜이라는 마을이다. 하지만 이 마을은 작품 속에서 자본주의와 기술 문명이 지배하는 산업 사회의 비인간적 본질을 집약하고 있는 전형(典型)으로서 의도되고 있다. 따라서 그곳에서 움직이는 세 주인공, 즉 클리퍼드와 코니 그리고 멜러즈 역시 일단 각각 독특한 개성을 지닌 인물들이지만 궁극적으로는 문명과 시대의 본질적 문제를 대변하거나 대응하고 있는 전형들로 형상화되고 있다.

가령 클리퍼드의 경우, 그는 작가이자 명문가의 지주 자본가로서 로렌스가 혐오하는 현대 문명의 비인간적 속성을 복합적으로 구현하고 있는 인물이다. 그의 비인간적 정신성 그리고 기계적 탐욕은 한 개별 인물로서 지니는 특수한 인간적 결함이지만 동시에 당시 영국 사회의 공허한 관념주의적 지적 풍토와 불모성 그리고 자본주의적 물신성[1]을 섬뜩하게 집약하고 있는 성격으로 나타난다. 그는 살아 있는 인간적 접촉을 할 수 없는 인물이며, 따라서 모든 것을 공허한 말과 추상적 관념 그리고 기능 따위로 환원해버린다. 겉으로는 살아 있지만 모든 인간다운 감정과 건강한 본능을 결여한 무생물적 존재로서 실질적으로는 죽은 인간이나 다름없다. 그는 나아가 자신의 그런 비인간적 존재성을 남편으로서, 지주로서, 자본가로서, 지배계급으로서 다른 존재들에게 강요하는 끔찍한 존재이기도 하다.

클리퍼드의 이런 비인간적 성격은 그의 육체적 불구성을 통해 처음부터 명백하게 상징되고 있지만, "기계처럼 강철로 된 껍질을 하고 안쪽의 몸은 부드러운 과육으로 된 갑각류 무척추동물" 같은 비유를 통해 강조된다. 그가 모터의자에 올라타고 영지의 임원(林苑)을 운전해 나아갈 때 물망초꽃들이 무참히 짓밟히면서 "선갈퀴와 자난초 등이 덜컹거리며 지나가는 바퀴에 짓밟히고, 덩굴 좀가지풀의 노란 작은 꽃받침이 으깨어지는" 장면은 그의 끔찍한 파괴적 이미지를 강렬한 인상으로 각인해 놓는다.

한편 클리퍼드와 같은 지배 계급의 파괴적 영향력을 통해 산업

---

1) 물질이나 상품이 인간의 삶을 지배하는 절대적 가치로 기능하거나 숭배되는 현상을 가리키는 마르크스주의적 개념으로서 흔히 물신숭배(fetishism)라고 표현되기도 한다.

사회의 비인간적 문명은 하층 대중들까지도 완전히 지배하고 있는 것으로 나타난다. 즉, 하층 계급의 삶 역시 산업 사회의 반인간적 기계와 물질문명에 사로잡혀 참다운 삶의 가능성을 상실한 끔찍한 것으로 작품 속에서 그려지고 있는 것이다. 물론 피지배 계층이기 때문에 그들의 삶은 클리퍼드와 같은 지배 계급보다 더욱더 추하게 일그러진 모습을 띠고 있다. 이것은 이웃 고을인 어쓰웨이트로 가는 도중 코니의 눈에 비친 테버셜과 인근 지역의 "자연의 아름다움이 완전히 말살되고, 삶의 즐거움이 완전히 말살되었으며, 어떤 새나 짐승이든지 다 지니고 있는 균형미에 대한 본능이 완전히 부재하고, 인간적 직관력이 완전히 사멸해버린 풍경"에 대한 긴 묘사를 통해 아주 비장하고 통절한 어조로 표현되고 있다.

클리퍼드가 버티고 있는 라그비와 테버셜로 대변되는 현대의 산업 사회는 요컨대, "전기 불빛 속에서 사악하게 번쩍거리고 있는 저바깥 세상의 끔찍한 괴물"로서 계급의 구분 없이 모든 인간의 생명력과 인간다운 감정을 다 죽이고 오직 "돈과 기계 그리고 세상의 생명 없이 차갑고 관념적인 원숭이 작태"[2]에만 사로잡혀 있는 절망적인 현실이다. 그런데 이렇게 끔찍하고 절망적인 현실에 직면하여 로렌스는 그 근본적인 원인과 해결책이 바로 남녀간의 성의 문제에 있다고 본다. 그리고 이것을 그는 코니와 멜러스의 관계를 통해 구

---

2) 모더니즘을 비롯한 20세기 초의 지적 풍토가 인간의 건강한 육체적 관계를 외면한 채 공허한 정신주의에 빠져 있다고 판단한 로렌스의 입장을 표현하는 말로, 영어로는 'monkeyishness'이다.

체적으로 표현하고자 한다.

로렌스가 비판하는 산업 사회의 문제의 핵심은 그것이 창조적인 인간다움을 말살해버린다는 사실에 있다. 이때 인간다움은 로렌스에게 있어 살아 있는 하나의 유기체적 개체로서의 온전성뿐만 아니라 "자연 만물과 우주와의 생생하고 활력이 솟는 관계", 그리고 다른 인간과의 창조적이고 살아 있는 관계를 아울러 성취하고 있는 상태를 의미한다. 그런데 이러한 인간다움의 바탕이자 뿌리는 바로 각 개별 존재의 육체로 인식된다. 육체가 살아 있을 때 비로소 한 인간은 창조적 개체로서의 온전함을 이룰 수 있고, 육체를 통해 살아 있는 한 개체는 다른 사람과의 살아 있는 부드러운 접촉과 공감이 가능하며, 육체를 통해 인간은 자연 그리고 우주와 '생생하고 활력이 솟는 관계'를 맺을 수가 있기 때문이다.

따라서 산업 사회가 인간다움을 말살한다고 할 때, 그 죄악의 궁극적 본질은 로렌스에게 있어 바로 육체의 살인이다. 즉, 산업 사회의 '돈과 기계 그리고 차가운 정신'이 인간에게 끼치는 모든 파괴적 영향력의 핵심은 결국 그것이 인간의 육체를 타락시키고 마비시키며 유기한다는 사실에 있는 것이다. 클리퍼드가 코니에게 그리고 테버셜의 광부들에게 범하는 죄의 본질은 바로 이것이며, 테버셜의 광부들의 흉칙한 육체를 보고 코니가 느꼈던 절망감의 본질도 바로 이것이다.

"아, 하느님, 인간은 같은 인간에게 대체 무슨 짓을 한 건가요? 지도자라는 사람들은 동료 인간들에게 대체 무슨 짓을 가해 온 것인가

요? 그들은 동료 인간들을 인간다움 이하의 존재로 전락시켜버렸나
이다. 그래서 이제 인간의 우애라곤 더 이상 존재할 수가 없게 되었
나이다! 그저 악몽 같기만 한 세상이 되었습니다."

그러므로 이 육체의 죽음을 막고 그것을 되살리는 일이야말로 로
렌스에게 있어서는 현대 산업문명이 치닫고 있는 파국을 면할 유일
하고도 가장 근원적인 처방으로 인식된다. 물론 이때 육체의 죽음
은 곧 남녀간의 왜곡된 육체적 접촉, 즉 성관계를 통해서 시작되고
나타나는 것이므로, 육체의 회복은 당연히 남녀간의 건강한 육체적
접촉, 즉 자연스러운 성관계를 통해 실현될 수밖에 없다. 이러한 생
각은 주로 멜러즈의 입을 통해 일관되게 그리고 반복적으로 토로되
곤 하는데, 가령 그는 코니에게 이렇게 말한다.

> "남자가 따뜻한 가슴으로 성행위를 하고 여자가 따뜻한 가슴으로 그
> 것을 받아들인다면 세상의 모든 것이 다 잘되리라고 난 믿고 있소.
> 차디찬 가슴으로 하는 그 모든 성행위야말로 바로 백치 같은 어리석
> 음과 죽음을 낳는 근원인 것이오."

즉, 따뜻한 가슴으로 하는 성행위는 로렌스가 보기에 바로 인간
과 인간 사이의 부드러운 애정과 공감, 즉 살아 있는 접촉을 가능케
하는 출발점인 것이다.

코니와 멜러즈의 성관계 묘사는 작품에서 여덟 차례에 걸쳐 표현
되고 있다. 그런데 그들의 행위는 동일한 성적 쾌락의 반복된 표현

이 아니라 두 사람이 부드럽고 따뜻한 육체적 접촉의 완성을 향해 나아가는 과정으로서 각기 다른 양상과 의미를 띠고 나타난다. 코니의 경우, 클리퍼드와의 생명 없는 삶으로 인해 죽어버린 육체가 멜러즈와의 관계를 통해 되살아나기까지 그녀는 "그녀의 여성적 의지와 고집스러움"이 부서지고 "현대 여성으로서 그녀의 머리"가 씻겨지며 계급적 차이와 그녀를 사로잡고 있는 내면의 분노와 저항감을 하나씩 극복해 나가야 하는 어려운 과정을 겪는다. 그리고 멜러즈 역시 코니와의 관계에서, 인간적 접촉과 공감의 가능성을 위한 세상과의 싸움을 다시금 결심하기 전에, 세상을 등진 채 도피적이고 폐쇄적인 자존만을 지키려던 패배주의적 절망과 거부감을 극복하는 내적 갈등과 고통의 과정을 겪는다. 따라서 두 사람의 성관계 장면에는 늘, 육체적 행위 그 자체와 더불어 각자 또는 상호간의 의식과 대화 속에서 일어나는 갈등이나 고민 또는 변화의 국면들이 앞서거나 뒤따르곤 한다.

물론 코니와 멜러즈의 성적 관계에 대한 표현이 상당 부분 육체적 접촉의 경험에 대한 생생한 묘사로 이루어져 있는 것은 사실이다. 하지만 이들의 관계를 통해 로렌스가 정신적 결합을 배제한 채 오로지 육체적 접촉 그 자체만을 절대적인 것으로 강조한다고 보아서는 안 된다. 이 작품에서 육체적 결합이 강조된 것은 클리퍼드와 같이 육체를 말살하는 기계적 정신성에 대한 반작용으로 인한 것일 뿐, 로렌스가 궁극적으로 지향하는 것은 남녀간에 있어 육체와 정신이 자연스럽고 조화롭게 합일된 관계이다. 사실 육체만의 접촉은 바로 로렌스가 작품에서, 육체가 없는 정신성과 마찬가지로 분명히 배격하는 '기계적인 성행위' 내지는 "그저 근사하고 강렬하며 날카롭게 꿰뚫는, 차가운 가슴의 성행위"일 뿐이다. 코니가 마이클리스와 갖는 성관계가 그런 것이고 멜러즈가 그의 아내와 행하는 동물적 성행위의 탐닉도 본질적으로 그러하다. 심지어 코니와 멜러즈 사이도 그들의 육체적 관계가 온전한 합일에 이르기 전에는 그런 측면을 어느 정도 보이고 있다. 따라서 코니와 멜러즈의 성관계가 갖는 이러한 차별성과 과정적인 의미를 제대로 인식하지 못할 때 우리는 작품의 본질을 벗어나 부질없는 외설 시비에 빠지거나 에로티시즘의 고전 정도로 작품을 이해하는 '기계적' 해석 수준에 머무르고 말 것이다.

『채털리 부인의 연인』의 현재적 의미

앞에서 우리는 『채털리 부인의 연인』에 대한 올바른 이해를 위해 이 작품에서 묘사되고 있는 남녀간의 성적 결합의 문제를 비인간적인 현대 산업문명에 대한 로렌스의 전면적인 비판과 구원의 모색이라는 큰 주제의 차원에서 파악해야 한다는 점을 강조하고자 했다. 그렇다면 로렌스의 그러한 비판과 모색은 과연 얼마나 타당성과 설득력을 가지는 것인가? 나아가 그의 비판과 모색은 21세기에 접어든 이 시대에 그리고 우리가 살고 있는 이 한국이라는 사회에서 얼마만큼 현재성과 실효성을 가질 수 있는가?

먼저 로렌스의 문명 비판에 대해 말해보자. 인간다움을 파괴하는 산업사회의 기계문명에 대한 로렌스의 비판은 본질적 타당성을 지니며 여전히 유효하다. 아니, 현대 문명의 인간성 파괴와 파국성에

209

대한 로렌스의 통렬한 비판과 외침은 오늘날 오히려 더욱 절실한 호소력과 진실된 예언적 설득력을 갖는다고 해야 할 것이다. 자본주의적 물질문명이 극대화되고 과학 기술의 발달로 복제와 유전자 조작 그리고 정보와 가상현실의 시대가 된 오늘날 인간다움의 상실과 파괴는 이미 도를 넘어선 지 오래기 때문이다. 멜러즈가 어둠 속에서 테버셜의 탄광을 보며 느꼈던 "전기 불빛 속에서 사악하게 번쩍거리고 있는 저 바깥세상의 끔찍한 괴물"은 오늘날 더욱 사악하고 끔찍한 형상이 되어 있으며, "허공을 맴돌면서, 누구든지 삶답게 즉 돈을 초월하여 진정으로 살아가려고 하는 자가 있으면 그의 목을 졸라 생명을 빼앗아 없애버리려 하고 있는, 〔괴물의〕 움켜잡으려는 커다랗고 허연 두 손은" 오늘날 더더욱 끔찍한 마수로 우리의 목을 조르고 있다. 그리고 그런 가운데 우리들 대부분은 점점 더 "기계적이고 탐욕스럽기 그지없는 메커니즘과 기계화된 탐욕"에 사로잡힌 채 "돈과 기계 그리고 세상의 생명 없이 차갑고 관념적인 원숭이 작태"에 광분하기만 할 뿐, 비극적이고 절망적인 "이 시대를 비극적으로 받아들이려고 하지 않는다."

한편, 이 소설에서 로렌스가 들추고 비판하는 20세기 초 서구 산업사회의 추한 실상 가운데는 아직 탐욕스럽고 무지한 천민자본주의 수준을 벗어나지 못한 우리나라의 현실에 특히나 잘 들어맞는 부분들이 적지 않다. 가령 보울튼 부인이 요약하여 전하는 테버셜 마을의 대중들과 젊은이들의 천한 향락적 세태가 우리의 풍속도와 흡사하며, 코니가 자동차를 타고 가면서 보는 테버셜 인근의 추한 삶의 현장 역시 새마을운동이라는 폭력적 자본주의화의 파괴를 거친 우리의 농촌 현실을 연상시킨다. 또한, "오늘날 세상에는 오직 하나의 계급만 존재하는 것이니, 그것은 바로 '돈에 사로잡힌 돈돌이 계급'이었다. 돈돌이 사내(moneyboy)와 돈돌이 계집(moneygirl). 차이가 있다면 오직, 돈을 얼마나 많이 가지고 있느냐와 돈을 얼마나 많이 바라느냐일 뿐이었다"는 코니의 생각을 다음의 내용과 함께 연결하여 보라.

> 사람들은 거의 차이가 없이 모두 똑같았다. 모두들 그녀에게서 돈을 뜯어내려는 마음밖에 없었다. 그리고 여행자들의 경우는, 억지로라도 즐거움을 끌어내고자 하는 마음밖에 없었는데, 그것은 마치 돌에서 피를 쥐어 짜내려고 하는 것과 같은 억지였다. 불쌍한 산들! 불쌍한 풍경들! 짜릿한 흥분을 일으키고 즐거움을 주도록, 그것들은 모두 계속해서 쥐어 짜내고 또 짜내져야만 했다. 그저 작심이라도 한 듯이 즐기고자 달려드는 이 사람들은 도대체 뭘 어쩌자는 속셈인가? … 이 쓰레기 같이 천박한 졸부들과 향락족들의 세상…. 아, 이 향락족들! 아, 이 '즐기자' 판! 그건 또 다른 형태의 현대적 질병이었다.

실로 부끄러운 우리의 자화상과 조금도 다르지 않다.

그 밖에도 로렌스가 인간다움을 회복하는 관건으로 주장하는 "따뜻한 가슴으로 하는 성행위"의 중요성에 대해서는 약간 조심스럽게 말해볼 수 있다. 왜냐하면 육체와 성의 측면에 있어 로렌스 당대에 비해 크게 달라진 오늘날의 문화적 상황에서, 육체와 성에 관한 로렌스의 주장은 문명 비판의 경우처럼 강한 호소력과 현재성을 지니지는 못하게 되었기 때문이다. 물론 로렌스가 창조적 인간다움의 바탕인 육체의 온전한 되살림의 중요성을 역설한 것은 오늘날에도 여전히 본질적인 타당성을 지닌다. 그리고 그러한 육체의 회복을 바탕으로 육체와 정신의 조화로운 합일에 기초한 인간관계의 의미와 가치에 대해서도 우리는 로렌스의 입장에 충분히 동의할 수 있다. 하지만 오늘날 고도로 감각화되고 세련된 자본주의적 소비와 향락의 문화에서 우리가 직면하는 문제는 클리퍼드나 그의 친구들 같은 지식 계층들이 보이는 현대인의 공허한 정신성보다는 오히려 멜러즈의 아내나 리도의 향락족들에게서 찾아질 수 있는 '기계적인 성행위'의 비인간성, 즉 육체적 욕망의 말초적 탐닉에 있다. 따라서 로렌스의 주장이 오늘날 새롭게 설득력을 갖기 위해서는 비판의 대상으로 삼고 있는 것들에 대한 강조와 비중의 조정이 필요하다. 즉, 멜러즈와 코니의 관계에 대응하는 반인간적 존재 양태로서 클리퍼드의 육체적 불구성보다는 멜러즈의 아내나 리도의 향락족들의 육체적 과잉 내지는 작품 후반에서 언급되는 클리퍼드와 보울튼 부인 사이의 도착된 유아적 육체 접촉 같은 것이 더 강조되고 그것들에 대한 비판과 묘사가 비중 있게 행해졌다면 이 소설의 현재성과 호소력은 더욱 확고해졌을 터이다.

그러나 작품의 현재적 설득력에 대한 이러한 지적은 어디까지나 상황의 변화에 따라 결과론적으로 내린 설명에 지나지 않는다. 작품의 평가에서 중요한 것은 거기에 나타난 작가의 세계관이 지닌 진실성과 타당성 여부인데, 그 점에 있어서 로렌스의 이 작품은 투철한 작가 정신과 통찰 깊은 상상력의 소산으로서 그 어떤 소설보다도 뛰어나고 선진적인 작품이라고 할 것이다. 요컨대『채털리 부인의 연인』은 흔히 알려졌듯이 외설이나 에로티시즘을 조장하는 소설이 아니라 산업사회와 기계문명의 파괴적인 힘에 맞서 인간의 건강한 생명력과 창조성의 회복을 부르짖는 예언자적 통찰과 호소를 구현하는 작품으로서 오늘날 더더욱 새로운 가치와 의미를 갖는다고 하겠다. 우리의 잘못된 선입견을 교정하고 이 소설의 이러한 진면목을 제대로 이해하기 위한 무엇보다 가장 빠르고 좋은 방법은 이 소설을 '다시' 그리고 '자세히' 읽어보는 것일 것이다. 왜냐하면『채털리 부인의 연인』은 첫인상 또는 선입견의 피해를 가장 많이 보는 작품 가운데 하나이기 때문이다.

더 생각해볼 문제들

1. 남녀평등의 사상을 주장하는 여성론(feminism)적 관점에서 『채털리 부인의 연인』을 읽는다면 어떤 식으로 평가할 수 있을까?

   로렌스는 흔히 남성 중심적 성향을 강하게 지닌 작가로 알려져 있다. 『채털리 부인의 연인』에서도 주인공 코니는 멜러즈에 비해 수동적인 존재처럼 보인다. 그러나 코니와 멜러즈의 관계는 전통적인 남녀관계와 다른 면모도 적지 않게 존재한다. 그리고 이 소설은 코니가 여성으로서 자신의 진정한 주체성을 깨달아가는 과정을 다룬 작품으로 볼 수도 있다.

2. 이 작품에서 묘사되는 성관계 장면은 과연 얼마나 노골적인가? 이 작품을 단순한 호색문학이 아닌 훌륭한 예술 작품으로 만드는 점을 성관계 장면의 묘사에서 찾을 수 있는가?

   코니와 멜러즈의 성관계 장면은 여덟 번에 걸쳐 묘사되고 있다. 이 중 다섯 번째와 여섯 번째에 해당되는 14장과 15장에서의 묘사와 대화는 상당히 대담하고 직접적이다. 하지만 이 두 경우를 뺀 나머지 장면들에서는 구체적 사실성이 생각보다 적고 오히려 이미지나 비유를 통한 문학적 묘사의 성격이 훨씬 강하다. 가령, 다음과 같이 시작되는 네 번째 장면의 묘사를 보라. "그녀는 마치 바다가 되어 오직 검푸른 파도만이 솟아오르고 출렁이는 듯했는데, 파도가 거대하게 부풀어 오르며 출렁여서, 그 검푸르게 펼쳐진 바다 전체가 천천히 움직이면서 일렁였으며, 그녀는 대양(大洋)이 되어 검고 말없는 한 덩어리의 물결로 넘실거리고 있는 것 같았다."

3. 현대의 발달된 과학문명이 초래한 가장 절박한 사안은 환경 문제라고 할 수 있다. 『채털리 부인의 연인』에서는 자연과 생태 문제가 어떻게 다뤄지고 있는가?

   『채털리 부인의 연인』에서 로렌스가 가장 역점을 두고 비판하는 기계 문명의 죄악은 건강한 인간다움의 파괴이다 하지만 로렌스는 이 작품에서 자연에 대한 기계 문명의 파괴성도 간과하고 있지 않다. 이는 라그비의 임원을 중심으로 나무와 숲과 꽃에 대한 묘사나 언급이 상당히 많다는 사실에서, 그리고 클리퍼드의 모터의자가 꽃밭을 짓밟고 지나가는 장면 등을 통해 잘 알 수 있다. 자연에 대한 로렌스의 이러한 태도는 비록 명시적인 것은 아니지만 산업 문명에 대한 비판의 연장선으로서 현대의 환경론이나 생태주의적 사유와 연결 지어 생각하기에 충분하다.

추천할 만한 텍스트
『채털리 부인의 연인』 D. H. 로렌스 지음, 이인규 옮김. 민음사. 2003.

이인규 국민대학교 영어영문학과 교수.
 서울대학교 영어영문학과를 졸업하고 동 대학원에서 영문학 석사 및 박사 학위를 취득했다. 미국 인디애너 대학교와 버지니어 대학교에서 방문교수로 연구 활동을 한 바 있으며, 역서로 『채털리 부인의 연인』(2003)과 『라셀라스』(2005)가 있다.

IV

가능세계, 혹은 허구적 실험

"무릇 남자와 여자는 법 앞에서 평등해야 합니다.

법은 법을 적용받는 사람들의 동의 위에 만들어져야 합니다.

… 더욱이 이 법이 만들어졌을 때 우리 여자들은 동의하지 않았고

의견을 내놓을 수도 없었습니다. … 그러나 시장님께서

이 법을 시행해서 나의 몸과 시장님의 영혼에 해를 끼치고 싶으시다면

그렇게 하세요. … 남편이 원할 때마다 언제든지 제가 제 몸 전부를

양도하기를 거부했던 적이 있었는지 남편에게 물어봐주세요."

시장의 심문을 기다릴 것도 없이 리날도는 추호의 의심도 없이 자기가

육체적인 쾌락을 요구할 때마다 아내는 다 주었다고 대답했습니다.

조반니 보카치오 (1313~1375)

이탈리아 르네상스 문학을 대표하는 작가 보카치오는 1313년에 태어났다. 아버지 보카치노 디 켈리노는 피렌체에서 잘 나가던 부유한 사업가였다. 보카치오는 사생아로 태어났지만, 아버지의 뒤를 이어 사업가가 되기 위한 좋은 교육을 받았다. 그러나 그가 관심을 기울인 쪽은 문학과 역사였다. 1325년부터 1340년까지 나폴리에서 은행 일을 배우는 한편 나폴리의 활기차고 역동적인 분위기 속에서 수많은 작가, 화가와 교류하면서 자유로운 문학 수업을 하고 인문학 연구에 전념했다.

보카치오가 『데카메론』을 쓴 것은 나폴리에서 돌아와 페스트가 창궐하던 피렌체에 머물던 때로, 그는 피렌체 정부를 위하여 외교사절로 활동하거나 시정에 참여하기도 했다. 1360년대에 보카치오는 문학 작가로서의 길을 접고 인문학 연구에 헌신하지만, 인문학자로서의 삶은 그렇게 순조롭지 않았던 것 같다. 그래도 그가 남긴 학술서들은 이탈리아 인문주의에서 대단히 중요한 위치를 차지한다. 말년에 피렌체 시의 요청으로 단테의 『신곡』을 강의하고 『단테의 인생』이라는 전기도 집필하는 등, 그는 최초의 단테 연구자였다.

01

부 활 하 는   리 얼 리 즘
보카치오의 『데카메론』

박상진 | 부산외국어대학교 이탈리아어과 교수

부활의 힘

흔히들 고전이라고 하면 시간과 공간을 초월하여 언제나 현재적인 의미를 지니며 거듭나는 작품을 가리킨다. 죠반니 보카치오 (Giovanni Boccaccio)의 『데카메론(*Decameron*)』도 이른바 고전의 반열에 올라있는 작품이지만, 실제로 읽어보면 왜 이것이 고전에 속할까 하는 의문이 들지 모른다. 대개 『데카메론』에 대해 갖는 인상은 아마 성과 쾌락에 관계된 재미난 혹은 여흥거리 이야기 모음집 정도일 텐데, 그런 인상은 고전에 대한 기존의 개념과는 잘 맞지 않은 듯 보이기 때문이다.

그렇다면 『데카메론』은 어떤 점에서 고전으로 평가받게 된 것일까? 우선 내용의 탁월성은 인간의 현실을 있는 그대로 재현했다는 점에서 찾을 수 있다. 거기에서는 어떠한 보편적 원리나 진실도 전면에 드러나지 않는다. 그러한 것들이 구석으로 밀려나는 대신에 무수히 다양한 현실의 편린들이 펼쳐진다. 그 의미는 결코 단순하게 정리될 수 없을 테지만, 이른바 리얼리즘에 기대어 적절하게 설명할 수 있을 것이다. 구체적인 사물과 체험을 구체적인 언어로 재현하는 리얼리즘의 자세와 방식이 생명력으로 작용하고 있기 때문이다.

『데카메론』은 중세 인간의 삶을 총체적으로 지배한 내세 중심적 세계관의 무거운 장막을 들추었고, 현실세계에서 펼쳐지는 삶의 다채로운 모습들을 당대 대중의 언어였던 이탈리아어에 담아내면서 새로운 시대를 열었다.

'데카메론'이라는 말에는 그리스어로 '10'이라는 뜻이 담겨있는데, 과연 이 책에는 10이라는 숫자가 곳곳에 도사리고 있다. 우선 페스트를 피하여 피에솔레 언덕에 모여든 젊은 남녀는 10명이다. 이들은 월요일에 시작하여 그리스도의 수난일인 금요일과 토요일을 제외하고 2주일에 걸쳐 모두 10일 동안 각각 하루에 하나씩 총 100편의 이야기를 주고받는다. 하루마다 이야기의 주제가 정해져 있으며, 하루의 이야기가 끝날 때마다 춤과 노래로 마무리한다. 100편으로 이루어진 단테의 『신곡』을 흉내냈다는 말도 있으나, 다루는 내용과 형식은 크게 다르다. 단테는 치밀하게 운율을 맞춘 복잡한 운문 형식으로 신의 거대한 세계를 쌓아올리지만, 보카치오는 쉽고 친근한 산문으로 사랑과 욕망, 행복, 운명과 같은 인간의 주제를 일상의 삶에 연결하여 풀어낸다.

『데카메론』에 실린 100편의 이야기가 모두 보카치오의 순수한

『데카메론』은 당시 피렌체를 휩쓴 페스트를 피해 모인 사람들의 이야기
형식으로 되어 있다. 푸생의 그림 「페스트」

창작물은 아니다. 중세부터 전해 내려오던 역사적 사건과 설화, 민
담 등에서 소재를 따온 얘기들이 함께 실려 있다. 그러나 보카치오
는 다양한 얘깃거리들을 자신의 세계관에 비추어 재해석하여 수평
적인 구성과 사실적인 문체로 담아냈다. 첫 번째 날부터 열 번째 날
까지 100편의 이야기는 단지 나열되어 있다. 열 번째 날의 주제가
전체를 총괄하는 의미를 담고 있지만, 전체 이야기들을 수렴하는
것은 아니다. 이야기들은 그 하나하나가 세상의 모습을 마치 자갈
들처럼 늘어놓는다. 게다가 사실적인 문체를 사용함으로써 독립적
인 나열의 효과를 증폭시킨다.

보카치오는 『데카메론』을 30대 중반에 피렌체에서 썼다. 그 전의
작품들은 나폴리의 밝은 궁정 사회의 분위기에서 쓴 것이라 느낌이

사뭇 다르다. 피렌체로 옮기면서 그는 당시 번성하던 상인 계층의 세계관에 호응하게 되었을 것이다. 그 결과 근대 부르주아의 시민의식과 현실주의적 세계관이 고스란히 담겨있다. 그런 면에서 근대 여명기의 사회와 인간 내면의 풍경들을 우리에게 잘 보여준다.

한편,『데카메론』은 작가 자신의 에로틱한 삶과 관련이 있다는 설도 있다. 그는 결혼을 하지 않았으나 다섯 명의 자식을 두었다고 한다. 또 어머니를 모르는 사생아로서, 어머니를 낭만적으로 채색하여 여러 작품에 등장시켰다. 단테에게 베아트리체가 있었듯 보카치오에게도 일생동안 창작의 영감을 준 피암메타가 있었는데, 그녀도 어머니의 변형이라는 말이 있다.

『데카메론』을 쓴 이후 보카치오는 거의 창작을 하지 않고, 대신 라틴어로 된 학술서를 집필하는 일에 몰두했다. 당대를 대표하던 인문학자 페트라르카를 만나 우정을 키워가면서 보카치오는 문학을 버리고 학문적 집필과 연구로 기울어졌다. 그러면서 그는『데카메론』을 그리 탐탁하게 여기지 않았던 것 같다. 뿐만 아니라 자신의 다른 문학 작품들도 부끄럽게 여겼으며, 더욱이 라틴어가 아닌 이탈리아어로 썼다는 것을 후회했다. 페트라르카가 만류하지 않았더라면 작품들을 불태워버렸을지도 모른다. 그가 그렇게 홀대한 작품들 중 하나가 지금까지 그를 영원한 고전 작가로 살아있게 만든 것은 묘한 일이다. 그러나 그가 의도했든 아니든『데카메론』에는 살과 피로 이루어진 구체적인 일상의 인간들이 살아 있으며, 그들은 시대를 뛰어넘어 언제나 새로운 얼굴로 부활하고 있다.

사랑과 명성

『데카메론』은 다양한 인물과 사건을 통해 인간의 삶을 다채롭게 재현하고 있지만 그 모든 것을 결속시키는 하나의 힘을 지니고 있다. 그것은 사랑이다. 사랑은 자기에 대한 것이든 남에게 받거나 주는 사랑이든, 선하거나 악하게 표출된 것이든, 어떤 식으로든 전체를 관통하는 주제다. 여기에 나오는 수많은 인물들은 사랑의 힘으로 행동하고 살아간다. 사랑은 그들의 표정과 동작을 역동적으로 만들 뿐만 아니라 땅과 바다, 숲, 태양이 작열하는 사막, 폭풍우가 몰아치는 바다, 밤이면 이상한 일이 일어나는 도시의 흔한 뒷골목들까지도 우리가 생생하게 볼 수 있도록 해준다.

『데카메론』에서 사랑은 늘 고결하지는 않다. 때로는 더러운 술수에서 나오거나 지저분한 욕정으로 치달리며 비극적인 결말을 맞이하기도 한다. 이렇듯 다채롭게 『데카메론』을 가득 채우는 사랑이 마침내 고귀한 결말로 향하는 것은 열 번째 날에서다. 열 번째 날의 주제는 사랑이 깃든 관대한 행동으로 명성을 얻는 사람들의 얘기다. 하루마다 주제가 정해져 있지만 유독 첫 번째 날과 아홉 번째 날은 정해진 주제가 없다. 마치 그 사이의 두 번째 날부터 여덟 번째 날까지를 양쪽에서 묶어주는 것 같다. 이런 구조는 열 번째 날이 아홉 번째 날까지의 이야기들을 사랑의 주제로 총 정리하는 효과를 낸다.

"괴로워하는 사람에게 위안을 주는 것이 인간다운 일"이라는 문장으로 시작되는 『데카메론』은 영원하게 지속될 가치로서 '명성'을 제기한다. 사람에게 위안을 주는 일은 바로 사랑의 힘으로 가장 큰 명성을 얻고 유지하며 지속시키는 일이다. 그것은 세월과 죽음으로 황폐해지기 마련인 인간의 운명을 방어하는 역할을 가리킨다. 보카치오는 이렇게 지속적이고 선한 사랑으로 이야기를 시작하고 끝맺으면서 인간의 운명을 위안하려 한다.

『데카메론』에서 열 명의 남녀가 모인 것은, 그 머리말에서 보카치오가 실감나게 묘사한, 당시 피렌체를 휩쓴 페스트를 피하기 위해서였다. 페스트에 직면한 당시 사람들은 모든 것이 너무나 쉽게 사라져 없어지는 상황에 큰 충격을 받았다. 열 명의 남녀는 페스트의 공포를 피하려 했고, 쉽게 사라지는 인간의 삶에 저항하여 쾌락을 추구하고자 했다. 그러나 그들이 들려준 100편의 이야기들에서 인간의 삶은 쉽게 사라지는 만큼 치열하게 응전해야 할 것으로 나타난다. 삶은 언제라도 사라지지만, 바로 그렇기 때문에 더 뜨겁게 사랑해야 할 대상이 되는 것이다. 그래서 자신의 재능과 도전 의식으로 자신의 불행을 언제라도 뒤집는 낙천적이고 투지에 찬 개인들을 곳곳에서 발견할 수 있다. 그것은 이탈리아 르네상스의 전면적인 특징이었으며, 당대의 인간이 추구한 구원의 내용이었다.

단테가 영원한 진리를 상상한 것처럼 보카치오도 역시 영원한 구원을 상상한다. 보카치오가 꿈꾼 구원은 지상(地上)의 구원이다. 단테의 구원은 신앙과 섭리로 이루어지지만 보카치오의 구원은 삶에 대한 사랑과 도전 그리고 그를 통해 쌓아올리는 명성을 통해 이루어진다. 명성은 인간이 스스로의 기억을 영원하게 만드는 길이며 스스로의 유한성을 이 세상에서 연장하는 길이다. 보카치오가 명성이라는 새로운 이상을 제시한 것은 스러져 없어질 수밖에 없는 우리의 운명에 대처하기 위해서였다. 단테처럼 인간의 운명을 내세에 맡기기보다는 현세에서 해결해보려는 시도였다. 『데카메론』은 그 렇게 지상의 구원을 꿈꾼 흔적이며, 그런 면에서 보카치오는 르네 상스 시대의 사람들이 희구했던, 지상의 구원을 향한 열망을 예고 하고 개척한 작가였다.

개인과 재능

명성은 이탈리아 르네상스 시대의 가장 중요한 덕목들 중 하나였 다. 보카치오가 쓴 『단테의 인생』에는, 이미 고대 로마 작가들은 강 고한 개인의식을 지니고 세속의 명성에 지대한 관심을 쏟았으며 단 테 역시도 그들을 본받아 시인의 월계관을 쓰고자 엄청난 노력을 기울였다는 내용이 들어 있다. 명성에 대한 관심은 개인 존재의 자 각과 직결된 것이었다. 이는 개인을 집단 속에 가두어 놓은 채 잊고 무화시켰던 중세 기독교의 거대한 자기중심적 환상에서 깨어남을 의미한다. 보카치오는 기독교 교리를 잠재적으로 거부하고 있으며 동시에 인간의 정신을 고귀하게 다듬어 표출하고자 한다.

보카치오는 기독교를 정면으로 부정하기보다는, 기독교를 유대 교와 이슬람교와 같은 다른 종교들과 동등하게 놓는 입장에 있다. 『데카메론』에 등장하는 기독교 성직자들은 당대의 지배 세력임에 도 불구하고 거의 대부분 조롱과 풍자의 대상으로 삼은 반면, 이교 도들을 편견 없이 관찰하고 묘사한 부분도 여럿 발견된다.

여러 종교를 긍정하는 보카치오를 회의론자라고 비판할 수도 있 다. 그러나 보카치오 역시 확고한 종교를 갖고 있다. 그것은 인문주의적 의미에서 말하는 재능의 덕(德)이라는 새로운 종교다. 그가 말하고자 하는 재능의 덕은, 중세의 낡은 내세주의적 세계관에 맞서 개인의 권리와 존엄성을 옹호하는 의미를 지닌다. 이는 13세기 이래 봉건사회의 모순이 심화되었던 이탈리아 반도에 일기 시작한 변화와 관계가 있다. 도시들 사이에 경제와 정치, 문화 교류가 활발해지면서 현실적 가치에 무게를 둔 새로운 시대의 인간이 지녀야 할 새로운 삶의 원리가 요청되었던 것이다. 재능은 부를 창출하거나 명성을 얻게 해주며, 욕망을 충족하고 더 나은 세계를 위하여 제도와 법을 정비하는 데 필요한 능력을 가리켰다. 누구나 다 사회적 삶에 직접 관여하면서 재능을 발휘하고, 그러면서 자신의 실존적 가치를 극대화하고자 했다.

당시 여전히 지배적이었던 기독교의 세계관에서 보카치오가 탈주하는 모습은 강렬하다. 하느님의 빛 속에서 해체되며 행복을 느꼈던 단테가 제시한 기독교적 구원과 달리, 보카치오는 험난하지만 개인의 실존을 지속시키는 지상의 구원을 추구한다. 보카치오의 인물들은 다가올 세상을 준비하기보다는 삶의 세계가 제공하는 즐거움을 더 골똘히 생각한다. 『데카메론』의 성취는 이런 시대정신의 쾌활하고 사실적인 묘사에 있다. 거기서 다른 세상의 신비는 급진적으로 거부되고 죄의식은 부드럽게 사라진다.

『데카메론』의 기둥을 이루는 것은 재능을 지니고 발휘하는 개인들이다. 그들은 예정되어 있는 불변의 엄격한 원리에 시큰둥하면서 자신의 능력과 욕망을 펼쳐낸다. 여기에는 기지와 재치, 술수, 결단, 모험을 통한 세속적인 살아남기와 명성의 추구에 관련된 내용이 수도 없이 출현하고 있다. 이는 부르크하르트가 부활시킨 르네상스인의 모습과 다르지 않다. 보카치오는 이미 세속의 평등의식과 명성의 가치를 열렬히 추구하고 옹호한 현실적 지식인이었던 것이다.

여성성

『데카메론』에서 개인의 실존적 가치는 여성성과 함께 두드러진다. 오랫동안 이 책이 포르노그래피 – 도색서적 – 라는 평가를 받아온 것은 보카치오가 창조한, 재기 넘치는 여성들이 주도하는 장면들과 그 사실적 묘사 때문이다. 오늘날 고전으로 인정받는 작품들을 생각하면 여기에 등장하는 여성들의 발랄한 모습은 어쩌면 이해하기 힘들 수도 있다. 그러나 성애의 묘사는 그 정도가 지나치지 않고 더욱이 그 자체가 목적도 아니다. 따지고 보면 딱히 외설적인 부분은 없으며 언어도 암시적일 뿐 상스럽지 않다. 그러나 『데카메론』은 최근까지 교황청에 의해 금서로 낙인찍힌 고전이었고, 수많은 사람들이 호기심에 가득 차서 몰래 읽었다.

등장인물은 대단히 다양하다. 수적으로는 남성이 여성보다 훨씬 많고 귀족과 성직자가 상인과 하층 계급보다 많지만, 여성과 상인 그리고 하층 계급의 사람들이 빠지면 얘기가 성립되지 않는다. 특히 여성의 역할은 지대하다. 보카치오는 스스로 그 「서문」에서, 사랑 때문에 고통받는 여성들을 위안하고 싶다고 말한다. 그는 여성이 자신에게 창작의 영감을 주는 신이라고 공언한 적도 있다.

『데카메론』은 현실에 기초한 합리적 쾌락주의가 결을 이룬다. 쾌락의 화신으로 등장하는 여성들은 대개 활발하고 재능이 뛰어나며 낙관적이다. 세상의 도덕은 물론이고 기독교의 교리에도 무심하다. 그들의 언어는 발랄하고 음탕하게 들리기도 하지만, 논리정연하고 설득력을 지녔으며 때로는 사회 개혁의 힘을 내비치기도 한다.

예를 들어 여섯 번째 날의 일곱 번째 이야기는, 남편을 두고 다른 남자와 놀아난 필립파의 얘기다. 그녀는 남편에게 고소를 당하자 법정에 서서 자신의 욕망을 제어하는 사회의 법을 통렬하게 비판한다. 법은 만인에게 평등하고 만인의 동의 위에 세워져야 하지만, 자기를 법정에 세운 법은 여성을 고려하지도, 여성의 동의를 구하지도 않았다는 것이다. 여성도 남성처럼 욕정을 갖고 있으며, 자연스러운 욕정을 충족시킬 권리 또한 남성과 똑같이 갖고 있다는 것이다. 이런 주장은 사실 자연스러운 것이지만, 또한 사회의 근본 체제를 뒤흔드는 것이기도 하다. 필립파가 표출한 체제전복적인 힘은 우리 시대에서도 여전히 살아 있다. 필립파의 죄는 우리 사회에서 여전히 법으로 금지되어 있는 소위 간통이기 때문이다.

『데카메론』의 여자들은 지극히 평범한 사람들이다. 평범하지 않게 보인다면 그것은 아마 우리가 여성을 신비하게 혹은 그 반대로 비하해서 보기 때문일 것이다. 여성의 성적 해방은 개인의 욕망을 긍정하고 능력을 최대한 발휘하도록 장려하는 새로운 인문주의 시대에 걸맞는 것이었다.

인문주의 시대에 실제로 그러한 해방이 이루어지지 않았다고 해서 의아해할 것은 없다. 우리는 여전히 인문주의 시대에 살고 있으며, 여성의 해방은 오히려 현재 더 활기를 띠고 있으니까. 반면 우리 시대에서 제 목소리를 낼 수 없는 소외된 사람들은 오히려 『데카메론』에서 당당하게 자기 목소리를 낸다. 그러면서 소외와 차별, 비정상의 범주에서 이탈하여 구체적인 맥락 속에서 저 자신의 정체성을 세우고 있다. 이런 측면에서 현대의 진보적인 페미니즘 참고서로 읽어도 무방할 것이다.

리얼리스트의 길

여성에 대한 보카치오의 입장에 일관성이 부족하다는 사실은 흥미롭다. 그는 여성을 전면에 내세우면서 개인의 실존과 재능을 강조하지만, 한편 여성은 남성이 이끌어주지 않는다면 모임조차 유지하지 못한다고 비하하거나 남성은 여성보다 훌륭하다고 단언한다. 욕정에 휘말려 여색을 즐기는 남자보다 그렇게 만드는 여자를 죄의 근원으로 생각하는 부분도 있다. 분명 보카치오는 여성에 대해 모호한 입장에 서 있다. 그러나 이러한 점은 보카치오가 여성성 자체보다도 더 크고 중요한 성취를 이루어냈음을 말해준다. 그것은 다름 아닌 보카치오가 진정한 리얼리스트였다는 점이다.

이 책에 실린 백 가지 이야기에서 음울한 분위기는 별로 찾아볼 수 없다. 당시 페스트가 돌던 끔찍한 상황에서 나온 것이라고는 도저히 생각할 수 없을 정도다. 어두운 지옥의 그림자도 없지만, 깊은 명상의 흔적도 없다. 다만 당대의 모순과 부조리를 경쾌한 필치로 그려내고 새로운 세계를 쾌활하게 제시하고 있을 뿐이다. 보카치오를 리얼리스트라고 부를 수 있는 것은 이처럼 당대의 현실을 있는 그대로 그려냈기 때문이다. 그에게 종교가 있다면 그것은 당대의 현실을 어떠한 이념이나 관습, 혹은 헛된 희망의 메시지로 가리지 않으면서 있는 그대로 재현하는 작가적 신념일 것이다.

보카치오의 눈에 비친 현실은 특정한 계층이나 특정한 기준에 따라 잘려진 단면이 아니라, 수없이 자잘하게 세분화된 계급과 직업들로 이루어져 있다. 등장인물들은 대부분 세상을 있는 그대로 받아들인다. 그들은 "사는 게 다 그렇지요" 하고 말한다. 그런 한편 그들은 저마다의 운명에 충실하다. 의심스러운 내세에 희망을 두기보다는 자기의 운명을 겸허하게 받아들인다. 그렇게 할 수 있는 힘은 관용에 있다. 있는 그대로의 세상과 운명을 받아들이는 것은 무엇도 고집하지 않고 무엇도 추종하지 않아야 가능하기 때문이다.

『데카메론』에 나타난 현실은, 어떤 이상도 현실을 넘어설 수 없다는 무이상(無理想)을 대변한다. 소외된 사람들은 도덕에 대해 모호한 모습을 보이고 있는데, 그들은 도덕적 엄격이나 청결을 내세우는 권력에 대해 무관심하거나 그것을 거부하고 있는 것이다. 그렇게 이념과 종교, 체제 등과 같은 모든 권력적 질서에 매이지 않은 소외된 사람들을 통해서 보카치오는 현실을 있는 그대로 재현할 수 있었다. 이상에 초연한 보카치오는 현실 재현에서도 어떤 전범을 생각하지 않는다. 그래서 그가 재현해낸 세상은 때로는 모순된 것이거나 이중적이다. 여성은 자유로운 존재이면서 남성에 기대는 이중적인 모습으로 그려지고, 기독교는 진정성을 갖춘 든든한 안식처인 동시에 조롱과 경멸의 대상으로 등장한다. 그러나 보카치오는 거짓말을 하지 않았다. 그런 모순과 이중성은 당대 현실의 얼굴이었기 때문이다. 보카치오는 자유인이었다. 그의 솔직한 상상에 동

참하고 그의 발랄한 언어를 읽노라면 우리는 어느새 우리의 삶에
가까이 다가선 보카치오를 만나게 된다.

더 생각해볼 문제들

1. 리얼리즘은 딱히 정의내리기가 곤란할 정도로 스펙트럼이 대단히 넓은 개념이긴 하지만, 대개는 현실을 있는 그대로 재현하려 한 작품이라면 리얼리즘에 속한다고 볼 수 있다. 보카치오의 『데카메론』 역시 현실의 결을 어루만지면서 위안을 얻고 또 독자들에게 위안을 주고자했다는 점에서 리얼리즘 문학에 속한다고 할 수 있다. 그는 당대를 지배한 기독교의 내세중심주의를 거부했는데, 사실 그가 거부한 것은 하느님의 존재가 아니라 현세를 희생시키면서 내세의 구원만 종용하는 교회 제도였다. 교회가 주는 구원의 메시지를 헛되고 기만적인 것으로 여기는 그는 그런 희망을 접고 현실에 눈을 돌렸던 것이다.

2. 『데카메론』은 중세에서 벗어나 근대로 진입하던 시기에 나왔다. 보카치오는 새로운 시대를 일찌감치 감지하고 묘사했는데 그가 재현한 개인성, 평등, 민주주의와 같은 근대적 가치들은 지금도 우리가 살고 있는 사회의 기본 틀을 이룬다. 더 중요한 것은 그들을 당대의 일상에서 포착하고 살려낸 보카치오의 작가적 감수성과 자세다. 그렇다면 오늘날 우리의 작가들에게 요구되는 감수성과 자세는 어떤 것일까? 우선, 일상의 세세한 결들 가운데서 무엇을 어떻게 받아들이고 밀쳐낼 것인지 고민해야 한다. 특히 여성과 같은 소수의 목소리를 전면에 울려 퍼지게 만드는 작가의 역할 또한 그중의 하나라고 하겠다. 그밖에 또 어떤 요소들이 있을지 생각해 보자.

3. 보카치오는 주어진 삶에 도전하고 명성을 추구하면서 동시에 종교와 삶을 그 자체로 받아들이는 관용을 보여주었다고 한다. 그가 관용의 자세를 보였다는 것은 특정 종교를 추종하지 않고 특정한 삶의 원리에 매이지 않으며 특정한 도덕과 이상에 지배되지 않았다는 뜻이다. 그는 여러 종교들을 똑같이 받아들였고 여러 층의 삶의 양상들을 똑같은 자세로 대했으며 스스로의 도덕과 이상을 추구하고자 했다. 왜냐하면 자유로운 입장에서만 우리는 삶을

온전히 받아들일 수 있고 그 삶에 충실할 수 있기 때문이라는 것이다. 그런데 보카치오의 그런 태도와 자세가 오늘날에도 유용한 것인가? 보편적 이상과 원리에 묻히지 않으면서 스스로의 실존적 가치를 극대화하는 일이란 과연 어떤 것일지 생각해 보자.

추천할 만한 텍스트
『데카메론』 보카치오 지음, 한형곤 역, 범우사, 2003.

박상진(朴商辰) 부산외국어대학교 이탈리아어과 교수.
 한국외국어대학교에서 이탈리아 문학을 전공하고 영국 옥스퍼드 대학교에서 문학이론으로 박사 학위를 받았다. 현재 부산외국어대학교의 지중해연구소장을 겸하고 있다.
 저서로 『이탈리아 문학사』, 『이탈리아 리얼리즘 문학비평 연구』, 『에코 기호학 비판: 열림의 이론을 향하여』, 『열림의 이론과 실제: 해석의 윤리와 실천의 지평』, 『지중해학: 세계화 시대의 지중해 문명』 등이 있고, 『지중해 그 문명의 바다를 가다』를 엮었다. 그리고 번역서로 『보이지 않는 도시들』, 『아방가르드 예술론』, 『근대성의 종말』, 『대중문학론』, 『신곡』 등이 있으며 이탈리아 문학과 예술, 지중해학, 비교문학, 문화 연구에 관한 글들을 발표했다.

그 동물과 나는 나란히 섰다. 내 주인과 그의 하인은

나와 이 동물을 유심히 비교하더니 야후란 말을 여러 번

반복하였다. 이 혐오스런 동물에서서 완전한 인간의 모습을

발견하였을 때 나의 경악과 놀라움은 말로 표현하지 못할 정도였다.

이 동물의 얼굴은 넓적하고 컸으며, 코는 눌러졌고 입술과 입도 컸다.

그러나 나와의 이 정도의 차이점은 아기들을 땅바닥에서

기어 다니게 하거나, 등에 업고 다녀 아기 엄마의 어깨에 아기가

얼굴을 비비는 원시적인 나라에서는 흔히 발견되는 것이었다.

… 그의 발등에 털이 났다는 사실 이외에는 나의 손과 하등 다를 바가 없었다.

조너던 스위프트 (1667~1745)

1667년 아이랜드의 수도 더블린에서 영국인 부모사이에서 출생했다. 태어나기 전 아버지를 잃어 백부에게서 성
장한 스위프트는 트리니티 칼리지에서 수학하여 1700년에는 아일랜드의 성 패트릭 대성당의 참사회원이 되고
그때부터 영국에 머물며 당시 집권당이었던 토리당을 옹호하는 일련의 글을 발표하나, 1714년 독일 하노버 왕가
의 조지 1세가 등극하여 토리당이 실각하자 아일랜드로 정치적 피신을 떠나는 우여곡절을 겪었다.
스위프트는 다시 성 패트릭 성당의 주임 사제 일을 맡으면서 영국의 식민 정책에 의해 수탈당하는 아일랜드의 현
실에 눈을 돌렸다. 1724년에는 소위 『드레피어의 편지』를 출판하여 영국의 아일랜드 내에서의 통화 유통 계획을
비판하여 철회하게 하였고, 1729년에는 『온건한 제안』을 출판하여 아일랜드의 경제문제를 해결하기 위해 유아
를 영국인에게 식용으로 팔자는 역설적인 제안을 함으로써 영국정부의 아일랜드에 대한 잔혹한 수탈상황을 통렬
히 비난하기도 했다. 1726년에 출판된 『걸리버 여행기』도 그 주요 기제는 인간과 인간사회에 대한 풍자지만, 이
작품 역시 영국의 아일랜드에 대한 착취 문제를 다루고 있어, 1745년 뇌졸중으로 사망하기까지 스위프트에게 있
어 아일랜드는 평생 관심의 대상이 되었던 것으로 보인다.

02

풍 자 문 학 의   꽃

스위프트의 『걸리버 여행기』

김일영 | 성균관대학교 영어영문학과 교수

작품 배경

스위프트가 살았던 18세기는 보수적인 토리당과 진보적인 휘그당이 형성되어 서로 정권을 장악하려 했던 시기다. 두 정당은 각각 영국의 국교인 성공회(Anglican Church)를 옹호한다고 했지만 토리당은 가톨릭에, 휘그당은 청교도에 더 심정적 지지를 보내고 있었다. 즉, 성공회만을 공식적인 국가 종교로 인정하면서도 내심으로는 구교와 신교를 각각 지지했던 것이다. 이러한 상황에서 영국 성공회 신부인 스위프트도 어떤 형태로든지 정치와의 연관을 피할 수는 없었다. 그의 작품이 황당한 소재를 중심으로 전개되는 동화적인 작품처럼 보이지만 정치적일 수밖에 없는 이유는 여기에 있다.

18세기 영국은 외국과의 교역을 통해 해외에 세력을 확장해가고 있었으며 그러한 결과 외국의 풍물과 관습을 소재로 한 기행문이 유행되고 있었다. 스위프트가 당대의 대표적인 시인 포우프(A. Pope)를 비롯한 몇몇 작가들과 함께 소위 '스크리브레루스 클럽'을 형성하여, 가상의 문인 스크리브레루스를 화자로 등장시켜 당대 학문의 남용을 풍자하는 글을 기행문 형식으로 출판한 것도 이 시대의 전반적인 문학 풍조에 따른 것이다.

그러나 여행기를 빙자하여 당대의 사상과 철학, 문학 등을 풍자하거나 작가의 이상적인 국가상을 피력한 일은 그 이전에도 있었다. 2세기경에 씌어진 루키아노스(Lucian)의 『진짜 이야기』에는 화자가 달나라를 여행하고, 거의 2년 동안을 고래 배속에서 사는 등 믿지 못할 경험을 했다고 주장하는 내용이 나온다. 모어(Thomas More)[1]도 기행문의 형식을 빌려 쓴 『유토피아』에서 자신이 생각하는 이상국가의 상을 제시하고 있다. 그러나 무엇보다도 『걸리버 여행기』에 영향을 준 작품은 1719년 발표된 디포우(D. Defoe)의 『로빈슨 크루소』다. 실제로 바다에서 조난당하여 무인도에서 살았던 인물을 소재로 삼아 쓴 이 기행문 형식의 소설은 다른 많은 기행문학을 유행시켰을 뿐만 아니라, 『걸리버 여행기』의 모델 혹은 반 모델로서 스위프트가 이 작품을 쓰는 데 많은 영향을 끼쳤던 것이다.

---

1) 영국의 인문주의자·대법관(1529~32)으로 헨리 8세가 영국국교회의 수장이 되는 것에 반대하여 참수형에 처해졌으나 1935년 로마 가톨릭 교회의 성인반열에 올랐다. 그가 쓴 『유토피아』는 기행문의 형식을 빈 일종의 이상국가론이다.

출판 상황과 작품 성격

스위프트(Jonathan Swift)의 『걸리버 여행기』는 1726년 처음 출판되었을 때부터 상당한 인기를 누렸다. 이 책의 첫 인쇄본은 1주일 만에 다 팔렸고 3주 만에 만권이 팔렸으며, 2년 만에 불어와 네덜란드어, 독일어로 번역되었다. 그 후에도 이 작품은 동화, 만화 혹은 다른 여러 형식의 글로 널리 알려지는 등 그 인기가 식을 줄 몰랐다.

하지만 이 작품이 처음 출판되었을 당시 스위프트는 이 글의 작가로 걸리버라는 가공의 인물과 그의 사촌이라고 주장하는 심프슨(Sympson)이라는 또 하나의 가공의 인물을 내세워 출판업자와 거래했다. 그것도 출판업자의 집 앞에 몰래 던져 놓은 작품의 원고와 자신의 요구사항을 적은 쪽지를 통해서였다. 스위프트가 이처럼 자신의 신분을 숨긴 채 출판업자와 접촉한 것은 작품의 민감한 내용 때문이었다. 이는 출판업자의 경우도 마찬가지였는데, 그는 처음 이 작품의 창의성에 매료되었지만, 원본 그대로 출판하는 데는 상당한 심적 부담을 느꼈다. 그래서 그는 스위프트의 허락을 받지 않은 채 독자적으로 작품 내용의 일부를 삭제, 변경한 후에 출판하게 된다. 그 후 1735년 이 작품 원작의 진가를 인정하여 정치적 위험을 무릅쓴 죠지 포크너라는 출판업자가 더블린에서 이 책의 재판을 찍어서야 비로소 우리는 이 작품의 원본 그대로를 읽을 수 있게 되었다.

출판업자와 스위프트 모두 심적 부담을 느꼈던 이 소설 속의 내용은 무엇일까? 그리고 당시는 물론이요 오늘날에 와서도 이 작품을 고전적인 작품으로 만든 요인은 무엇일까? 동화로 개작한 것이거나, 또는 원작의 거친 표현과 풍자 등을 삭제하여 책을 출판한 바우들러 박사(Thomas Bowdler)[2]의 『걸리버 여행기』만을 접한 독자는 이 점에 대해 상당한 궁금증을 품게 될 것이다.

　스위프트가 원래 의도하고 출판하고자 하였던 이 작품의 내용과 성격을 한마디로 설명하기는 불가능하다. 우리는 이 작품을 환상적 여행기, 혹은 여행기를 빙자한 풍자문학, 도덕적 우화, 그리고 날아다니는 섬과 생각하는 기계가 등장하는 공상과학 소설로도 볼 수가 있기 때문이다. 이러한 구분이외에 이 작품을 보는 견해는 크게 둘로 나뉘어 질 수 있다. 그것은 과연 이 작품이 사실성을 추구하며 이에 바탕을 둔 소설적인 문학인가, 아니면 사실성을 강조하는 문학 장르를 의도적으로 패러디한 비소설인가하는 문제다.

　이 작품의 소설적 요소는 자세한 상황묘사와 더불어 이 작품이 실제로 일어난 일인 것처럼 보이게 하는 여러 가지 요소들이다. 걸리버는 자신이 타는 배의 출발, 도착 날짜를 꼼꼼히 기록하며 바다에서의 배의 위치를 구체적으로 제시하여, 그가 실제 항해를 떠났던 인물인 듯한 인상을 심어준다. 게다가 스위프트는 걸리버의 가족관계, 그의 출생지, 거주지, 직업 등 걸리버에 관한 사적인 정보

---

2)　바우들러(1754~1825)는 영국의 의사였지만 은퇴후 10권으로 된 가정용 셰익스피어 전집을 출판한다. 이때 바우들러는 도덕적으로나 종교적으로 논란의 소지가 되는 부분을 삭제하여 어린아이들도 읽을 수 있도록 출판하였는데, 그 후 바우들러는 셰익스피어 작품이외의 다른 작품에도 이와 같은 원칙을 적용하여 삭제하여 출판하였다.

를 제공함으로써 우리는 걸리버가 실존인물이라는 느낌을 받는다.

그러나 걸리버가 방문한 소인들이 사는 릴리프트, 거인이 사는 브로딩낵, 날아다니는 섬인 라푸타, 마법사의 나라, 그리고 말이 이성적 존재로 등장하는 후이늠의 나라는 실상 존재하지 않는 가상의 공간이라는 것과 스위프트가 작품 시작부분에 제시한 걸리버 초상화 밑에 라틴어로 써 놓은 "놀라운 거짓말쟁이"란 문구는 이 작품이 실제 세계를 재현한 것이 아니라 지어낸 이야기란 사실을 노골적으로 드러낸 것이다. 즉, 스위프트는 사실성을 강조하는 소설적 양식을 작품에 도입하였지만, 이는 사실임을 강조하는 기존 소설이나 기행문학을 패러디하기 위한 것이다.

그러나 스위프트는 기존 문학 장르에 대한 단순한 패러디에 만족하지는 않았다. 그는 기행문의 형식을 빌어 기행문을 패러디하면서도 이를 통해 자신이 목적으로 하는 풍자의 효율성을 극대화하고 있기 때문이다. 기행문은 화자로 하여금 수많은 나라를 방문할 기회를 제공함으로써 비유적으로 자신의 나라를 풍자할 수 있게 하기 때문이다. 따라서 걸리버를 포함한 이 작품의 작중인물들은 하나의 살아있는 인간이라기보다는 특정한 생각이나 관념의 전달자 역할을 하는 것이다. 이 점에서 스위프트가 걸리버의 사적인 면을 부각시킨 것은 하나의 소설적 장식에 불과한 것이고 그의 진정한 목적은 바로 풍자인 것이다. 그러면 다음으로 스위프트가 이 작품에서 무엇을 어떻게 풍자하였는지 살펴보겠다.

4가지 관점에서 본 인간의 모습

『걸리버 여행기』는 4부로 구성되어 있는데, 그 이유는 4가지 다른 각도에서 인간의 모습을 조명하기 위해서다. 우선 1부에서 걸리버가 소개하는 릴리프트인들은 12분의 1 크기로 축소된 인간으로서, 이들은 멀리서 거리를 두고 보았을 때의 인간의 모습을 대변한다. 따라서 이들을 지켜 볼 때에 우리는 산의 정상에 올라 저 아래에 있는 사람들의 모습을 보았을 때의 느낌을 갖게 되지만, 우리 발아래 있는 사람들 겪인 이곳 사람들은 자신의 모습이 얼마나 하찮고 보잘 것 없는지 깨닫지 못한다. 릴리프트인들은 자기가 살고 있는 작은 나라가 우주의 중심부에 위치해 있으며, 이웃 소인국인 블레퓨스큐 이외에 어떤 나라도 존재하지 않는다고 생각한다. 즉, 이들은 자기중심적인 사고에 빠지기 쉬운 인간의 모습을 대변하고 있는 것이다.

릴리프트인들의 생각이 얼마나 잘못되었는지, 그들의 외양이 얼마나 보잘 것 없는지는 이곳 왕에 대한 묘사에서도 드러난다. 걸리버는, 왕이 다른 릴리프트인보다 키가 커서, 만인으로부터 공포와 경외심을 불러일으킬 정도의 위엄을 가졌다고 하지만, 곧이어 왕의 키가 다른 릴리프트인 보다 자신의 엄지손톱 폭 정도로 더 크다고 말함으로써, 왕의 위엄이 얼마나 하찮고 과장된 것인지를 말해주고 있는 것이다.

그러나 이토록 작은 인간들도 오늘날 우리 주변에서 흔히 볼 수 있는 보통 인간들이 하는 악한 일을 행한다. 그들은 출세하기 위해서 왕에게 아첨을 하여야 하며, 경우에 따라서는 줄타기 솜씨를 왕

『걸리버여행기』 중 소인국에 간 걸리버.

에게 선보여야 한다. 스위프트는 줄타기라는 상황 설정을 통해 시세에 영합하는 정치인들이나 고위 공직자의 행보를 암시하고 있는데, 줄타기가 오늘날에도 흔히 사용되는 비유라는 점에서 시대를 뛰어넘는 스위프트의 통찰력이 얼마나 뛰어난 것인지 알 수 있다.

또한 이들은 사소한 문제를 확대 해석하여 당파를 만든다. 그 대표적인 예가 달걀 깨는 방법에 관한 것으로 스위프트는 이 문제의 발달과 이 문제가 야기한 사건을 다음과 묘사한다.

달걀을 먹기 전에 원시적인 방법은 달걀의 큰 모서리 쪽을 깨는 것이었다. 그러나 현재 왕의 할아버지가 어린 시절 달걀을 먹기 위해 기존 방법에 따라 달걀을 깨려다 손가락을 다치자, 그의 아버지는 모든 국민들이 달걀을 깰 때 작은 모서리 쪽으로 깨라고 칙령을 내렸다. 역사에 따르면, 국민들은 이 법에 몹시 분개하여 여섯번의 반란을 일으켰고, 그 반란으로 한 명의 왕이 목숨을 잃었으며, 한명의 왕은 왕관을 잃었다

결국 이 여파로 이 나라 사람들은 달걀을 깰 때 모서리가 큰 쪽으로 깨느냐 작은 쪽으로 깨느냐에 따라서 각각 '큰 모서리(Big-Endian)'파와 '작은 모서리(Small-Endian)'파로 나누어지게 만들고, 이들은 서로간에 반목과 질시를 하며 서로 화합하지 못하게 되었다고 걸리버는 기술하고 있다.

이는 당시 영국에서 가톨릭과 신교, 토리당과 휘그당이 각각 대립하고 있던 상황을 상징한 것이지만, 사소한 문제에 모든 것을 걸고 파벌을 형성하며 서로간의 이득을 위해 싸우는 인간의 보편적인 모습을 나타낸 것이기도 하다. 즉, 우리 인간이 얼마나 보잘 것 없는 일로 다투고 있는지를 보여준 것이다.

걸리버의 다음 기착지인 브로딩넥에 이르면 인간은 또 다른 모습을 하고 있다. 여기서는 인간의 모습이 크게 확대되어 제시된다. 따라서 세심하게 살펴보지 않으면 알 수 없었던 인간의 추함과 결점이 돋보기를 통해 보는 것처럼 노출되는 것이다. 이 거인국에서 아름답다고 하는 인간도 걸리버의 눈에는 거칠고 조야하며 혐오스런

모습으로 보인다. 그는 모두가 아름답다는 찬사를 보내는 궁정 여인들의 얼굴에서 여러 색깔의 피부와 커다란 주근깨를 발견하는 것이다. 또한 이들의 외모에서 뿐만 아니라 이들에게서 나는 냄새, 이들이 먹는 어마어마한 양의 식사는 걸리버에게 혐오스럽게 느껴진다. 그러나 무엇보다도 걸리버를 경악케 한 것은 그가 시장터에서 목격한 사람들의 모습이다.

> 한 여자가 있었는데 그녀의 가슴에 난 거대한 크기의 종양에는 수많은 구멍이 나 있었고, 그 구멍 중 두 세개는 내가 기어들어가 내 몸을 다 덮을 정도로 컸다. 또한 가방 다섯 개보다 커다란 혹이 목에 나있는 남자와 20피트 높이의 나무로 만든 다리로 걷고 있었던 남자도 있었다. 그러나 가장 혐오스런 광경은 그들의 옷에 기어 다니는 이었다. 난 맨눈으로 이의 수족과 돼지처럼 파헤치는 이의 주둥이를 분명하게 볼 수 있었다.

거인국 사람들을 통해 스위프트는 잘 드러나지 않는 인간의 결점을 보여 주었지만, 소인국에서의 자신의 모습도 흉측하였을 것이란 걸리버의 고백에서도 드러나듯, 과연 인간의 사소한 결점을 따지는 것이 현명한지에 대해 우리로 하여금 다시 생각하게 만든다. 삶이란 때로는 보지 못하고 알지 못함으로써 더 풍요롭고 아름답게 느껴질 수 있기 때문이다. 소인국 사람들의 피부가 영국의 어느 귀부인의 피부보다도 고왔다고 한 걸리버의 진술은 이를 뒷받침하고 있다.

릴리프트인들이 걸리버의 키의 12분의 1이고, 브롭딩낵 주민들이 걸리버보다 정확히 12배 크다는 사실은, 스위프트가 인간의 왜소함을 거인의 시각으로 보여주고, 또한 인간의 결점을 12배의 확대경을 통해서 보여주고 있음을 말해준다. 하지만 그보다 더욱 중요한 사실은, 인간의 모든 가치는 궁극적으로 상대적이라는 점이다. 이는 걸리버가 소인국에서는 거인이요, 거인국에서는 소인이 되는 이치와 같은 것으로, 이러한 가치의 상대성 문제는 "비교라는 개념 없이는 어떤 것도 크거나 작다고 할 수 없다"고 한 걸리버의 진술에서 찾아볼 수 있다. 즉, 이 세상에는 절대적인 것이 부재하며 모든 것은 상대적이라는 자신의 신념을 소인국과 거인국의 설정을 통해서 스위프트는 보여주고 있는 것이다. 이런 점에서 스위프트는 절대적인 기준이나 이데올로기를 배격한 사상가이다. 가치의 상대성을 인정한다면 삶 속에서 여유와 관용을 가질 수 있고 경직된 사고를 벗어날 수 있다. 따라서 스위프트의 이러한 메시지는 각종 이념과 정파가 대립되고 있는 오늘날 우리가 꼭 새겨들어야 할 대목인 것이다.

3부는 날아다니는 섬인 라푸타 사람들의 기이한 눈을 통해 인간의 허황되고 비상식적인 모습들을 보여준다. 이곳 사람들의 눈은 하나는 안쪽으로, 다른 하나는 하늘을 향해 고착되어 있어서 자신의 주변세계나 실생활에는 관심이 없고 단지 추상과 내면의 세계에만 몰두하고 있다. 따라서 이들은 공기주머니로 얼굴을 쳐서 주변에 대한 주의를 환기시켜주는 임무를 맡은 시종을 대동하지 않고는 외출하지 못한다. "왜냐하면 그들은 항상 사색에 잠겨있어서 절벽 아래로 떨어지거나, 기둥에 머리를 부딪치거나, 혹은 거리에서 남을 밀치거나 혹은 남에게 밀쳐져서 하수구에 빠질 위험에 놓여 있기 때문이다."

이와 같이 주변환경에 대해 무관심하고 비현실적인 이론가와 철학자들을 연상시키는 라푸타 사람들의 모습은 라가도의 학술원에서 벌어지는 여러가지 과학 실험에서도 드러난다. 인간의 배설물을 음식으로 환원하고, 털 없는 양을 양육하며, 오이에서 햇빛을 추출하고 대리석을 부드럽게 만들어 베개로 만들려는 이들의 실험은 그야말로 황당하고 비상식적인 것들이다.

오늘날 과학의 획기적인 발달로 과거에는 상상도 할 수 없던 일이 실제로 벌어지고 있다. 그러나 궁극적으로 과학은 자연 법칙을 거스를 수 없으며, 만일 자연 법칙에 위배되는 일을 저지르면 재앙이 찾아오기 마련이다. 스위프트가 3부에서 묘사한 과학 실험들은 그 발상부터가 터무니없을 뿐더러 자연의 법칙에 위배되는 것으로 자칫 과학만능주의에 빠지기 쉬운 현대인들에게 경종을 울리는 대목인 것이다.

3부에서는 비실제적인 과학과 그 이론을 풍자하고 있지만, 걸리버가 마법사의 나라 그럽덥드립에서 마법을 통해 만난 역사적 인물과의 대면은 역사의 진위 여부에 초점을 맞춘 것이다. 걸리버는 이들과의 면담을 통해 알렉산더 대왕이 독살된 것이 아니며, 알프스 산을 넘은 카니발이 바위를 식초와 불로 없앤 것이 아니라는 것도 알게 된다. 또한 역사적으로 위대하다고 칭송받는 로마의 황제들이 사실상 비천한 출신이며, 탐욕스런 일을 많이 저질렀다는 사실도 알게 된다.

이러한 역사적 사실의 왜곡은, 역사라는 것이 권력자의 뜻에 따라 기술되는 데에도 기인한다. 오늘날 많은 역사가들은 정사에만 의존하지 않고 피지배자의 입장이나 권력에서 밀려난 사람의 관점에서 기술된 기록도 참고하고 있는데, 이는 정사가 과연 진실을 정확하게 나타내고 있는가에 대한 회의에서이며, 더 나아가 보다 균형 잡힌 역사적 시각을 제공하기 위해서다. 역사 기록의 이러한 속성을 스위프트는 벌써 280여 년 전에 꿰뚫어 보고 있었던 것이다.

마지막 4부에서 스위프트는 이성의 관점에서 볼 때의 인간의 모습을 그린다. 즉, 흔히 '이성적 동물'이라고 불리는 인간이 과연 이성적으로 살고 있는가, 혹은 어떻게 사는 것이 이성적 삶인가의 문제를 다루고 있는 것이다. 그러나 4부에 나타난 인간의 모습은 이성적 존재와는 거리가 멀고 오히려 동물적인 본성만을 가지고 있는 모습으로 그려진다. 말들이 지배하는 후이늠의 나라에서 인간은 야후라고 불리는데, 이들은 벌거벗은 채 집단을 이루고 살아가며 아무데서나 배설물을 갈기고 성격이 포악하여 잘 다투고, 특히 노란 금 덩어리를 몹시 좋아해서 이를 갖기 위해 동료들과의 싸움도 마다하지 않는다. 또한 야후는 많이 먹고 욕심을 부려 이 나라에서 병에 걸리는 유일한 피조물이기도 한데, 이러한 야후의 특성을 걸리버는 다음과 같이 묘사한다.

> 내가 본 바로 야후는 모든 짐승 중 가장 교육할 수 없는 동물이며, 그들은 짐을 끌거나 나르는 것 이상의 일은 할 수 없다. 그러나 난 이들의 결점이 이들의 고집 센 기질에서 주로 연유된다고 생각한다.

왜냐하면 그들은 교활하고 사악하고., 배신을 잘하고 복수심이 많기 때문이다. 그들은 강하고 튼튼하지만 겁쟁이다. 그 결과 그들은 거만하고 비굴하고 잔인한다.

걸리버의 야후에 대한 이러한 평가는 야후에 대한 경멸감으로 이어지지만, 후에 야후가 옷만 입지 않았다 뿐이지 인간이라는 사실을 알고는 이 경멸감은 공포심도 유발한다.

걸리버는 인간인 야후에게서 이처럼 혐오감을 느끼지만, 이 나라에서 후이늠이라고 지칭되는 말이 이성적이고 합리적인 생활을 영위하며 개인의 이해관계를 초월하여 공동체의 삶을 중시하는 존재라는 사실을 알고는 말에 대해서 흠모와 존경심을 갖게 된다. 그 결과 걸리버는 모든 면에서 말을 모방하려다 보니 말처럼 걷고 말처럼 발음하게 되며 이것을 자랑스럽게 여긴다. 심지어 걸리버는 야후들이 사는 고국 영국으로 가는 것을 포기하고 후이늠의 나라에서 살기로 결심한다. 따라서 야후인 걸리버는 이 나라에서 추방되어야 한다고 후이늠의 부족회의에서 결정이 났을 때 걸리버는 너무나도 큰 충격을 받아 기절하게 되는 것이다. 결국 후이늠의 나라를 떠나게 된 걸리버는 야후가 사는 유럽으로 가는 대신 무인도에서 혼자 살기로 결심한다. 그러나 포르투갈 배의 선장에게 발견된 걸리버는 어쩔 수 없이 무인도를 떠나 영국으로 오게 되는데, 이때 걸리버는 자신의 가족조차도 야후로 간주하여 어떤 접촉도 피하려 한다. 결국 걸리버는 집에 돌아와서도 인간 야후를 멀리하며 새로 구입한 말들과 마구간에서 매일매일 대화를 나누며 상당한 시간을 보내게

『걸리버여행기』 중 수레를 끄는 야후들.

된다.

스위프트의 인간에 대한 풍자가 가장 극심한 4부 때문에 이 책은 한때 출판 금지를 당한다. 말을 이성적인 존재로 설정하고, 인간을 가장 혐오스런 동물로 비하하여 그리고 있다는 점에서 독자는 불편한 심기마저 느끼며, 스위프트의 인간에 대한 풍자가 그 도를 넘었다고 생각할 수 있을 것이다. 그러나 4부에서 인간이 가진 탐욕과 동물적인 속성이 과장되게 표현된 게 사실이지만, 스위프트의 주장이 전혀 근거 없는 것은 아니다. 탐욕과 이기심은 어쩔 수 없는 인간의 본성에 속한다. 다만 이를 억제 할 수 있는 것은 이성이나 문명, 법 등의 외부적 장치다. 현대 문명이 가능할 수 있었던 것도 인간이 바로 이와 같은 이성을 가졌기 때문이다. 스위프트는 이성의 중요성을 동물적인 야후를 통해 역설적으로 강조하고 있는지도 모른다.

우화로서의 풍자문학

스위프트의 『걸리버 여행기』는 인간과 사회에 대한 고찰이다. 스위프트는 인간을 4가지 다른 관점에서 묘사하기 위해 우화적인 수법을 사용하였다. 즉, 1부의 릴리프트인들은 높은 곳에서 내려다 본 인간의 모습이고, 2부의 브로딩낵 사람들은 세밀하게 들여다 본 인간의 모습이며, 3부의 라푸타 섬의 주민들은 이성주의를 맹신하는 인간의 모습, 4부의 야후는 동물적인 면이 강조된 인간의 원초적 모습인 것이다.

스위프트가 이처럼 우화적 수법을 사용한 근저에는 인간의 이러한 모습이 특정 인물이나 상황에만 국한되는 것이 아니라는 믿음이 있었기 때문이다. 우화는 시공을 초월하여 적용될 수 있는 서술방법이기 때문이다. 따라서 우리는 소인 릴리프트인이나 거인 브로딩낵에게서 당대 영국인의 모습을 발견할 수 있을 뿐만 아니라, 오늘날의 인간의 모습 또한 발견할 수 있는 것이다. 이는 겉으로 보기에는 인간과 달라 보이는 야후의 경우도 마찬가지다. 후이늠에게서 야후의 특성에 관해 전해 듣고 야후를 직접 관찰한 걸리버는, 야후의 특성을 유럽인이 갖고 있다는 사실을 알게 된다. 그러나 독자는 여기서 한층 더 나아가 야후의 모습은 바로 오늘날의 인간에게서도 발견될 수 있음을 깨닫게 된다. 즉, 스위프트가 『걸리버 여행기』에서 제시한 것은 환상의 나라에서 걸리버가 겪은 모험이 아니라, 당대 사회와 인간의 모습인 것이며, 바로 우리 자신의 모습인 것이다. 오늘날 『걸리버 여행기』를 읽으면서 독자들이 무릎을 치게 되는 것은 스위프트의 이러한 인간에 대한 통찰력 때문이다. 이러한 점이 『걸리버 여행기』를 시대를 넘어 선 영원한 고전의 자리에 서게 하는 것이다.

더 생각해볼 문제들

1. 작가와 작품을 서술하는 화자를 동일시하는 경우가 많다. 이 작품에서 화자인 걸리버와 작가인 스위프트 사이의 관계는 어떠한지 생각해보자.

   우선 4부에 걸쳐 드러나는 걸리버의 특징은 그의 비일관적인 성격이다. 릴리프트에서 걸리버는 하찮은 일을 가지고 당파를 조성해 싸우는 소인국 사람들의 본성을 꿰뚫어보는 예리한 지성의 소유자이지만, 브로딩낵에서 걸리버는 왕에게 많은 사람을 죽일 수 있는 화약제조법을 가르쳐 주겠다며, 이를 거부하는 왕을 어리석은 인물이라고 비아냥거리는 잔인한 인물이다. 이 점에서 걸리버는 스위프트의 목소리를 대변함으로써 풍자의 척도를 제공하지만, 동시에 스위프트가 비난하는 면모도 갖추고 있는, 다시 말하면 스위프트의 풍자의 대상이 되기도 하는 것이다. 즉, 걸리버를 스위프트와 같기도 하고 다르기도 한 비일관적인 화자로 스위프트가 설정한 이유는 스위프트가 하고 싶은 말을 걸리버를 통해 긍정적으로 혹은 역설적으로 하기 위한 것이다.

2. 이 작품에서 이성적 존재로 등장하는 후이늠이란 말이, 과연 스위프트가 생각하는 이상적 인간의 모델인지에 대해서 생각해 보자.

   걸리버가 지적이고 이성적이고 애타주의적인 존재로 묘사하는 후이늠은 어찌보면 스위프트가 옹호하는 고전적이고 기독교적인 사상을 구현하는 이상적인 인물처럼 보인다. 그러나 후이늠은 동정심을 전혀 느끼지 못하는 존재로 가족이 죽어도 슬퍼하지 않고, 전혀 감정을 가지고 있지 않아, 결혼을 사랑이 아니라 철두철미 우생학적인 관점에서 결정한다. 또한 자식에 대해서도 별다른 애정을 느끼지 않아 남이 자식을 모두 잃으면 자신의 자식을 기꺼이 주기까지 한다. 따라서 가족간의 애정을 느끼지 못하며 개인적인 감정조차 전혀 없는 이들은 어찌 보면 정서적으로 메마른 불모의 삶을 살고 있기 때문에 이들을 이상적 인간상으로 보기에는 무리가 있다.

3. 여행을 통해 겪는 모험담을 주요 골자로 하는 그리스의 서사시인 호머의 『오

딧세우스』와 스위프트의 『걸리버 여행기』간의 공통점과 차이점에 대해서 생각해 보자.

두 작품 사이에는 구조상 여러 가지 유사점이 있다. 『오딧세우스』의 주인공 오딧세이 왕과 걸리버는 둘 다 사랑하는 가족을 떠나 항해를 하다 배가 난파당하여 환상적인 나라에 도착한다는 공통적인 경험을 하게 된다. 그러나 둘 사이의 근본적인 차이는 오딧세이는 마녀나 외눈박이 괴물, 선원을 홀려 배를 난파시키는 사이렌과 같은 초자연적인 존재와 대결을 벌이지만, 걸리버는 브로딩낵에서 쥐, 개구리와 일전을 벌이고, 심지어 말벌과 새에 습격을 받아 고난들 겪는 등 서사시의 영웅이 겪는 모험에 비하면 그야말로 하찮은 일에 시달린다. 이외에 두 작품의 근본전인 차이는 오딧세이는 고향으로 돌아가기를 갈구하지만, 걸리버는 야후가 사는 고국을 혐오하여 무인도에서 은둔하고자 한다는 것인데, 이러한 차이는 근본적으로 전자는 영웅의 모험을 그린 서사시고, 후자는 풍자 문학이라는 데에 기인하는 것이다.

추천할 만한 텍스트

『걸리버 여행기』, 조너던 스위프트 지음, 류경희 역, 출판사: 미래사 출판연도: 2003년.

김일영(金一泳)　성균관대학교 영어영문학과 교수.

미국 조지아 대학교에서 석사, 사우스 캐롤라이나 대학교에서 박사 학위를 취득했다.

현재 성균관대학교 번역대학원 학과장이며, 한국 근대영미소설 학회 총무이사, 18세기 영문학회 총무이사, 한국 영어영문학회 편집위원을 맡고 있다.

저서로는 『18세기 영국소설 강의』, 『영국소설 명장면 모음집』, 『영미 노벨문학 수상작가론』, 『트리스트람 샌디 해설서』 등이 있고, 역서로는 『영국 소설사』, 논문으로는 「트리스트람 샌디에 나타난 게임의 본질」, 「로렌스 스턴과 포스트모더니즘」, 「필딩의 '새로운 글쓰기'와 이중적 재현」, 「루이스의 수사에 나타난 회의주의」 등이 있다.

『두 갈래로 갈라지는 오솔길들의 정원』은 무질서한 혼돈의 소설이었습니다. 그리고 "모든 미래들이 아니라 몇몇 미래들"이라는 구절은 공간이 아닌 시간 속에서 두 갈래로 갈라지는 모습을 연상시켰지요. 작품 전체를 다시 한 번 읽자 내 생각을 확신하게 되었습니다. 모든 소설에서 어떤 사람이 여러 가능성과 마주칠 때마다, 그는 하나를 선택하고 다른 나머지들은 버리게 됩니다. … 예를 들어, 팡이라는 사람이 비밀 하나를 간직하고 있습니다. 그런데 낯선 사람이 그의 방문을 두들기고, 팡은 그를 죽이기로 결심합니다. 당연히 여기에는 다양한 결말이 있을 수 있습니다.

호르헤 루이스 보르헤스 (1889~1986)

보르헤스는 20세기의 상징적인 문학가이면서도 노벨문학상을 받지 못했고, 그런 이유로 더욱 유명해진 인물이다. 그의 이름 앞에는 '현대 환상문학의 대가', '포스트모더니즘의 선구자'와 같은 수식어가 따라다닌다. 보르헤스는 1899년 아르헨티나의 부에노스아이레스에서 태어났고, 어렸을 때부터 아버지의 서재에서 많은 책들을 읽으며 보낸다.

그의 대표적 에세이집으로 『또 다른 탐문』(1952)이 있고 시집 『어둠의 찬양』(1969)그리고 단편집으로 『픽션들』(1944)과 『알렙』(1949), 『브로디의 보고서』(1970), 『모래의 책』(1975), 『1983년 8월 25일과 다른 단편들』(1983) 등이 있다. 특히 후기의 작품들은 시력을 잃은 보르헤스가 구술하고 비서가 받아쓰는 식으로 이루어졌다. 1986년 4월에 보르헤스는 오랫동안 자신의 비서였던 일본계 아르헨티나 출신인 마리아 고다마와 결혼하고 같은 해 6월 14일 제네바에서 숨을 거둔다.

03

소설적 상상으로 세계를 바꾸다
보르헤스의
『픽션들』과 『알렙』

송병선 | 울산대학교 스페인·중남미학과 교수

20세기를 바꾼 소설가

문학이 세상을 바꿀 수 있을까? 아니면 단지 세상을 반영하고 모방할 뿐일까? 인류의 역사가, 상상의 산물인 문학 작품이 예언하는 대로 이루어질 것이라고 생각할 수는 없다. 하지만 문학 작품, 그것도 단편소설로 생각의 틀을 바꾸어 소설 속의 세계를 현실로 만든 인물이 있다. 그가 바로 호르헤 루이스 보르헤스(Jorge Luis Borges)이다. 보르헤스는 「배신자와 영웅에 대한 주제」란 글에서 "역사가 역사를 그대로 모방했을 것이라는 사실은 경악스러운 것이다. 더군다나 역사가 문학을 흉내낸다는 것은 도저히 받아들일 수 없는 사실이다"고 말한다.

지금 우리가 사는 세상은 여러 용어로 지칭되고 있다. 포스트모더니즘[1], 탈식민주의, 페미니즘 등등. 이들은 하나 같이 기존에 진리로 여겨져 왔던 것에 의문을 품으며 새로운 인식의 틀을 마련하고 있다. 이런 '탈중심(脫中心) 사상'은 하나의 경직된 절대 진리보다는 유연한 다수의 상대적 진리를 주장한다. 그 결과 특권적 지배 문화보다는 소외되었던 주변의 문화가 새로이 조명되고, 그동안 무시되어왔던 유색인 등 소수 인종의 문화나 여성들이 새로운 관심의 대상으로 부상한다.

이렇게 오랜 세월동안 절대적 진리라고 믿어왔던 사상에 의문점을 던지면서 20세기 사상의 틀에 결정적인 변화를 가져온 장본인이 보르헤스이다. 그는 인류의 역사가 문학을 모방하도록 만들면서, 문학이 단순한 현실의 반영이 아니라 새로운 현실을 만들 수 있다는 가능성을 보여준 인물이다.

1914년부터 1921년까지 유럽에서 공부한 그는 사실주의와 자연주의에 반대했던 유럽의 모더니즘 문학에 많은 영향을 받았다. 리얼리즘이 자연의 묘사와 작중 인물의 행위 중심으로 이루어져 있어서 지적인 문제인 초월성을 무시하고 있다고 비판하면서, 리얼리즘과의 단절을 선언한 것을 보면 그의 문학적 성향을 알 수 있다.

그 후 유럽에서 귀국한 보르헤스는 주로 시와 수필을 썼다. 1938

---

1) 다양한 의미를 지니고 있는 용어지만, 일반적으로 고급문화/대중문화를 비롯하여 이분법적 구별을 의식적으로 철폐하려는 문화적 산물로 사용된다.

년 크리스마스 때 사고를 당해 혼수상태에 있다가 회복한 다음부터, 즉 1939년부터 1949년까지 33편의 단편소설을 썼는데, 이 작품들은 『픽션들』(1944)과 『알렙』(1949)에 수록되어 있다. 현대 문학의 선구자로 불리는 보르헤스의 명성은 바로 이 작품들에서 비롯된다. 그의 작품은 문학의 글쓰기 행위와 문학 비평의 문제를 다루며 또한 복잡한 철학·사상을 주요 주제로 삼으면서, 인물의 행위를 부차적 차원으로 격하시킨다.

나중에 보르헤스는 시력이 약화되지만, 그의 대표적 에세이집 『또 다른 탐문』(1952)을 냈고 거의 앞을 못 볼 정도가 되어서는, 그런 것을 하늘의 선물로 여기면서 고대 앵글로색슨어(語), 스칸디나비아어(語)를 배우고, 중세 문학을 연구하여 그 결과로 시와 초단편 소설을 모아놓은 『만드는 사람』(1960), 시집 『어둠의 찬양』(1969)을 출판했다. 이어 단편소설집 『브로디의 보고서』(1970)를 비롯해 『모래의 책』(1975)과 『1983년 8월 25일과 다른 단편들』(1983) 등을 출간했는데, 이 당시의 작품들은 보르헤스가 구술하고 비서가 받아쓰는 식으로 이루어졌다. 보르헤스의 후기 작품은 아직 『픽션들』이나 『알렙』에 비해 그리 평가를 받지 못하고 있지만, 최근 들어 이 작품들에 대한 평가가 다시 활발하게 진행되고 있다.

보르헤스의 작품은 어떤 의미를 갖는 것일까

보르헤스는 다른 위대한 작가들과 달리 인생의 부침을 심하게 겪지 않은 작가이다. 그의 작품에서도 극적인 고통이나 사랑에 대한 묘사는 잘 나타나지 않기에, 우리는 쉽게 감동을 느낄 수 없다. 그런데 무엇이 그의 작품을 고전의 반열에 올려놓은 것일까? 흔히 그의 문학에 관해 말할 때면, 시간, 기억, 미로, 거울, 도서관, 백과사전, 나침반 등의 주제를 떠올린다. 이런 것들과 더불어 그는 시간개념, 공간의 의미, 신의 존재 등의 형이상학적 개념과 환상을 이용하여 새로운 우주를 창조하는 데 성공하고, 이 우주를 통해 우리가 당연하다고 생각하는 진리들의 어두운 영역을 찾아내어 기존의 질서를 전복시킨다.

보르헤스의 문학은 고정관념의 배격에서 시작한다. 본격적으로 글을 쓰기 시작한 1930년대부터 그는 주변국의 작가에게는 토속성이나 지역성에 입각한 리얼리즘 문학이나 실험성에만 관심을 보이는 유럽의 아방가르드 문학이 얼마나 위험한 것인지 깨닫는다. 또한 주변국은 자체의 목소리도 가질 수 없음을 인정한다. 그래서 그는 합리주의적이고 과학적 사고방식에 입각한 리얼리즘 문학과 프로이트[2]를 정전으로 삼고 있던 아방가르드 문학을 탈피하여, 치밀한 구조를 통해 독자를 자연스럽게 환상의 세계로 이끄는 '이성적 환상문학'[3]이라는 장르를 개척한다.

아르헨티나처럼 영향력이 미약한 나라는 자체의 목소리를 가질

---

2) 프로이트(1856~1939)는 오스트리아의 신경학자이며 정신분석학의 창시자다. 그의 정신분석학은 인간의 정신 및 정신병 치료에 관한 이론이면서 동시에 인간의 문화와 사회를 해석하는 시각을 제공한다.

3) 보르헤스가 개척한 환상문학으로, 현실과 환상의 세계가 명확하게 구별된 〈해리포터〉시리즈와는 달리, 두 세계를 구조적으로 불분명하게 구분하여 현실이 환상이 되고 환상이 현실이 될 수 있음을 보여준다.

수 없다는 그의 의식, 그것은 곧 문학적 기법의 하나로 발전한다. 보르헤스의 책에는 서양의 수많은 철학자나 작가의 이름이 등장하는데, 그는 그들을 통해 주변국의 작가가 목소리를 낼 수 있는 방법을 발견한다. 독서를 통해 타인의 경험을 자기의 기억으로 만드는 것이다. 그러나 보르헤스는 그것들을 그대로 인용하지 않고, 자기 마음대로 변조하거나 새롭게 만들어내기도 한다. 자기 생각이 객관적 합리성을 지니고 있다는 사실을 뒷받침하기 위해 위대한 작가들을 인용하는 것이 아니라, 상상의 세계를 구축하기 위해 자의적으로 이용하고 있다. 그래서 소설이 허구라는 것을 망각한 몇몇 비평가들은 그가 파놓은 '불성실한' 인용문의 함정에 빠져 헤어나지 못하기도 한다.

보르헤스가 인용을 조작하는 것은 인간의 기억 역시 조작될 수 있다는 사실을 보여주기 위함이다. 그리고 이것을 통해 대중 문화와 대중 정치를 비판한다. 특히 노동자를 위한다는 페론주의로 대변되는 대중정치가 조작된 기억과 비인간적인 경험을 만들어내는 기계라고 본다. 다시 말하면, 모두가 동일하게 느끼고 모두가 동일하게 기억하는 것은 대중들이 살면서 몸소 겪은 경험이 아니라 날조된 경험이라는 것이다.

흔히 보르헤스의 작품은 현학적이며 난해하다는 평을 듣는다. 이것은 소위 '보르헤스 효과' 때문에 일어난다. 그는 말하고자 하는 것보다 더 적게 말하면서, 문학은 함축적이어야 한다고 주장한다. 더군다나 그 안에는 수많은 인용이 위장되어 있기 때문에 더욱 어렵게 보인다. 그러나 소설은 허구라는 생각을 가지고 그의 작품을

보르헤스의 커리커처.

대하면 의외로 쉽게 이해할 수 있다. 실제로 그의 작품에 등장하는 수많은 이름과 사상들을 아무리 잘 안다고 하더라도, 그의 작품을 이해하는 데는 큰 도움이 되지 않는다.

　20세기는 흔히 과학의 세기라고 일컬어진다. 세계는 합리주의적이며 과학적 세계관에 의해 지배된다. 그런데 보르헤스는 영원불변의 진리를 대표하는 '과학적 확실성'을 붕괴시킨다. 보르헤스 덕택에 현대사회는 진리라는 이름으로 수용되거나 이성적으로 포장된 모든 것이 결국은 인간이 만들어 낸 또 다른 허구임을 깨닫게 되는 것이다.

이런 확실성에 대한 의문은 보르헤스 환상문학의 핵심과도 연결된다. 그는 자신의 작품이 허구라는 것을 강조하기 위해 애를 쓰면서, 동시에 그 글을 읽는 우리 역시 허구일 가능성도 배제하지 않는다. 그는 종종 "내가 어떤 사람을 꿈꾸는데, 나 역시 타인의 꿈은 아닐까?"라는 질문을 던진다. 눈에 보이는 현실이 확실한 것이 아닐 수도 있다는 이런 질문이 바로 그가 추구하는 환상문학의 핵심을 이룬다.

국내에서 보르헤스가 본격적으로 수용되고 논의된 것은 우리의 세계관이 급격히 바뀌기 시작한 1990년대 초부터이다. 그래서인지 그의 문학을 포스트모더니즘이라는 관점에 맞춰 현실과 허구를 넘나드는 환상문학적 틀에 한정시키려는 경향이 짙다. 그러나 현실이 환상이 될 수 있고, 환상이 현실이 될 수 있다는 그의 '환상문학' 개념은 일정한 법칙이나 진리가 있음을 부정한다. 그가 주장하는 환상이란 능동적 독서를 통해 각자가 상이한 해석을 만들면서, 중심적인 해석이란 있을 수 없다는 것을 경험하면서 이루어진다. 그의 작품이 끊임없이 분해되고 확산되는 이유가 바로 여기에 있는 것이다.

현대 문학의 새로운 지평을 열다

보르헤스의 『픽션들(Ficciones)』과 『알렙(El Aleph)』은 20세기 중반부터 유럽과 미국에 팽배하던 '소설의 죽음'에 종지부를 찍고 소설은 아직도 살아있음을 보여주면서 20세기의 패러다임을 바꾼 작품들이다. 『픽션들』은 1부 '두 갈래로 갈라지는 오솔길들의 정원'과 2부 '기

교들'로 구성된 단편집이며[4] 그리고 『알렙』 역시 단편집이다.[5]

문학 장르상 이 단편들은 대부분 환상문학에 속한다. 그러나 보르헤스는 환상문학을 목적으로 삼은 것이 아니라, 절대적 진리나 믿음을 파괴하려는 그의 목적을 달성하기 위한 수단으로 삼으면서, 이 장르를 더욱 풍부하게 만든다. 한편 그의 작품 세계가 어떻게 발전되었는지의 관점에서 보면, 『픽션들』은 에세이와 단편 소설의 문체가 한데 어우러지면서 상이한 철학 개념들을 도입하고 있는 반면에, 『알렙』은 본격적인 단편 소설의 문체를 보여주면서 삶에 대해 심오하게 성찰하고 있다.

보르헤스의 작품이 세계 문학 속에서 갖는 의미는 두 가지로 집약될 수 있다. 첫째는 글쓰기 행위와 문학 비평 그리고 미학의 문제를 취급하는 것이고, 둘째는 정교하고도 복잡한 형이상학을 주제로 삼음으로써 전통적 소설 속에서 가장 중요하게 생각되던 인물의 행위를 수동적이고 부차적 차원으로 격하시킨다는 것이다.

글쓰기 행위와 미학의 문제를 단적으로 보여주는 작품은 「피에르 메나르, 돈키호테의 저자」이다. 문학 논평의 형식을 취하고 있는 이 작품은 주제가 고갈되었다면서 '소설의 죽음'을 예언하던 20세

---

4) 제1부에는 그의 대표적 단편들로 평가되는 「틀뢴, 우크바르, 오르비스 테르티우스」, 「피에르 메나르, 돈키호테의 저자」, 「바벨의 도서관」, 「두 갈래로 갈라지는 오솔길들의 정원」을 비롯한 7편이 수록되어 있으며, 제2부에는 「기억의 천재 푸네스」, 「배신자와 영웅에 대한 주제」, 「죽음과 나침반」을 비롯한 9편이 있다.

5) 「죽지 않은 사람들」, 「독일 진혼곡」, 「알렙」을 비롯한 17편의 단편소설이 들어있다.

『픽션들』 중의 한 단편 「틀뢴」을 추상화한 그림.

기 중반의 문학 논쟁을 종식시켰으며, 이로 인해 20세기 후반의 세계문학에 가장 큰 영향을 끼친 작품으로 평가받는다. 에세이처럼 씌어진 이 단편소설은 메나르라는 시인이 세르반테스의 『돈키호테』를 글자 하나 틀리지 않고 다시 쓰는 작업에 관한 이야기이다. 보르헤스는 메나르의 현대성으로 인해 세르반테스의 작품보다 메나르의 『돈키호테』가 훨씬 가치 있다고 평가한다.

이것 이외에도 이 작품은 글쓰기란 이미 존재하는 텍스트를 다시 읽고 그것을 다시 서술하는 행위임을 보여준다. 메나르가 세르반테스의 소설을 통해 구현하는 것이 바로 이것이다. 보르헤스의 작품을 살펴보면 이런 글쓰기는 명확하게 드러난다. 「엘 사이르」란 단편은 독일 중세문학의 최고봉이라는『니벨룽겐의 노래』를 다시 쓴 것이고, 「아스테리온의 집」은 반인반우(半人半牛)의 괴물인 미노타우로스 신화를 현대판으로 재생한 것이다. 이런 식으로 보르헤스의 작품은 이미 서술된 이야기 또는 알려진 이미지들을 변형시키거나 덧붙인다. 이런 글쓰기는 "하늘아래 새로운 것은 없다"라는 말처럼, 창작이란 무(無)에서 유(有)를 만들어내는 작업이라는 전통적 개념에서 탈피하여, 기존의 것을 재생산하는 작업이라는 생각을 만들어낸다.

보르헤스가 현대 문학에 이바지한 또 다른 측면은 소설을 형이상학적으로 다루었다는 점이다. 여기서 인물은 부수적이 되며, 진정한 주제는 「원형의 폐허」에 나타나는 창조주와 창조물의 관계처럼 초월성이다. 이런 현상은 「독일 진혼곡」에 등장하는 어느 나치(nazi)가 자기에 의해 고문당하는 사람에게서 오히려 자기가 파괴되는 모습을 발견하는 경우로도 나타나며, 「죽지 않은 사람들」에서 우연의 결과로 이리저리 옮겨 다니는 여행자로 표현되기도 한다.

보르헤스는 이렇게 철학 사상을 작품의 중심에 위치시키기 때문에, 주인공의 행위는 중요성을 상실한다. 그는 자신의 작품에서 철학사전과 비슷하게 실제로 존재하는 여러 사상이나 상상적 차원의 사상을 뒤섞는다. 그리고 이런 사상들을 찬양하거나 축소시키기도 하며, 동시에 두 개 이상의 사상을 보여주면서 패러디하기도 한다. 가령 「틀뢴, 우크바르, 오르비스 테르티우스」에는 극단적 유심론을 통해 새로운 세계를 창조하려는 지식인 집단이 등장한다. 틀뢴의 철학자들은 진실을 추구하는 것이 아니라, 그 진실을 의심하고 형이상학을 환상문학의 한 범주로 간주한다. 이렇게 틀뢴의 사상은 물질적인 것을 부차적으로 여기면서 정신적인 것을 최우선으로 간주하는 관념론의 패러디로 보일 정도가 된다. 그리고 이를 통해 보르헤스는 가치란 상대적인 것이며, 문화의 보편성은 거짓이라는 사실을 파헤치고 있는 것이다.

보르헤스, 세계로 향하다

보르헤스는 1961년에 프랑스의 극작가 사무엘 베케트와 함께 국제 출판인상인 제1회 포멘터상을 수상하면서 세계적으로 알려지기 시작한다. 보르헤스의 『픽션들』이 1951년에 프랑스어로 번역되긴 했지만, 이때까지만 해도 그는 해외에 거의 알려지지 않은 채 부에노스아이레스에서 작품 활동을 하고 있었다. 그런 이 상을 받으면서 그의 대표작 『픽션들』은 6개국에서 동시에 출판된다. 그의 작품은 특히 유럽의 지식인들과 미국 작가들에게 지대한 영향을 끼쳤다.

프랑스의 작가 로브 그리예는 『누보로망을 위하여』에서 보르헤스가 「피에르 메나르, 돈키호테의 저자」에서 제기한 글쓰기 문제를 다루면서 보르헤스적 발상에 관해 언급한다. 또한 푸코는 『말과 사물』에서 중국 백과사전에 관한 보르헤스의 글을 읽고 이 책의 중심사상을 발견했다고 고백한다. 그리고 현대영화사에서 빼놓을 수 없는 프랑스의 영화감독 고다르는 영화 『알파빌』의 끝부분에서 보르헤스를 인용하고 있으며, 이탈리아의 영화 감독인 베르톨루치 역시 보르헤스의 「배신자와 영웅에 대한 주제」에 바탕을 두고 『거미의 계략』을 제작한다. 한편 블랑쇼, 주네트를 비롯한 프랑스 신비평 이론가들은 보르헤스의 작품 속에서 그들이 최대의 관심을 보이고 있던 문학 공간과 글쓰기, 그리고 독서 행위에 대한 이론을 구축할 수 있는 핵심을 본다. 그리고 과학적 사고방식의 한계를 절감한 탈구조주의자들도 보르헤스의 작품에 바탕을 두고 이분법적 사고방식[6]을 탈피하는 데 성공한다. 이후 이런 탈구조주의자들의 이론은 포스트모더니즘, 탈식민주의[7], 남녀의 불평등을 바로잡고자 하는 페미니즘으로 발전한다.

한편, 보르헤스는 미국의 현대 소설이 발전하는 데 지대한 공헌을 한다. 1950년대 초에 그의 작품이 프랑스에 소개된 것과 비교해 보면, 미국에는 1960년대 초에 뒤늦게 나오게 된다. 이후 미국 문학은 보르헤스의 문학사상을 수용하면서 1960년대를 시발점으로 삼아 1970년대와 1980년대의 포스트모더니즘으로 발전한다. 그처럼 보르헤스는 그 어느 곳보다 미국 문학계에 깊은 흔적을 남겼는데 로버트 쿠버, 도널드 바셀미, 토머스 핀천, 존 바스, 존 가드너 등이 보르헤스의 영향을 받은 대표 작가들이다.

이들 이외에도 보르헤스의 영향을 받은 작가들은 수없이 많다. 움베르토 에코, 윌리엄 깁슨, 미하엘 엔데, 비톨트 곰브로비츠, 주

---

6) 남/녀, 서양/동양, 중심/주변, 식민지/피식민지와 같이 대립적 개념으로 이루어진 사고방식. 이 경우 흔히 남자, 서양, 중심, 식민지가 지배개념이 되고 여자, 동양, 주변, 피식민지는 지배개념을 정의 내리는 데 필요한 부수적 개념이 된다.

7) 1980년대에 영국과 미국에서 탄생한 이론으로서 인문학과 제국주의의 관련성을 파헤치는 가운데 서구 담론이 지닌 근본적 세계관에 이의를 제기하고 그것을 해체하면서 새로운 관점에서 식민주의를 연구한 경향이다.

제 사라마구, 살만 루시디 등 현대의 내로라하는 작가 중에서 그의
영향을 받지 않은 사람은 거의 없다고 해고 과언은 아니다. 또한 그
는 문학뿐만 아니라 철학, 역사학, 과학 등의 패러다임을 바꾸는 데
결정적인 역할을 했다. 보르헤스를 말하지 않고는 20세기 현대 문
학을 말할 수 없는 이유가 바로 여기에 있는 것이다.

보르헤스가 우리에게 주는 의미

1970년대와 1980년대를 거쳐 1990년대까지 우리 작가들은 산업
화 과정에서 희생된 인간의 모습과 개인적 자유를 배제한 공동체
의식을 너무나 강조한 나머지, 계급간의 갈등 문제를 중점적으로
다룬다. 이로 인해 문학은 예술의 영역을 벗어나 사회학의 일부로
탈바꿈하는 모습을 보일 정도로 경직된 면을 보인다. 물론 그들이
추구했던 획일적인 진리가 1990년 초에 다원성을 추구하는 민주적
사회로 나아가게 하는 데 큰 역할을 한 것은 틀림없는 사실이다. 그
러나 그들은 문학적 다원성을 무시한 채, 문학조차도 정치와 마찬
가지로 획일화를 추구했다는 비판을 면할 수는 없다.

뫼비우스의 띠처럼 모든 것은 안과 밖, 혹은 중심과 주변으로 구
별될 수 없다는 경계의 해체를 통해, 우리는 그동안 알지 못했던 것
들을 회복하고, 또 이미 알고 있었던 것도 다른 시각으로 조망할 수
있다. 그래서 성스럽고 표준화된 모든 텍스트에서 신성이나 절대성
을 삭제하고, 문학을 인문학으로 만들고자 하는 소망이 인류에게
존재하는 한 보르헤스의 작품들은 영원히 우리의 세계 속에 꿈처럼
존재할 것이라고 말할 수 있다.

더 생각해볼 문제들

1. 보르헤스의 단편집 제목인 『픽션들』이 무엇을 시사한다고 생각합니까?

   허구와 현실의 경계를 생각하면서, 그런 경계 파괴가 현대 사회에 어떤 역할을 수행했는지 생각하십시오. 이 작품집은 제목부터 '허구'임을 밝히고 있지만, 그 책을 읽는 독자들은 허구가 아닌 현실로 들어간 것 같은 느낌을 갖게 됩니다. 이렇게 허구/현실의 경계 파괴는 이후 서양/동양, 남/녀, 중심/주변처럼 모든 것을 둘로 나누는 사고방식을 변화시키는 것으로 발전하여 지금 우리가 살고 있는 현대세계의 지배적 세계관의 기초를 이룹니다.

2. 보르헤스의 작품이 20세기의 고전이라고 평가되는 이유는 무엇일까요?

   고전이란 시간이 흘러도 그 의미가 절대로 고갈되지 않는 작품들입니다. 보르헤스의 작품이 왜 역사나 과학, 심지어는 사이버 소설에서도 중요하게 여겨지는지 생각하십시오. 역사는 사건들이라는 객관적 자료로 이루어져 있지만 중요한 것은 역사적 사건의 해석입니다. 이런 점에서 역사 역시 환상문학의 한 범주로 이해될 수 있습니다. 또한 현대의 과학 역시 과거처럼 전혀 오류가 없는 것으로 인식되는 것이 아니라 어느 정도의 편차를 인정합니다. 이런 점에서 현대 과학의 패러다임을 바꾼 토마스 쿤의 『과학혁명의 구조』 역시 모든 것은 불확정적이고 불안정하다는 보르헤스의 생각과 그 맥을 같이 합니다. 한편 보르헤스의 단편 「두 갈래로 갈라지는 오솔길들의 정원」은 영원히 두 갈래로 갈라지면서 현대 사이버문학의 기초를 이룹니다.

추천할 만한 텍스트

『픽션들』, 호르헤 루이스 보르헤스 지음, 황병하 역, 민음사, 1995.
『알렙』, 호르헤 루이스 보르헤스 지음, 황병하 역, 민음사, 1995.

송병선(宋炳宣)　울산대학교 스페인·중남미학과 교수.
옮긴 책으로 『거미여인의 키스』, 『콜레라 시대의 사랑』, 『붐 그리고 포스트붐』 등이 있으며, 저서로는
『보르헤스의 미로에 빠지기』, 『영화 속의 문학 읽기』 등이 있다.

오랜 세월이 지나 총살대(銃殺隊) 앞에 선
아우렐리아노 부엔디아 대령은 아버지를 따라
생전 처음 얼음 구경을 갔던 아득한 그날 오후를 떠올렸을 것이다.
당시 마콘도는 진흙과 갈대로 지은 스무 채의 집이 강가에 들어서 있는
작은 마을이었다. 강에서는 선사 시대의 알처럼 희고 매끄러운
커다란 돌들 위로 맑은 물이 세차게 흘렀다. 세상이 생겨난 지 얼마 되지 않아
아직 이름을 갖지 못한 사물들이 많았고, 그래서 그것들을 지칭하려면
일일이 손가락으로 가리켜야만 했다. 해마다 3월이면 누더기 차림의
집시 가족이 마을 어귀에 텐트를 쳐놓고는 요란하게 북을 치고 나팔을
불어대며 새로운 발명품을 선전했다.

가브리엘 가르시아 마르케스 (1928~)

콜롬비아 작가이자 대표적인 좌파 지식인인 그는 콜롬비아 북부의 해안 마을 아라카타카에서 태어났다. 어려운 집안 형편 때문에 여덟 살까지 외조부모 밑에서 자라게 되는데, 고독했던 어린시절 이들로부터 전해들은 옛이야기는 훗날 그가 뛰어난 이야기꾼으로 성장하는 데 결정적 토양이 된다. 콜롬비아 국립대학과 카르타헤나 대학에서 법학과 저널리즘을 공부하였으며, 1948년 공부를 중도에 그만둔 이후 그의 삶은 저널리즘과 문학 창작이라는 두개의 축을 중심으로 움직이게 된다.
1955년에 『낙엽』을 펴낸 이래 『아무도 대령에게 편지하지 않다』(1961), 『백년 동안의 고독』(1967), 『족장의 가을』(1975), 『예고된 죽음의 기록』(1981), 『콜레라 시대의 사랑』(1985), 『미로 속의 장군』(1989), 『내 슬픈 창녀들의 추억』(2004) 등의 화제작을 잇달아 발표하였다. 1982년 노벨문학상을 수상함으로써 세계적인 작가의 반열에 올랐으며, 특히 그의 문학적 특성이 온축된 『백년 동안의 고독』은 20세기 최고의 걸작 중의 하나로 일컬어진다. 1999년 임파선 암을 선고받고 투병생활을 하면서 『이야기하기 위해 살다』(2001)라는 제목의 자서전을 펴냈다. 흔히 '가보'라는 애칭으로 불린다.

04

마술적 리얼리즘의 상상력

마르케스의 『백년 동안의 고독』

김현균 | 서울대학교 서어서문학과 교수

주변부 문학의 승리

1966년, 가르시아 마르케스(Gabriel Garcia Marquez)는 멕시코 시티에 18개월 동안 칩거하면서 매일 여덟 시간씩 집필에 매달린 끝에 『백년 동안의 고독』의 마지막 구절에 마침표를 찍었고, 이 책은 이듬해 6월 부에노스아이레스의 수다메리카나 출판사를 통해 세상에 모습을 드러냈다.

아우렐리아노 바빌로니아와 그의 이모 아마란타 우르술라의 근친상간으로 돼지꼬리 달린 아이가 태어나는 순간까지 부엔디아 가문이 7대에 걸쳐 겪는 숙명적 고독을 다룬 이 소설은 출간된 지 한달도 채 안돼 초판이 매진되는 등 독서 시장에서 선풍적인 반응을 불러일으켰다. 그 후 지구상의 거의 모든 문명어로 번역되며 폭넓은 독자층을 확보한 이 소설은 라틴아메리카문학의 국제화를 성취한 '붐(boom)' 소설의 대표작으로 자리매김하였다. '마술적 리얼리즘(realismo magico)'을 통해 문학의 트렌드를 바꾸어놓은 이 한권의 책으로 당시 이름이 별로 알려지지 않은 변방작가였던 가르시아 마르케스는 소설가로서의 본연의 위상을 넘어 하나의 문화현상이 되기에 이르렀다. 이 소설이 성취한 고급문학과 대중적 성공의 행복한 결합에 견줄 만한 또 다른 사례를 찾기 위해서는 19세기의 발자크나 위고, 디킨스까지 거슬러 올라가야 할 것이다.

제2차 세계대전 이후 『백년 동안의 고독』이 발표된 1960년대 말에 이르기까지 서구문학이 보여준 불모성은 소설의 영광이 끝났음을 시사하는 것처럼 보였다. 그러나 서구의 작가·비평가들이 '소설의 죽음'을 개탄하던 바로 그 시기에 가르시아 마르케스, 마리오 바르가스 요사, 훌리오 코르타사르, 카를로스 푸엔테스 등을 필두로 한 소위 '붐' 작가들은 동시대 서구 문학 특유의 작은 스케일에 익숙해진 독자들에게 놀라움과 전율을 불러일으키며 소설문학의 새로운 지평을 열었다. 특히 『백년 동안의 고독』은 당대의 서구 문학을 특징지었던 자폐적 분위기를 깨뜨리고 문학 공간에 생동감 넘치는 거리의 삶을 받아들였으며, 상상할 수 있는 모든 인간 유형과 사건이 뒤얽힌 총체적 세계를 현란하게 펼쳐 보인다. 그 방대한 파노라마에서는 번영과 쇠퇴, 진지함과 유머, 인간적 비애와 환희, 경이로움과 진부함, 좌파 이데올로기와 보수적 이데올로기, 구약성서와 민중문화, 주관과 객관, 개인적인 것과 집단적인 것이 경계 없이 자유롭게 어우러진다. 이러한 이유로 이 작품을 접할 때 독자들은 마치 한 편의 소설이 아니라 방대한 문화 영역과 마주하고 있다는 인상을 받게 된다. 인류의 광대한 문화 전통은 『백년 동안의 고독』을 가로지르며 그 페이지들을 보편적 미스터리로 가득 채운다.

마술적 리얼리즘, 현실과 환상의 변증법

『백년 동안의 고독』은 '마술적 리얼리즘'이라는 용어와 관련하여 집중적인 조명을 받아왔다. 이 용어는 후기 표현주의 회화 양식을 지칭하기 위해 독일의 미술평론가 프란츠 로가 1925년에 처음으로 사용하였으며, 그 기원과 특징, 범주 설정 등의 문제를 둘러싸고 지금까지 숱한 논쟁과 비판이 제기되어 왔다. 말 그대로 마술적 리얼리즘은 내용과 기법에서 현실과 환상, 사실과 허구라는 대립물의 경계가 무너진 모순어법적 글쓰기 양식을 일컫는다. 작품의 얼개나 외형은 사실주의적이나 초자연적 신화, 몽상적 환상 같은 대조적 요소들이 리얼리즘을 침범해 작품의 전반적인 토대를 변화시킨다.

『백년 동안의 고독』에는 환상적 상상력을 통해 리얼리즘의 옛 도그마에 도전하는 초자연적 모티프가 쉼 없이 등장한다. 가령, 마콘도의 주민들에게 죽음은 너무나 자연스럽고 친숙한 것이어서 죽은 자들은 산 자들과 더불어 나이를 먹고 함께 고통을 겪는다. 호세 아르카디오 부엔디아와의 결투에서 죽은 프루덴시오 아길라르의 유령이 현실 공간을 활보하고, 소설의 4장에서 죽은 멜키아데스는 죽음에서 돌아와 아우렐리아노를 비롯한 살아 있는 인물들과 끊임없이 소통한다. 그 밖에도 니카노르 레이나 신부의 공중부양, 호세 아르카디오 부엔디아가 죽었을 때 밤새 내리는 노란 꽃비, 건망증을 동반하는 전염병인 불면증, 아우렐리아노 세군도를 부자로 만들어 준 동물들의 놀라운 번식능력, 4년 11개월 이틀 동안 쉬지 않고 내리는 비 등 수많은 예를 들 수 있다.

그런데 여기에서 중요한 것은 사이언스 픽션이나 환상문학의 경우처럼 작가가 사건의 미스터리적 성격에 대한 논리적 · 심리적 설명을 제공할 필요가 없다는 것이다. 마술적 리얼리즘은 초자연적이고 환상적인 요소들을 현실의 일부로 자연스럽게 받아들이게 하기 때문이다. 따라서 등장인물이나 독자들에게 츠베탕 토도로프가 환상문학의 기본조건으로 제시하는 '주저함'이나 존재론적 동요 같은 감정적 효과를 유발하지 않는다. 물론, 초자연적이고 환상적인 요소를 독자들이 용인할 수 있는 일관성 있는 현실의 일부로 변화시키는 것은 일상적인 것을 불가사의한 것으로, 그리고 불가사의한 것을 일상적인 것으로 제시하는 작가의 주도면밀한 서사전략과 일화의 내적 논리이다. 예컨대, 호세 아르카디오가 총을 맞고 쓰러졌을 때, 그가 흘린 피는 그의 몸뚱이를 빠져나와 마콘도 거리를 가로지른 다음 우르술라가 빵을 만들려고 36개의 계란을 깨뜨리려는 찰나에 부엌에 모습을 나타낸다. 이것은 분명 하나의 불가사의이다. 그러나 피의 행로는 정확한 현실 언어로 줄곧 아주 상세하게 묘사되고 있으며, 이 경이로운 여행은 마을의 일상생활과 할머니의 집안일에 완벽하게 통합되어 있다. 더 좋은 예는 너무도 아름다워서 주위에 항상 노란 나비 떼를 몰고 다니는 인물인 마우리시오 바빌로니아의 경우일 것이다. 이 터무니없는 특성은 나비의 날개가 하나같이 너덜너덜하게 찢어져 있다는 객관적 관찰에 의해 상당한 현실감을 확보한다.

서구중심주의에 대한 도전

여기서 마술적 리얼리즘은 문화적 혼종성을 본질로 하는 라틴아메리카의 특수한 문화적 맥락과 경험적 현실에 대한 인식에서 출발한다는 점에 주목할 필요가 있다. 다시 말해, 초현실주의의 경우처럼 환상적 또는 마술적 속성이 상상력을 통해 인위적으로 창조된 서구와 달리 라틴아메리카에서는 이러한 속성이 일상적인 삶의 범주에 속한다는 인식에 뿌리를 두고 있다는 것이다. 실제로 작품을 가득 채우고 있는 초자연적이고 환상적인 내용은 대부분 작가가 어린시절 외조부모에게 들었던 이야기들에 뿌리를 두고 있다. 작가 자신의 말을 빌리면, 그들은 "마술적이고 미신적이며 초자연적인 현실관의 원천"이었다.

"현실은 토마토 가격으로 한정되지 않는다"고 말하는 가르시아 마르케스에게 현실은 일상의 사건들이나 경제적 고통뿐만 아니라 민중 신화나 민간 신앙, 민간 요법까지도 두루 포함하는 폭넓은 개념이다. 다시 말해, 그의 현실 개념은 객관적 사실만이 아니라 그러한 사실에 대해 일반 민중들이 느끼고 생각하고 말하는 것까지를 아우른다. 가령, 미녀 레메디오스의 승천의 경우, 그녀가 남자와 눈이 맞아 달아났고 가족들이 스캔들을 감추기 위해 지어낸 얘기라는 견해도 있었지만 그녀가 하늘로 올라갔다는 가족의 설명에 권위를 부여하고 실감 있는 세부묘사를 덧붙인다. 그것이 공동체에서 널리 받아들여진 설명이었기 때문이다. 아우렐리아노 대령의 서른두 차례의 무장봉기, 호세 아르카디오의 거대한 남성 등 빈번히 등장하는 과장법도 민중의 집단 기억에 따른 것이다. 이처럼 세련된 독자에게 환상으로 보이는 사건들이 마콘도의 문화 환경에서는 일상적 현실로 받아들여지며, 반대로 세련된 독자가 당연하게 여기는 틀니나 기관차 같은 근대 기술은 놀랍고 마술적인 것으로 외경심을 불러일으킨다. 결국, 가르시아 마르케스는 라틴아메리카인들의 정체성을 구성하는 핵심 요소인 신화와 민담, 주술을 재발견함으로써 문화적 경험과 세계관의 상대성을 강조하고 서구의 이성중심주의가 고착화시킨 현실/환상의 이항대립을 넘어서는 또 다른 현실 개념을 일깨우고 있는 것이다.

이런 맥락에서 볼 때, 마술적 리얼리즘이라는 용어 자체도 라틴아메리카의 특수한 조건을 고려하지 않는 서구중심적 시각의 재생산이라는 혐의에서 자유로울 수 없다. '사실적', '마술적'이라는 말은 문화적 맥락에 따라 그 의미의 층위가 달라질 수 있다. 서구적 관점에서 타 문화의 현실은 종종 미신, 마법 혹은 불합리로 묘사된다. 또 아프리카나 아시아, 라틴아메리카 같은 비주류 문화의 관점에서는 서구의 논리와 과학이 마술적·영적 세계에서 분리된 무미건조한 것으로 여겨질 수 있다. 그런데 마술적 리얼리즘이란 용어는 라틴아메리카인들에게는 지극히 일상적이고 현실적이지만 서구인들의 눈에는 낯설고 초자연적으로 보이는 모든 것들에 '마술적'이라는 꼬리표를 붙임으로써 타자의 픽션을 폄훼하고 고립시킨다. 이런 이유로, 가르시아 마르케스는 '환상문학가'라는 손쉬운 라벨을 거부하고 거듭 스스로를 '리얼리스트'로 규정한다. 그리고 서구인들에게 요구한다. 신화와 저개발과 '고상한 야만', 미신이 지배하는 비이성의 세계에 살도록 라틴아메리카인들을 제발 내버려두라고.

라틴아메리카의 고독

마콘도는 후안 룰포의 『페드로 파라모』의 무대인 코말라나 포크너의 요크나파토파처럼 상상의 공간이다. 그러나 동시에 마콘도의 역사는 라틴아메리카 역사의 일반적 패턴을 반영하며, 이런 이유로 부엔디아 가문의 이야기는 흔히 서구의 식민 지배와 왜곡된 근대화 과정을 겪어온 라틴아메리카 대륙의 메타포로 이해되어 왔다. 라틴아메리카 역시 고향을 떠난 개척자들에 의해 세워졌으며 유토피아의 꿈에서 태어났다. 그런데 소설의 말미에서 부엔디아 가문은 멜키아데스의 양피지 원고 밖에서는 존재하지 않는, 상상력이 빚어낸 허구라는 것이 밝혀진다. 이처럼 신기루의 도시로 사라지는 마콘도는 아메리카가 약속했던, 그러나 이후의 역사과정에서 실체 없는 가공의 산물로 드러난 '놀라운 신세계'의 꿈을 대변한다.

　이러한 마콘도 이야기를 통해 가르시아 마르케스는 '고독'이란 말로 집약되는 근대의 개인주의적 이데올로기에 문제를 제기한다. 근친상간에서 시작해 근친상간으로 막을 내리는 소설의 구조나 끝없이 되풀이되는 인물과 사건들의 유형화는 순환적이고 원형적인 시간과 고독의 자폐적 순환을 시사한다. 도덕성의 화신인 우르술라조차 이 굴레에서 자유로울 수 없으며, 타고난 아름다움의 화신인 레메디오스도 많은 남자들을 고독과 죽음으로 몰고 간다. 이들에게 고독에서 벗어날 수 있는 유일한 순간은 육체적 사랑을 나눌 때이다. 그래서 대부분의 인물들은 광적으로 성(性)에 집착한다. 그러나 진정한 의미의 사랑이 부재하므로 고독은 치유되지 않는다. 소설 속에서 극단적 형태의 사랑으로 나타나는 근친상간은 고독을 재생산할 뿐이다. "마콘도의 모든 재앙은 연대성의 부족, 즉 모두가 이기적으로 행동할 때 결과하는 고독에서 온다"고 설파하는 가르시아 마르케스에게 고독은 정치적 개념이 된다. 실제로 낙원과도 같았던 마콘도가 타락하고 황폐화된 것은 멜키아데스를 위시한 집시들이 얼음, 자석, 나침반, 확대경 같은 물건을 들여오면서 시작된 서양 근대 문물의 유입 및 외부 문명세계와의 만남이 소유욕과 정복욕을 부추겨 공동체적 유대가 상실되었기 때문이다. 그래서 가르시아 마르케스는 우주의 무질서와 불합리 앞에서도 생존을 가능케 하고 인간적 유대를 되찾아주는 사랑의 힘에 최고의 가치를 부여한다.

그러나 고독의 병을 천형처럼 안고 살아가는 마콘도 사람들의 이야기가 배타적으로 라틴아메리카인들에게만 해당되는 것은 아니며 인류의 존재론적 고뇌의 표현으로 읽힐 수도 있다. 호세 아르카디오 부엔디아와 우르술라 뒤에는 세상의 할아버지 할머니들이 있고, 아우렐리아노 대령이 겪은 전쟁 뒤에는 인간의 탐욕이 불러온 일체의 폭력과 갈등이, 유나이티드푸르트사가 가져온 파멸 뒤에는 진보에 대한 무모한 신뢰와 그 치명적 결과가, 그리고 마콘도의 여자와 남자들 뒤에는 애정과 혐오, 에로티시즘과 억압, 환희와 고독을 짊어진 세상의 남자와 여자들이 있기 때문이다.

삶은 비극적인 동시에 멋진 농담

"사람들을 웃기기 위해 발명된 최고의 장난감"이라는 어느 비평가의 표현대로, 『백년 동안의 고독』의 가장 큰 미덕의 하나는 지금까지 씌어진 어떤 소설보다 재미있다는 점이다. 작가 자신도 이 소설에 대해 "철저하게 진지함이 결여된" 작품이라고 말한다. "당신의 소설은 무엇을 다루었느냐"는 질문을 받을 때면 그는 "돼지꼬리 달린 아이가 태어나기를 원치 않는 가족의 이야기"라고 답하길 좋아한다. 또 등장인물들의 이름이 끊임없이 반복되는 것에 대해 공개적으로 질문을 받을 때는 "여기 아버지 이름을 따르지 않은 사람 있어요?"라고 짓궂게 반문한다. 작가의 대답은 『백년 동안의 고독』을 라틴아메리카의 고독의 뿌리에 대한 상상적 탐구로 이해하고, 끝없이 되풀이 되는 이름과 근친상간에서 고독의 자폐적 순환과 재생산을 읽어내는 대다수의 비평가나 독자들을 실망시키기에 충분하다. 그러나 가르시아 마르케스는 작품을 해석하려 들지 말고 독서의 즐거움에 몸을 맡기라고 권유한다. 이 소설에 담겨진 심오한 비극성에도 불구하고, 어쩌면 방바닥에 배를 깔고 누워 낄낄거리며 읽는 것이 라블레의 전통을 잇는 위대한 유머문학에 대한 진정한 경의의 표시일지도 모른다. 그러나 『백년 동안의 고독』은 소설이 재미있고 유쾌하면서도 동시에 아름답고 감동적이고 심오할 수 있음을 일깨워준다. 코믹소설인 동시에 라틴아메리카의 역사 다시쓰기와 인간 조건에 대한 심오한 통찰을 제공하는 매우 진지하고 야심적인 책인 것이다.

마콘도를 넘어

아직 '붐' 작가들의 그림자가 무겁게 드리워져 있던 시기에, 1968
년을 전후해 태어난 소위 '환멸의 세대'는 현실에 접근하는 새로운
방식을 제안하며 마술적 리얼리즘의 죽음을 공개적으로 천명하고
나섰다. 대표적인 예로, 알베르토 푸겟, 세르히오 고메스, 산티아고
감보아, 에드문도 파스 솔단 등으로 대표되는 이른바 '맥콘도
(McOndo)' 작가들을 들 수 있다. 이들은 칠레를 비롯해 10개국
17명의 스페인어권 젊은 작가들이 참여한 야심적인 선집 『맥콘도』
(1996)를 펴냄으로써 라틴아메리카 문학에서 '붐' 소설 혹은 상투
화된 마술적 리얼리즘과 차별화되는 새로운 목소리의 탄생을 선언
하였다. 이들에 따르면, 라틴아메리카는 더 이상 신화적·상상적 공
간인 '마콘도(Macondo)'로 대변될 수 없으며, 신자유주의와 세계
화의 논리가 지배하는 '맥콘도(McOndo)' ─ 맥도날드, 매킨토시,
콘도미니엄이 존재하는 실제적 공간으로 마콘도에 대한 풍자를 함축
한다 ─ 가 라틴아메리카의 진정한 얼굴일 수 있다. 예컨대, 오늘날
의 라틴아메리카 현실 속에선 마콘도에서처럼 수년 동안 쉼 없이
비가 내리지도, 산자와 죽은 자가 공존하지도 않다는 것이다. 이러
한 입장은 호르헤 볼피, 이그나시오 파디야, 엘로이 우로스 등으로
구성된 멕시코의 '크랙(Crack) 그룹'이 채택한 도발적인 선언에
서도 찾아볼 수 있는데, 이들 역시 마술적 리얼리즘의 모방자이기
를 거부하는 동시에 오랫동안 국가 정체성 문제를 화두로 삼아온
멕시코 문학의 뿌리 깊은 민족주의 전통에 도전한다.

맥콘도와 크랙으로 대표되는 새로운 세대의 작가들은 라틴아메

리카의 경계를 넘어 중국, 러시아, 로마, 독일 등으로 작품의 무대와 테마 영역을 확장함으로써 지구상의 모든 사람들과 동시대를 사는 세계시민을 꿈꾼다. 또 16세기 이후 라틴아메리카는 서구에 속해 있었다고 믿는 이들은 '붐' 소설의 눈부신 성공에 대해서도 구성원들이 각자 개별 국가의 특수성을 옹호한 결과라기보다는 폐쇄적 내셔널리즘을 거부하고 세계 문학의 큰 흐름에 통합된 덕분이라고 본다. 자율적 실체로서의 라틴아메리카 문학에 의문을 던지고 그 '차별적 가치'를 부정하는 이 작가들에게서 출신 국가, 더 나아가 라틴아메리카 대륙의 정체성의 표지를 발견한다는 것은 쉽지 않다. 그러나 이들의 도전은 '라틴아메리카적인 것'의 승리로 여겨져 온 '붐' 세대에 직접 총구를 겨누기보다는 찬란한 유산을 경박하게 만든 에피고넨들에 대한 비판을 통해 '붐' 세대가 도달했던 지고한 예술적 자유와 그들의 고유한 동력을 살아있는 전통으로 되살리기 위한 것이다.

이처럼 다양한 스펙트럼을 보이는 라틴아메리카 문학은 이미 가르시아 마르케스에서, 또 그로 대표되는 마술적 리얼리즘에서 멀리 나아갔지만 우리의 시선은 여전히 그의 환상적인 문학의 마법에 붙들려 있다. 오늘날 또다시 소설의 위기를 말하는 사람들이 있다면 다시 한번 이 소설이 일깨운 매혹적인 서사의 힘을 기억할 필요가 있다.

더 생각해볼 문제들

1. 가르시아 마르케스는 서구의 아방가르드로부터 현실은 관찰과 논리, 추론을 통해서만 인식가능하다는 이성주의의 편견을 극복하는 방식을 받아들였으며 무의식, 꿈, 환각 등을 통해 환상과 경이라는 또 다른 유형의 현실에 접근할 수 있다는 생각을 초현실주의자들과 공유한다. 그러나 그는 단순히 서구 전통의 재생산에 그치지 않고 구전되어온 환상적 이야기, 신화, 민담, 전설 등에 존재하는 토착문화의 문학적 표현에서 이러한 현실 지각방식을 발견한다. 이를 토대로 마술적 리얼리즘과 초현실주의의 근본적인 차이점을 생각해보자.

2. 『백년 동안의 고독』은 통합학문적 접근이 가능한 대표적 작품이다. 이 소설의 의미를 비교문학, 역사학, 정치학, 여성학 등의 관점에서 간략하게 생각해보자.

3. 일반적으로 마술적 리얼리즘은 라틴아메리카의 역사적·사회적·정치적 맥락의 특수성에 대한 인식에서 출발한다고 알려져 있다. 그러나 칠레의 여성작가 이사벨 아옌데는 꿈, 전설, 신화, 감정, 열정, 역사처럼 눈에 보이지 않는 초자연적 힘들이 일상 현실의 일부를 이루는 곳이라면 어느 공간에나 두루 적용될 수 있다고 본다. 그렇다면 마술적 리얼리즘은 라틴아메리카의 토양에서만 꽃필 수 있는 배타적 문학양식인가, 오랜 역사를 지닌 세계적 현상인가? 샐먼 루시디, 토니 모리슨, 밀란 쿤데라 등 비(非) 라틴아메리카계 작가들의 작품을 읽고 서로 비교해보자.

추천할 만한 텍스트

『백년의 고독』, 가브리엘 가르시아 마르케스 지음, 조구호 옮김, 민음사, 2000.

김현균

서울대학교 서어서문학과 교수.

서울대학교 서어서문학과를 졸업하고 마드리드 콤플루텐세 대학교에서 라틴아메리카 문학으로 박사 학위를 취득하였다. 『빠체꼬 시에서의 서정양식의 확장』, 『페르난도 솔라나스의 '남쪽' : 기억의 문화와 새로운 국가의 지도그리기』 등 다수의 연구논문이 있으며, 『인어와 술꾼들의 우화』, 『히스패닉 세계』, 『책과 밤을 함께 주신 신의 아이러니』, 『천국과 지옥에 관한 보고서』, 『빠블로 네루다』 등을 우리말로 옮겼다.

이윽고 파에드로스는 문제의 구절을 다시 읽고자 하는 충동을 느낀다.

그리하여 그는 문제의 구절을 읽는다. 그런데 … 이것이 무슨 말인가? …

"우리는 그 말을 '덕'으로 번역하지만, 원래 그리스어로는 '탁월함'을

뜻한다." 번갯불이 번쩍인다. '질'(質)! '덕'(德)! '다르마'! 소피스트들이

가르치던 것은 바로 그것이다! 그들이 가르치던 것은 윤리적 상대주의도

아니고, 순박한 의미의 '덕'도 아니다. 그것은 바로 '아레테'이다.

즉, 탁월함이다. '다르마'인 것이다. 이성의 교회에 앞서는 것.

실체에 앞서는 것. 형상에 앞서는 것. 정신과 물질에 앞서는 것.

변증법 자체에 앞서는 것. 질은 절대적인 것이었다.

로버트 피어시그 (1928~)

미국 미네소타 주 미니애폴리스 출생으로, '가치' 또는 '선'(善)의 탐구를 핵심 주제로 다룬 자전적 소설 『선(禪)과 모터사이클 관리술 가치에 대한 탐구』를 1974년 발표했다. 이외에 1991년 발표한 『라일라 도덕에 대한 탐구 (Lila: An Inquiry into Morals)』가 있다.

아홉 살 때 아이큐가 1700이던 저자는 만 15세의 나이에 미네소타 대학에 입학(1943년)했으나, 중간에 학교를 그만 두고 군에 입대하였으며 한국에서 군복무를 마치고 철학과로 복학하여 1950년 학사 학위를 취득했다. 이어서 인도의 바나라스 대학교로 가서 동양 철학을 공부하기도 했으며, 후에 미네소타 대학에서 저널리즘으로 석사 학위를 취득하고 이후 몬테나 주의 보즈먼에 있는 주립 대학 영문과에서 교직 생활을 했다. 1960년대 초 시카고 대학 철학과 박사 학위 과정에서 공부하는 동안 정신 장애로 입원 치료를 받은 적도 있다.

1954년 낸시 앤 제임스와 결혼하여 두 아들을 두었는데, 1956년에 태어난 첫째 아들 크리스(Chris)는 『선과 모터사이클 관리술』에서 주인공의 아들로 등장하는 인물로, 1979년 샌프란시스코에서 강도의 칼에 찔려 사망했다. 1978년 낸시와 이혼하고 그 해 말 웬디 킴블과 재혼하여 넬이라는 이름의 딸 하나를 두고 있다.

05

철학과 문학의 경계, 그 외경의 지대에서

피어시그의
『선(禪)과 모터사이클 관리술』

장경렬 | 서울대학교 인문대학 영문과 교수

문학과 철학의 갈등

대부분의 사람들은 소크라테스가 "악법도 법"이라는 저 유명한 말을 남기고 의연하게 죽음을 맞이했다는 이야기를 듣거나 읽은 기억을 마음속에 간직하고 있을 것이다. 이런 이야기 덕분에, 우리는 소크라테스야말로 혼란스럽고 어두운 시대에 맞서 의인의 삶을 살다 간 사람으로, 그리고 그에 대항했던 모든 사람들을 불의의 무리로 기억한다. 아울러, 소크라테스가 그렇게도 신랄하게 꾸짖어 나무라던 이른바 '소피스트들'이야말로 말만 앞세우는 교활하고도 영악한 인간 집단임을 믿어 의심치 않는다. 그런 연유로 인해 우리는

285

'소피스트'라는 말을 '궤변론자'로 번역하고 또 그렇게 이해하는데 주저하지 않는다. 이때의 '궤변'이라는 말은 "이치에 닿지 않는 말로 그럴듯하게 둘러대는 구변(口辯)" 또는 "얼른 보기에는 옳은 것 같은 거짓 추론을 이르는 말"로 정의될 수 있거니와, 한마디로 말해 지극히 부정적인 함의를 담고 있다. 사정이 이러하니, 어찌 우리가 소피스트들은 '인간쓰레기'에 다름없다는 생각에 묶이지 않을 수 있겠는가.

과연 소피스트들은 궤변만을 일삼는 인간쓰레기들이었을까. 우선 '소피스트'라는 말을 어원에 따라 직역하면 '현자' 또는 '학자'나 '사상가'임에 주목할 필요가 있다. 말하자면, 부정적 함의란 어디에서도 찾을 수 없는 말이다. 구체적으로 살펴보면, 소피스트는 기원전 5세기경 신학, 형이상학, 과학과 관련하여 깊은 사색의 길을 걸었던 일군의 학자들 또는 교육자들 가운데 어느 한 사람을 지칭하는 말이다. 하지만 소크라테스와 그의 제자 플라톤은 소피스트들을 수사학이라는 이름 아래 말을 교묘하게 조작하는 데에만 급급한 사이비 철학자들로 폄하했고, 이런 의견을 따르는 경우 '소피스트'는 '궤변론자'로 번역되어 마땅하다. 다시 말해, 우리가 '소피스트'를 '궤변론자'로 번역하게 된 것은 수사학을 대신하여 변증법을 '진정한 철학자'의 관심사로 내세우는 소크라테스와 플라톤의 시각에서 벗어나지 못했거나 또는 벗어나지 않았기 때문이다. 하기야, 소크라테스와 플라톤이 내세운 변증법의 세계도 온갖 종류의 은유로 가득한 수사의 세계임을 갈파한 니체의 출현 이전에는, 누구도 변증법의 우월함과 수사학의 열등함에 대한 소크라테스와 플라톤의 논리에 의심을 품거나 이의를 제기한 사람은 없었다. 말하자면, 몇 천 년 동안 사람들은 소크라테스와 플라톤의 시각에서 소피스트들을 바라봐 왔다.

하지만 니체의 출현에도 불구하고 사람들은 여전히 소크라테스와 플라톤의 눈으로 소피스트들을 보아 왔던 것이 사실이다. '소피스트'를 '궤변론자'로 번역한 주체가 한(韓)·중(中)·일(日) 어느 쪽인지 모르나, 적어도 이 용어의 번역 과정에 번역자의 의식을 지배하고 있었던 것은 바로 소크라테스나 플라톤의 논리였음을 우리는 쉽게 추론할 수 있다. 어찌된 영문으로 사람들은 니체가 간파한 바와 같이 변증법의 언어를 포함하여 모든 언어가 수사의 세계라는 사실에 눈을 돌리지 않았던 것일까. 인간의 사유 행위에도 '관성의 법칙'으로 불리기도 하는 '뉴턴의 운동 제1법칙'이 적용되는 것일까. 그렇다, 어찌 인간의 사유 행위가 관성의 법칙에서 자유로울 수 있겠는가. "정지해 있는 물체는 그대로 정지해 있고 움직이는 물체는 계속 같은 속도로 움직인다"는 관성의 법칙에서 인간의 사유 행위를 벗어나게 하기 위해서는 일종의 강력한 외부 충격이 필요한데, 서양 형이상학의 경우 그러한 외부 충격의 역할을 했던 것이 바로 20세기 프랑스 철학자인 자끄 데리다(Jacques Derrida)의 논리다. 데리다의 논리를 통해 사람들은 비로소 수사학에 대한 변증법의 공격이 기본적으로 수사에 바탕을 둔 것이고 철학도 수사에서 자유로울 수 없다는 니체의 논리에 새롭게 눈을 뜨게 되었다.

소크라테스와 플라톤이 내세운 변증법의 세계를 '철학'으로 규정한다면 소피스트들이 내세운 수사학의 세계는 '문학'으로 규정될 수 있는데, 어떤 의미에서 보면 니체와 데리다는 철학의 문학적 성격을 규명하고, 나아가 철학이 문학의 한 영역일 수 있음을 증명해 보인 사람들이라고 할 수 있겠다. 아니, 소크라테스와 플라톤 이후 몇 천 년 동안 철학의 위세에 눌려 기를 펴지 못했던 문학에게 응분의 자리를 찾아준 사람들이라고 할 수 있겠다. 그렇다면, 문학에게 제자리를 찾아주는 이른바 문학 복권 운동은 니체나 데리다의 예에서 보듯 다만 철학의 영역에서만 이루어져 온 것일까. 다시 묻자면, 문학의 영역에서 비슷한 시도는 없었는가. 행여 문학이 패배의 늪에서 허우적거리며 자조만을 일삼아 온 것은 아닌지? 아니면, 아예 패배의 기억조차 잊은 채 빈 마음으로 삶을 살아 온 것은 아닌지? 이 같은 물음이 성급한 것임을 보여주는 문학 작품이 있다면, 그것은 바로 로버트 피어시그(Robert Pirsig)의 『선(禪)과 모터사이클 관리술 가치에 대한 탐구(*Zen and the Art of Motorcycle Maintenance: An Inquiry into Value*)』라는 소설이다. 이 소설은 데리다가 유럽 대륙에서 인간의 언어가 근원적으로 지닌 '불완정성'에 주목하고 이에 따라 소피스트와 니체의 논리에 주목하면서 자신의 논리를 정립해 나갈 무렵인 1970년대 초에 미국에서 출간된 것으로, 책의 어디를 살펴보아도 데리다의 영향은 물론 니체의 영향도 확인되지 않는다. 말하자면, 피어시그가 그의 소설에서 시도한 이른바 수사학/문학 복권 운동은 전혀 독자적인 것이다.

문학에 대한 피어시그의 복권 운동은 여러 측면에서 니체나 데리다의 것보다 더 강렬하게 사람들의 마음을 끈다. 무엇보다도 니체와 데리다의 복권 운동이 철학의 영역 안에서 이루어지는 개념적

추상화 작업을 통한 것이었다면, 피어시그의 복권 운동은 문학의 영역 안에서 전개되는 현실적 구체화를 통한 것이기 때문이다. 이와 관련하여, 인문학의 모든 분야 가운데 인간의 삶에 가장 가깝게 또한 구체적으로 다가가 있는 것이 문학이라는 점에 유의해야 할 것이다. 한편, 니체나 데리다가 자신의 논리를 전개하기 위해 동원한 자료가 철학사적 또는 문학사적 의미를 갖는 문헌학적인 것이라면, 피어시그가 동원한 것은 현실을 살아가는 한 인간의 삶과 생각이라는 점에서 우리에게 생생하고도 강렬한 호소력을 갖는다. 말하자면, 삶의 추상화가 아닌 구체적 재현을 통해 피어시그는 철학이 얼마만큼 체계적으로 문학을 억압했는가를 보여주고, 또한 그런 정황이 여전히 오늘날 우리 지성 사회의 현실임을 설득력 있게 보여준다. 따지고 보면, '설득'이란 수사학의 본질 가운데 하나가 아닌가. 피어시그가 자신의 소설을 통해 유감없이 발휘하는 것이 있다면 그것은 바로 이 '설득'의 힘으로, 니체와 데리다의 난해하고 추상적인 논리에 잘 설득이 되지 않던 사람들이라고 하더라도 피어시그의 '논리 아닌 이야기'에는 설득되지 않을 수 없을 것이다.

이쯤 이야기하면, 아마도 많은 사람들이 『선과 모터사이클 관리술』은 문학을 통해 철학을 '이야기'하는 소설, 따라서 문학적 가치보다는 계몽적 가치가 더 높은 소설로 치부해 버릴 수도 있겠다. 물론 이 소설의 계몽적 가치는 무한하다. 그렇다고 해서 문학적 가치가 상대적으로 부족하다는 말은 아니다. 한 인간의 고통스러운 지적 편력, 그리고 다른 인간들과의 갈등이 더할 수 없이 생생한 문학으로 살아나고 있기 때문이다. 아울러, 이 소설의 주인공은 소원했던 아들과의 화해라는 상징적 행위를 통해 인간의 삶에 대한 무한한 긍정을 향해 나가고 있거니와, 문학적 가치를 지닌 것으로 공인된 그 어떤 서사체 문학 작품만큼이나 감동적으로 독자의 마음을 움직인다. 『선과 모터사이클 관리술』이 20세기 세계 문학의 고전 가운데 하나로 꼽혀야 함은 바로 이 때문이다. 사실 이 소설을 출간한 윌리엄 모로우 출판사의 제임스 랜디스(James Landis)는 출판사 이사회에 올린 추천서에서 "고전적 지위를 획득할 것임을 보증한다"고 단언했다고 한다. 한편, 라몬(W. T. Lhamon)과 같은 비평가는 1974년 이 소설이 출간되고 얼마 되지 않아 『더 뉴 리퍼블릭 (*The New Republic*)』에 기고한 글에서 피어시그의 『선과 모터사이클 관리술』이 "미국의 고전 가운데 하나"가 될 만한 충분한 이유가 있음을 말하기도 했다. 말할 것도 없이, 출간 이래 이 책에 대한 열광적인 찬사는 허만 멜빌(Herman Melville)의 『모비 딕(*Moby Dick*)』이나, 도스토예프스키, 프루스트, 베르그송의 저작물에 견주어질 만큼 끊임없이 이어져 왔으며, 현재 미국의 고등학교나 대학교에서 광범위하게 읽혀지는 필독의 교양서로서의 자리를 확고하게 지키고 있다.

깨달음을 향한 긴 여정

문학적으로 보면, 『선과 모터사이클 관리술』은 일종의 여행자 소설이라고 할 수 있다. 소설의 주인공은 휴가를 이용하여 모터사이클 뒷좌석에 자신의 아들 크리스를 태우고 미국 미네소타 주의 트윈시티를 떠나 태평양 연안을 향한 여행을 시작한다. 그들의 여행에는 실비아와 존 서덜랜드 부부라는 동행자가 있다. 주인공의 친구인 서덜랜드 부부 역시 한 대의 모터사이클을 나눠 타고 함께 여행을 떠나지만, 몬태나 주의 보즈먼까지 9일 동안 여행을 함께 한 다음 트윈 시티로 되돌아간다. 그들과 헤어진 후 주인공과 그의 아들은 8일 동안의 여행을 더 계속하여 마침내 캘리포니아 주의 샌프란시스코에 도착한다. 말하자면, 미국의 중북부 지방에서 출발하여 서부 태평양 연안까지 17일 동안 계속되는 여행이 이 소설의 골격을 이루고 있다.

물론 이 소설은 단순한 여행자 소설이 아니다. 여행 도중 접하는 경치나 들르는 마을과 도시에 대한 묘사는 극도로 자제되어 있고, 함께 여행하는 사람들 사이의 대화조차도 그리 많지 않다. 사실 헬멧을 쓴 채 모터사이클의 엔진 소리와 바람 소리를 견뎌야만 하기에 여행 도중 이들은 몇 마디 고함이나 손짓 이외에 거의 대화를 나눌 수 없다. 모터사이클을 멈추고 나서야 대화가 이루어지곤 하는데, 여행의 피로 때문이기도 하겠지만 이 경우에도 별로 많은 말이 오가지 않는다. 말하자면, 이들은 외부 세계와 단절되어 있을 뿐만 아니라 서로와도 단절되어 있다. 몇몇 경우를 제외하고는 대체로 단절된 채 각자 이런저런 생각에 잠겨 여행을 계속할 뿐이다. 소설의 주인공과 그의 아들은 특히 이런 분위기를 대변하는데, 두 인물은 아버지와 아들 사이의 관계라고 믿기 어려울 정도로 서로에게 서먹하기만 하다. 매사에 호기심이 많고 영리한 아이지만 일종의 정신 장애를 겪고 있는 아이, 예사롭지 못한 아버지의 말투와 행동에 겁을 먹고 있는 아이에 대한 아버지의 관심은 인색하기만 한 것이다. 이러한 상황은 주인공이 자신의 과거로 몰입해 가면 갈수록 더욱더 악화된다.

자신의 과거로 몰입해 가다니? 이야기가 진행되면서 드러나지만, 주인공은 여행을 떠나기 4~5년 전 무렵 정신 장애로 인해 정신병원으로 끌려가 전기 충격 요법에 의한 치료를 받기도 하는데, 이로 인해 그는 과거의 자신에 대한 기억을 상실하게 된다. 그리하여 그에게 과거에 대한 기억은 희미하게 단편적으로 남아 있을 뿐이다. 주인공은 이제 이른바 '정상인'으로 돌아와 생활하던 중 정신장애를 겪는 자기 아들 및 자신의 친구 부부와 함께 휴가 여행을 떠난 것이다. 하지만 여행 도중 이러저러한 일들이나 장소가 빌미가 되어 그는 희미한 기억 속에 일련의 단편들로 남아 있을 뿐인 자신의 과거와 만나고, 두려움과 망설임 속에서도 그는 이런 만남의 과정을 통해 '과거의 자신'을 힘겹게 재구성해 나간다. 주인공은 자신이 재구성해 나가는 바로 이 '과거의 자신'을 '파에드로스'라는 가명으로 부르는데, 다소 엉뚱한 이 그리스 식의 이름이 의미하는 바는 무엇인가. 그 이름이 의미하는 바가 무엇인가는 이 소설의 핵심 주제와 연결되어 있다.

이 소설의 핵심 주제를 확인하기 전에 우리는 무엇보다도 자기 과거로의 여행을 통해 주인공이 독자에게 보여 주는 것이 그의 내면 깊이 감추어진 지적 갈등의 역사라는 점에 유의해야 할 것이다. 주인공에게 희미하게 남아 있는 기억의 단편들을 통해 우리는, 파에드로스라는 가명의 그가 15세라는 이른 나이에 대학을 들어가 생화학을 공부하던 도중 자신의 학문적 탐구에 회의를 품고 정신적 표류의 늪에 빠지게 되었다는 사실을, 오랜 표류 끝에 대학에 복귀하여 철학을 공부하게 되었다는 사실을, 대학을 졸업하고 한 대학의 영문과에서 수사학을 강의하는 교수가 되었다는 사실을, 또한 교수 생활의 지속을 위해 시카고 대학의 대학원 철학과에 입학하게 되었다는 사실을 알게 된다.

시카고 대학에서 과거의 주인공은 어느 날 한 교수에게 지적 도전을 하는데, 그는 소크라테스, 플라톤, 아리스토텔레스가 그처럼 지고(至高)의 권위를 부여한 이른바 '변증법'의 기원을 밝힐 것을 요구했던 것이다. 그리고는 변증법 그 자체가 수사학적 기원을 갖는 것임을, 이를 의도적으로 또한 체계적으로 말살하거나 망각함으로써 확립된 것이 바로 변증법의 권위임을 밝힘으로써 그는 그 교수를 궁지로 몰아넣는다. 하지만 그와 같은 도전의 결과로 과거의 그가 얻은 것은 일종의 지적 파문(破門)이다. 말하자면, 변증법이 누리는 지고의 권위에 위협이 되는 것이라면 무엇이든 억압하고자 했던 소크라테스 등의 음모가 오늘날 재현되고 있는 '이성의 교회(the Church of Reason)'가 시카고 대학이고, 주인공은 이 음모의 현대판 희생자인 셈이다. 이와 관련하여 우리는 소크라테스와 논쟁을 벌였던 소피스트 가운데 한 사람인 파에드로스가 플라톤의 억압과 왜곡을 통해 지적 패배자로 역사에 남게 되었음에 주목할 수 있을 것이다.

결국 이 소설의 핵심 주제는 체계적인 음모와 억압, 왜곡 때문에 묻혀 버린 진실에 대한 추적으로 요약될 수 있다. 말하자면, '과거의 자신'에 대한 주인공의 지적 탐구 여행은 소크라테스와 플라톤

이후 서양을 지배했던 형이상학이 그 안에 감추고 있던 진실을 추적하고 이를 재발견하기 위한 작업이었다. 오랜 옛날에 이루어졌던 지적 음모를 자신의 과거 삶과 연결하여 추적하고 있는 이 소설의 핵심 주제는, 말할 것도 없이, 소설의 부제 역할을 하는 '가치(Value)에 대한 탐구'라는 말로 요약될 수도 있다. 실제 이야기 속에서 주인공은 '가치에 대한 탐구'라는 말 대신 '질(Quality)에 대한 탐구'라는 말을 사용하고 있는데, 이 때의 '가치'나 '질'이라는 말은 소설의 주인공이 말하듯 그리스어의 '아레테(aretê)', 또는 '선(the Good)', 또는 불교의 '다르마(Dharma)'라는 말로 대체될 수 있는 것이기도 하다. 다시 말하지만, 이 같은 가치, 질, 아레테, 선, 다르마에 대한 탐구 과정 끝에 주인공이 확인하는 것은 변증법이 억압하고 왜곡시켰던 수사학의 가치이다.

이처럼 『선과 모터사이클 관리술』의 중심 주제는 '가치에 대한 탐구'로 요약될 수 있지만, 그렇다고 해서 이것이 소설의 전부라고 말할 수는 없다. 비록 이 소설에서의 가치에 대한 탐구가 한 인물이 지적 갈등의 미로를 헤맨 끝에 진실에 이른다는 식의 극적 전개 과정을 통해 제시되고 있긴 하지만, 이 자체가 이 소설을 '소설'로 만드는 전부는 아니기 때문이다. 아니, 소설 자체의 소재가 되고 있는 태평양 연안을 향한 여행 역시 또 하나의 극적 전개 과정 속에 제시되고 있거니와, 우리는 이에 또한 주목하지 않을 수 없다. 사실 여행자 소설의 경우 어느 지점에서 출발하여 어느 지점에 도착했다는 이야기 자체는 중요한 것이 아닐 수 있다. 여행 자체보다 중요한 것은 여행을 통한 인간의 내적 변모 또는 인간관계의 변화일 것이다.

『선과 모터사이클 관리술』에서 이 같은 변모 또는 변화의 중심에 놓이는 인물은 물론 주인공과 그의 아들이다. 어떤 의미에서 보면, 가치에 대한 탐구 자체가 의미를 갖는 것도 이 같은 변모와 변화를 이끌기 때문이리라.

앞서 살펴본 것처럼, 여행 도중 주인공은 두려움과 망설임 가운데 과거의 자신과 만남으로 인해 일종의 정신적 위기에 빠져든다. 그리고 이러한 상황은 아들과 마음을 나눌 수 없음으로 인해 더욱 악화된다. 아니, 아들과 마음을 나누기 점점 더 어려워질 만큼 주인공이 겪는 정신적 위기는 더욱 심각해져만 간다. 다음 인용에서 보듯, 결국 양자 사이의 불편한 관계는 회복이 불가능해 보일 정도로 악화된다.

안개 지대를 벗어나자, 높은 절벽 아래로 대양이 눈에 들어온다. 저 멀리, 너무도 푸르고 너무도 아득해 보이는 대양이. 모터사이클을 몰고 가는 동안 한기가 느껴진다. 몸 속 깊이 파고드는 한기가.

모터사이클을 멈추고 재킷을 꺼내 입는다. 크리스가 절벽 가장자리로 너무 바짝 다가가고 있는 것이 눈에 띈다. 저 아래 바위까지 적어도 30미터는 된다. 너무 가까이 다가가고 있다.

"크리스!" 소리쳐 불렀지만 그는 대답이 없다.

다가가서 재빨리 그의 셔츠를 움켜쥐고 그를 잡아끈다. "너 왜 이러니?"

곁눈질을 해서 바라보는 그의 눈길이 묘하다.

크리스를 위해 여분의 옷을 꺼낸 다음 그에게 건넨다. 그는 옷을 받아들지만 머뭇거릴 뿐 입지 않는다.

재촉해 보아야 좋을 것이 없다. 기분이 저럴 때에는 내키는 대로 하도록 내버려두는 수밖에.

계속해서 시간을 끈다. 10분이 흐르고, 15분이 흐른다.

누가 이기나 경쟁이 계속될 것이다.

대양에서 불어오는 차가운 바람 속에서 30분의 시간을 보낸 다음 크리스가 물었다. "어느 쪽으로 갈 거죠?"

"연안을 따라 이제 남쪽으로 갈 거다."

"되돌아가요."

"어디로?"

"따뜻한 곳으로요."

그렇게 하는 경우 100마일을 더 가야 한다. "이제 남쪽으로 가야 한다." 이렇게 내가 말한다.

"왜요?"

"그렇게 하지 않으면 너무 많은 거리를 되돌아가야 하기 때문이다."

"되돌아가요."

"안 돼. 자, 춥지 않게 그 옷을 입어라."

그는 옷을 입지 않은 채 그 자리에 주저앉을 뿐이다.

15분이 더 지난 다음에 크리스가 말한다. "되돌아가요."

"크리스, 모터사이클을 모는 사람은 네가 아니라 나다. 우린 남쪽으로 갈 거다."

"왜요?"

"너무 멀기 때문이고, 그건 내가 너에게 이미 말했다."

"그래요? 왜 되돌아갈 수 없죠?"

여행 당시 피어시그와 그의 아들 크리스.

화가 치밀기 시작한다. "정말로 이유가 무언지 알고 싶어 그러는 건 아니지? 안 그러냐?"

"난 되돌아가고 싶어요. 왜 되돌아가지 못하는지 이유가 뭔지 말해 보란 말예요."

화가 나는 것을 억누르며 이윽고 내가 말한다. "네가 정말로 원하는 건 되돌아가는 게 아니야. 크리스, 네가 정말로 원하는 건 날 화나게 하는 거지. 계속 이러면 나 정말로 화낼 거다!"

섬광처럼 공포가 엄습한다. 그는 나를 증오하고 싶어 하는 것이다. 왜냐하면 나는 '그'가 아니기 때문이다.

다소 긴 위의 인용임에도 불구하고 우리가 이에 주목하고자 하는 이유는 다음과 같다. 무엇보다도 위의 인용은 두 사람 사이의 갈등을 생생하게 보여 준다. 하지만 이보다 중요한 이유는 여러 면에서 이 소설의 메시지를 함축하고 있기 때문이다. 첫째, 크리스는 추락의 위험을 무릅쓰고 절벽 가까이 다가가 주인공을 위협하고 있음에 유의해야 할 것이다. 이는 물론 주인공의 말대로 그를 화나게 하기 위한 것일 수 있지만, 어찌 보면 그가 깨닫고 있지 못한 것을 깨닫게 하기 위함일 수 있다. 그것은 바로 주인공이 과거의 '그' ― 그의 아들이 예전에 그토록 좋아했던 '파에드로스'로서의 그 ― 가 아닌 다른 사람으로 변모했다는 사실일 것이다. 둘째, 크리스가 되돌아 갈 것을 고집함은 그의 아버지가 예전의 그로 되돌아가기 바라는 마음의 표현으로 읽을 수 있다. 아니, 이보다 중요한 것은 왜곡과 억압으로 인해 떠나올 수밖에 없었던 근원으로 되돌아가야 함을 말하는 것으로 읽힐 수도 있다. 즉, 변증법 옹호자들의 음모로 인해 우리가 떠나올 수밖에 없었던 수사학의 세계로 되돌아가야 함을 암시하는 것으로 읽힐 수도 있다. 여기에서 우리는 남쪽으로 갈 것을 강요하는 주인공의 모습에서 소크라테스나 플라톤의 억압적 권위를 읽을 수 있을지도 모른다. 바로 이런 읽기를 통해 우리는 또 하나의 함의를 유추해 낼 수도 있다. 즉, 크리스가 몸 속 깊이 파고드는 추위에도 불구하고 옷을 입지 않음은 과거의 주인공인 파에드로스를 지적 파문으로 몰아갔던 장본인들 ― 변증법에 지고의 권위를 부여하던 자들 ― 에 대한 저항의 몸짓으로 읽힐 수도 있다.

이런 의미에서 본다면, 크리스는 곧 또 하나의 파에드로스라고 할 수 있다. 이 소설은 필연적으로 이에 대한 주인공의 깨달음을 요구하는데, 따지고 보면 주인공에게 잃어버린 자신을 다시금 받아들이는 일은 곧 크리스와의 화해를 의미하는 것이기도 하다. 다시 말해, 주인공은 자신의 아들 크리스가 곧 또 하나의 파에드로스이고, 나아가 자기 자신의 분신임을 깨달아야 한다. 바로 이 깨달음의 순간을 피어시그는 이렇게 묘사하고 있다.

우리는 다시금 모터사이클을 타고 달렸으며, 이제 나는 비로소 크리스가 또 하나의 파에드로스라는 깨달음에 이른다. 예전의 그와 같이 생각하고, 예전의 그와 같이 행동하는 또 하나의 파에드로스, 다만 막연하게 의식할 뿐 정체를 모르는 힘에 의해 내몰린 채 말썽거리를 찾아 헤매는 또 하나의 파에드로스임을 깨닫는다. 물음을 … 동일한 물음을 계속 묻는 존재 … 그는 모든 것을 다 알아야 하는 존재인 것이다.
그리고 그는 질문에 대한 답을 얻지 못하면 답을 얻을 때까지 몇 번이고 되풀이해서 집요하게 답을 추구한다. 그러다가 마침내 답을 하나 얻게 되고, 그 답으로 인해 또 다른 질문으로 이끌리게 되어, 다시금 그 질문에 답을 얻을 때까지 집요하게 추구하고 또 추구한다. 그의 질문이 끝나지 않으리라는 사실을 결코 알지도, 결코 깨닫지도 못 한 채, 끊임없이 질문에 대한 답을 추구할 뿐이다. … 무언가가 결여되어 있다는 바로 그 사실을 그는 알고는 그것이 무엇인지 찾으려고 하다가 결국 자신을 죽음으로 몰아갈 것이다.

이제 주인공에게 필요한 것은 과거의 자신인 파에드로스와 하나가 되고 또 아들과 하나가 되는 극적인 순간이다. 소설의 마지막 부분은 바로 이 극적인 순간에 이어 아들과 화해하는 주인공의 모습을 소박하면서도 감동적인 필치로 보여주고 있다.

선의 관점에서 본 『선과 모터사이클 관리술』

다소 황당한 제목의 이 소설은 제목이 암시하는 것과는 달리 모터사이클 관리와 관련하여 별다른 실질적 도움을 주고 있지 않을 뿐만 아니라, 선(禪)에 관해서도 별다른 이야기를 담고 있지 않다. 모터사이클은 기술의 시대를 살아가는 인간에게 편리한 도구이긴 하지만 이와 동시에 섬세하게 관리해야 할 도구로서 등장하는 이외에, 주인공이 여행 도중 시도하는 무수한 '야외 대중 강연' (Chautauqua) — 즉, "귀를 기울이는 이들의 생각 속에 문화와 계몽을 가져다주고, 그들의 마음을 교화하거나 즐겁게 하고 또 향상시킬 의도에서" 그가 짬짬이 독자에게 베푸는 '야외 대중 강연' — 의 학습 보조 자료로 등장할 뿐이다. 한편, 이 소설의 제목은 독일의 철학자 오이겐 헤리겔(Eugen Herrigel)의 『궁술 속의 선(Zen in der Kunst des Bogenschießens)』이라는 책의 제목에서 따온 것이긴 하지만, 피어시그의 모터사이클 관리술은 헤리겔이 말하는 동양의 궁술(弓術)과는 별 관련이 없다. 헤리겔은 동양인들이 궁술을 단순한 자기 방어 수단이나 스포츠로 보지 않고 깨달음에 이르기 위한 예(藝)로 보고 있음에 주목하고 있거니와, 모터사이클을 어떻게 관리하고 정비하느냐의 문제에 대한 피어시그의 시각이 그런 관점을 반영하고 있지는 않기 때문이다. 사실, 이미 살펴본 바와 같

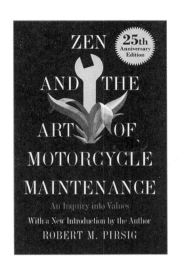

『선과 모터사이클 관리술』의 표지.

이, 이 소설 전체를 지배하는 것은 동양의 선에 대한 관심보다는 희랍의 철학에 대한 관심이다.

하지만 『선과 모터사이클 관리술』에 대한 일종의 지침서를 만들었던 로널드 디산토(Ronald L. DiSanto)와 토머스 스틸(Thomas J. Steele)이 그들의 책에서 지적했듯 우리는 이 소설을 12세기 중엽 중국 송나라의 곽암 선사(廓庵禪師)가 남긴 '십우도(十牛圖)'와 연결할 수도 있다. 십우도는 원래 도교의 '팔우도(八牛圖)'에서 유래된 것으로, '소'로 비유되는 본성(本性)을 찾아 헤매는 수행자에 관한 여덟 장의 그림을 말한다. 팔우도의 마지막 그림은 소를 찾은 후 수행자가 소뿐만 아니라 자기 자신조차 실체가 아닌 공(空)임을 깨닫게 됨을 암시하는 원상(圓相)으로 이루어져 있는데, 곽암 선사는 이 팔우도가 진정한 의미에서의 본성에 대한 깨달음을 보여주는 것으로 볼 수 없다고 하여 두 장의 그림을 추가했다고 한다. 이 두 장의 그림은 있는 그대로의 세계에 대한 깨달음을 암시하는 산수 풍경화 및 세속으로 되돌아가 중생과 만나는 구도승의 모습으로 이루어져 있거니와, 깨달은 자는 세상을 번뇌 없이 있는 그대로 바라보고 또한 세속으로 돌아가 중생 제도에 힘써야 한다는 뜻을 담기 위한 것이다. 즉, 곽암 선사는 깨달음 자체는 이기심을 벗어나지 못한 상태로 보아, 중생 제도로 나가야 함을 보이기 위해 이 십우도를 완성했다고 한다.

『선과 모터사이클 관리술』에는 다음과 같은 대목이 나오는데, 여기에서 우리는 곧 바로 자기 곁에 있지만 보지 못하는 소 — 말하자면, 자신의 본성 — 를 찾아 헤매는 수행자의 모습을 볼 수도 있다.

사물들이 '현재' 여기 '이곳'에 존재하고 있다는 것이 그들이 깨닫고 있는 전부이다. 이런 깨달음을 거의 잊고 있는 사람들이 있다면, 그들은 바로 오래 전에 도시로 떠난 사람들과 길을 잃고 방황하는 그들의 자식들뿐이다. 이 같은 사실의 발견은 진정 대단한 것이었다.

이 같은 사실을 발견하는 데 왜 그리 오랜 시간이 걸렸는지 모를 일이다. 그러한 사실을 빤히 보면서도 우리는 깨닫지 못했던 것이다. 또는 깨닫지 못하도록 길들여져 있었다고 하는 것이 옳을지 모르겠다. 아마도 진정한 사건은 대도시에서 일어나며 시골에서 일어나는 일은 모두 지루한 일일 뿐이라는 투의 속임수에 빠져 있었는지도 모른다. 정말로 영문을 알 수 없다. 진리가 문을 두드리고 있는데 "꺼

져, 나는 지금 진리를 찾고 있어"라고 말하자 진리가 가버리고 만 꼴
이었다. 왜 그리 오랜 시간이 필요했는지 영문을 알 수 없다.

주인공은 과거를 향한 여행을 시작하여 마침내 과거의 자신과 만
나 그가 찾고자 했던 것이 무엇인가를 깨닫게 되는데, 우리는 이를
십우도의 첫 번째에서 여덟 번째까지의 그림까지와 연결할 수 있을
것이다. 또한 과거의 자신인 파에드로스나 현재의 자신이 자신의
아들과도 하나임을 깨닫고, 아들과의 화해에 이르는 주인공의 모습
을 우리는 아홉 번째와 열 번째 그림과 연결할 수도 있다. 이처럼
한국에도 널리 알려진 선불교의 핵심 텍스트인 십우도는 『선과 모
터사이클 관리술』의 전체적 구도를 이해하는 데 하나의 열쇠가 될
수도 있는 것이다.
　어떤 열쇠로 문을 열고 들어가든 철학, 문학 그리고 무엇보다도
인간의 삶에 대한 깊은 사색을 이끌고 또 이에 합당한 새로운 깨달
음에 이르게 하는 소설이 『선과 모터사이클 관리술』이다. 많은 독
자들이 이 소설의 문을 열고 들어가 사색과 깨달음을 통해 새로운
삶의 지평을 열기 바란다.

더 생각해볼 문제들

1. 이성과 변증법을 기초로 하여 확립된 서양의 철학 전통과 확실히 다른 철학 전통이 서양에는 존재했었고, 이를 우리는 수사학에 바탕을 둔 소피스트 철학으로 부른다. 이들 사이의 차이점에 대해 논하고, 소피스트의 수사학이 오늘날 다시 문제되고 있다면 무엇 때문에 그러한지를 나름대로 추적해 보시오.

2. 서양의 철학 전통과는 뚜렷이 구분되는 것이 동양의 철학 전통이라고 할 수 있는데, 어떤 점에서 그러한지를 밝혀 보시오. 동양 사상의 삼대 근간인 유불선의 입장에서 진리, 선, 가치, 덕의 의미를 해석하고, 이를 서양의 소크라테스 철학이나 소피스트들의 철학에 비교해 보시오.

3. 『선과 모터사이클 관리술』은 일종의 자전적인 여행자 소설로, 주인공의 과거 지적 편력을 보여주고 있다. 일종의 여행기를 빌어 전함으로써 주인공의 과거 지적 편력이 더할 수 없이 생생하게 살아나고 있다면, 어떤 점에서 그러한지를 밝혀 보시오.

4. 『선과 모터사이클 관리술』은 일종의 자전적인 여행자 소설로, 주인공의 과거 지적 편력을 보여주고 있다. 일종의 여행기를 빌어 전함으로써 주인공의 과거 지적 편력이 더할 수 없이 생생하게 살아나고 있다면, 어떤 점에서 그러한지를 밝혀 보시오.

추천할 만한 텍스트

『선과 모터사이클 관리술』, 로버트 피어시그 저, 장경렬 역, 문학과지성사, 2006년 말 출간 예정.

장경렬(張敬烈)

서울대학교 영어영문학과 교수.

서울대학교 영문과를 졸업하고, 미국 오스틴 소재 텍사스 대학교에서 영문학으로 박사 학위를 취득했다. 저서로는 문학 평론집 『미로에서 길 찾기』(1987), 『신비의 거울을 찾아서』(2004) 등이 있으며, 번역서로 『내 사랑하는 사람들의 잠든 모습을 보며』(리영 리 저, 2000), 『먹고, 쓰고, 튄다』(린 트러스 저, 2005), 『윌리엄 셰익스피어』(앤토니 홀든 저, 2005) 등이 있다.

서양의 고전을 읽는다 4-문학 下

지은이 | 곽차섭 외 13인

1판 1쇄 발행일 2006년 5월 22일
1판 1쇄 발행부수 5,000부 총 5,000부 발행

발행인 | 김학원
편집인 | 한필훈 이재민 선완규 한상준
크리에이티브 디렉터 | 김영철
마케팅 | 이상용 하석진
저자 · 독자 서비스 | 조다영(humanist@hmcv.com)
스캔 · 표지 출력 | 이희수 com.
용지 | 화인페이퍼
인쇄 | 청아문화사
제본 | 정민제본

발행처 | 휴머니스트
출판등록 제10-2135호(2001년 4월 18일)
주소 | 서울시 마포구 연남동 564-40 121-869
전화 | 02-335-4422 팩스 | 02-334-3427
홈페이지 | www.hmcv.com

ⓒ 휴머니스트 2006
ISBN 89-5862-102-8 03800

만든 사람들

편집 주간 | 이재민(ljm2001@hmcv.com)
책임 기획 | 우찬제(서강대 교수) 안광복(중동고 교사) 표정훈(출판 평론가)
책임 편집 | 박환일
표지·본문 디자인 | AGI 윤현이 황일선 신경숙